Benito Pérez Galdós

Episodios nacionales II
Un faccioso más y algunos frailes menos

Barcelona **2024**
Linkgua-ediciones.com

Créditos

Título original: Episodios nacionales II. Un faccioso más y algunos frailes menos.

© 2024, Red ediciones S.L

e-mail: info@Linkgua-ediciones.com

Diseño de cubierta: Michel Mallard.

ISBN tapa dura: 978-84-1126-445-7.
ISBN rústica: 978-84-9953-480-0.
ISBN ebook: 978-84-9953-479-4.

Sumario

Brevísima presentación

La obra

Un faccioso más y algunos frailes menos es la décima y última novela de la segunda serie de los Episodios Nacionales de Benito Pérez Galdós.

Con esta novela termina la segunda serie de los Episodios Nacionales que, a través de las aventuras de Salvador Monsalud y demás personajes, nos ha mostrado la convulsa vida política de España bajo el reinado de Fernando VII el Deseado. La historia termina con la muerte del rey que, bajo la influencia de su mujer la reina Cristina, dejó el trono en manos de su hija Isabel bajo la regencia de su madre. Nos adentramos así en los inicios de la Primera Guerra Carlista. En Madrid se va cociendo la escisión política, militar y civil que conducirá al país irremediablemente al conflicto. En la calle y en las tabernas, como no, el ambiente se caldea. No son pocos los personajes que medran y preparan sus posiciones. Hay que saber quién está con quién. La muerte del rey acaba por desencadenar unos acontecimientos ya muy gestados.

Siguiendo a Salvador Monsalud nos adentramos en la Navarra facciosa. El alavés abandona Madrid y se dirige a Pamplona. Antes de finalizar la novela, sin embargo, Galdós no puede evitar ser pesimista a través de su personaje, pensando en el futuro de nuestro país: «Declarando todo su pensamiento, aseguró que no esperaba ver en toda su vida más que desaciertos, errores, luchas estériles, ensayos, tentativas, saltos atrás y adelante, corrupciones de los nuevos sistemas que aumentarían los partidarios del antiguo; nobles ideas bastardeadas por la mala fe, y el progreso casi siempre vencido en su lucha contra la ignorancia». Sin duda un retrato que ha perdurado hasta hoy.

I

El 16 de octubre de aquel año (y los lectores del libro precedente saben muy bien qué año era) fue un día que la historia no puede clasificar entre los desgraciados ni tampoco entre los felices, por haber ocurrido en él, juntamente con sucesos prósperos de esos que traen regocijo y bienestar a las naciones, otros muy lamentables que de seguro habrían afligido a todo el género humano si este hubiera tenido noticia de ellos.

No sabemos, pues, si batir palmas y cantar victoria o llorar a lágrima viva, porque si bien es cierto que en aquel día terminó para siempre el aborrecido poder de Calomarde, también lo es que nuestro buen amigo don Benigno padeció un accidente que puso en gran peligro su preciosa existencia. Cómo sucedió esto es cosa que no se sabe a punto fijo. Unos dicen que fue al subir al coche para marchar a Riofrío en expedición de recreo; otros que la causa del percance fue un resbalón dado con muy mala fortuna en día lluvioso, y Pipaón, que es buen testimonio para todo lo que se refiere a la residencia del héroe de Boteros en la Granja, asegura que cuando este supo la caída de Calomarde y la elevación de don José Cafranga a la poltrona de Gracia y Justicia, dio tan fuerte brinco y manifestó su alegría en formas tan parecidas a las del arte de los volatineros, que perdiendo el equilibrio y cayendo con pesadez y estrépito se rompió una pierna. Pero no, no admitamos esta versión que empequeñece a nuestro héroe haciéndole casquivano y pueril. El vuelco de un detestable coche que iba a Segovia cuando había personas que consentían en descalabrarse por ver un acueducto romano, una catedral gótica y un alcázar arabesco, fue lo que puso a nuestro amigo en estado de perecer. Y gracias que no hubo más percance que la pierna rota, el cual fue en tan buenas condiciones y por tan buena parte, al decir de los médicos, que el paciente debía estar muy satisfecho y alabar la misericordia de Dios.

—Como todo es relativo en el mundo —decía Cordero en su lecho, cuando se convenció de que su curación sería pronta y segura—, romperse una pierna sola es mejor que romperse las dos, y así, señor de Monsalud, yo estoy contentísimo, mayormente viendo que el pesado negocio que me trajo a la Granja está ya resuelto, y que gracias a mi amigo el gran don José de Cafranga (que mil años viva) no tendré más cuestiones con el hipogrifo, de don Pedro Abarca (a quien vea yo sin hueso sano). Dígame usted, amigo, ¿ha observado usted que en este mundo pícaro, cien veces pícaro, no hay alegría que no venga contrapesada con un dolor, ni dulzura que no traiga su acíbar? Pues bien: todo no ha de ser malo. El contento que yo he tenido ¿no vale una pierna? ¿Qué significa un hueso roto de fácil soldadura, en comparación de las más puras satisfacciones del alma? Vengan averías de este jaez y cáigame yo, aunque sea de lo alto del acueducto, con tal que en proporción de los chichones y de las fracturas sean los gustos del espíritu y los regocijos del corazón.

De esta manera un poco artificiosa y sutil se consolaba, y así, mientras duró su enfermedad, apenas perdió el buen humor ni la paz y dulzura de su condición sin igual. Deparole el cielo excelente compañía en Salvador Monsalud, que, a pesar de haber despachado también satisfactoriamente sus asuntos, no quiso salir de la Granja dejando solo y postrado en la cama a su honrado amigo. La corte se marchó, los cortesanos siguieron a la corte, el Real Sitio se quedó desierto, calladas las fuentes, desiertas las alamedas. Empezaron a despojarse de su follaje los árboles; enfriose el aire al compás del solemne y tristísimo crecimiento de las noches; soplaron céfiros asesinos, precursores de aguaceros y tormentas; los remolinos de hojas secas corrían por el suelo húmedo murmurando tristezas, y sobre todo derramaron llanto sin fin las nubes pardas, en tal manera que no parecía sino que en la superficie de la tierra había algo que debía ser para siempre borrado.

Solos en su alojamiento, mal acompañados de una mediana lumbre, don Benigno y su amigo pasaban los días. El enfermo, aunque postrado y sin movimiento, estaba casi siempre menos triste que el sano. Este, centinela en un sillón frente al hogar, reanimaba el fuego cuando se iba extinguiendo, y don Benigno hacía revivir la conversación moribunda cuando Salvador la dejaba apagar con sus monosílabos o con su silencio.

El tema más amado y más favorecido de Cordero era su familia, y no pasaba una hora sin que dijese: «¡qué hará en este momento el tunante de Juanillo Jacobo!» o bien: «¿habrá comprendido Sola, a pesar de mis precauciones, que me ha pasado desgracia?». Debe advertirse que nuestro buen señor había puesto singular empeño en que sus queridos hijos, su hermana y su amiga no se enterasen del triste motivo que en San Ildefonso le detenía, y por esto sus cartas todas parecían novelas, según las invenciones y mentiras de que iban llenas. Unas decían: «Esperadme ocho días más, porque si bien nuestro asunto está terminado, no quiero marcharme sin hacer una pequeña contrata de pinos, pues desde aquí oigo los gritos de la casa de los Cigarrales pidiéndome que la ensanche». Más adelante escribía: «Con estos malditos temporales no hay carricoche que se atreva con las Siete Revueltas», y una semana después se disculpaba así: «Un excelente amigo, que vive en la misma posada, ha caído en cama con tan fuerte pulmonía que no me es posible abandonarle en este solitario pueblo. Esperadme unos pocos días y rogad a Dios por el enfermo».

Así les engañaba, dando tiempo al tiempo, hasta que llegara el de la soldadura del hueso, la cual venía con la tardanza que es natural, impacientando tanto al buen hombre que a ratos no podía contener su impaciencia y daba puñadas sobre la cama diciendo: «Esto no se puede aguantar. Soldada o sin soldar, señora pierna, usted tendrá que ponerse en polvorosa para Madrid la semana que viene».

Salvador no se apartaba de su amigo ni de noche ni de día. Unas veces hablaban de política, empezando don Benigno de este modo: «¿Cree usted que ese pobre señor Zea tendrá buena mano para el timón de la nave del Estado?».

La enojosa permanencia y quietud en el lecho le ocasionaba insomnios frecuentes, cuando no letargos breves y febriles, acompañados de pesadillas o alucinaciones. A veces despertaba de súbito bañado en sudor, y exclamaba pasándose la mano por los ojos: —Jesús me valga y la Santa Virgen del Sagrario, ¡qué sueño he tenido! Me parecía estar viendo a Juanillo Jacobo rodando por un precipicio negro, mientras la pobre Sola, atada por los cabellos a la cola de un brioso caballo... No lo quiero contar porque me parece que lo veo otra vez... ¡Cuándo volveré a vuestro lado, queridos de mi corazón, para que con el placer de veros se acabe el suplicio de soñaros!

Una noche observó Salvador que daba el enfermo un gran suspiro, y despertando acongojadísimo parecía reconocer la realidad de las cosas, medio seguro de espantar las embusteras percepciones del sueño.

—Es todo mentira, señor don Benigno —le dijo Monsalud riendo—. Ánimo.

—¡Ay, Dios mío! ¡qué sueño! —exclamó el de Boteros—. Todavía me duran la angustia y el mortal frío que sentí. Figúrese usted, señor mío, que me acercaba a mi casa de los Cigarrales, y la visión era tan perfecta que todo estaba delante de mí claro, vivo, verdadero. Una soledad tristísima envolvía mi finca. Ni mis hijos, ni mis criados aparecían por ninguna parte... Me acerco más, miro a las ventanas y las ventanas me miran con ceño. De pronto veo que aparece Sola por la puerta de la huerta; doy un paso hacia ella, me mira con semblante frío, serio como el de una estatua, mueve su cabeza como diciendo no, no. Luego, señor don Salvador, me dice adiós con la mano derecha, y se aleja, huye, desaparece, se disipa como una sombra entre los almendros... Me quedo yerto, miro a mi casa y mi casa... Créalo usted... Se echa a reír... yo no sé cómo era esto; pero lo cierto es que ella se reía, se reía...

—Y ahora nos reímos nosotros.

—¡Bendito sea Dios! ¿qué será esto del soñar? ¿Anunciarán los sueños realidades? ¿Estas horribles mentiras traerán consigo algo que con la misma verdad se relacione? Ello es que la pobre Sola no se aparta de esta cabeza a ninguna hora de la noche ni del día... Que será feliz rasándome con ella es indudable; que ella lo será también no hay para qué decirlo... Pienso muchas veces si el Señor habrá decidido que yo me muera antes de que pueda realizar mi deseo, al cual va unido el mayor beneficio que se puede hacer a una huérfana pobre y sin amparo. ¿Qué sería entonces de esa infeliz?...

—La pobrecita tendría una gran pena —dijo Salvador.

—¿Se moriría de pena? —preguntó Cordero con ingenuidad pueril.

—Tanto como morirse...

—No se moriría, no... ¡pero qué desamparada, qué sola se quedaría en el mundo! ¿Quién comprendería su mérito? ¿quién le tendería una mano?

—No podría reemplazar sin duda dignamente el bien que perdía —dijo Monsalud, sentándose junto al perniquebrado Cordero—; pero parte del bien que merece lo hallaría tal vez... Casándose conmigo.

Los dos se miraron asombrados y con ligero ceño.

—¡Con usted! —exclamó el de Boteros volviendo de su sorpresa...—. ¿Ha pensado usted en eso alguna vez?

—Muchas.

—¡Si yo no existiese!... ¿Y ella consentiría?...

—No lo aseguro. Pero pasado algún tiempo es fácil que consintiese. Solo Dios es eterno.

—Y usted desea...

Lanzado de improviso a un mar de confusiones, don Benigno no pudo decir más. Su amigo, quizás arrepentido de haber hecho una declaración imprudente, trató de tranquilizarle hablándole de lo bien que dirigía Cristina la dichosa nave del Estado. Entonces la alegoría del barquichuelo estaba en todo su auge, y no se mentaban las dificultades del Gobierno sin sacar a relucir la consabida embarcación, el mar borrascoso de la política, y principalmente el timón ministerial, que algunos llamaban gubernalle. Después dijo que el decreto abriendo las universidades era un golpe maestro; la amnistía, aunque muy restringida, un levantado pensamiento digno de los más grandes políticos, y la destitución de Eguía y González Moreno una obra maestra de previsión; pero añadió que muchas y muy peregrinas dotes de ingenio y energía había de desplegar la reina para someter a la plaga de humanos monstruos que con el nombre de voluntarios realistas asolaba el Reino. A todo esto atendía poco el enfermo, porque tenía su pensamiento harto distante de los disturbios de España. No será ocioso decir que en aquel momento sintió don Benigno renacer en su pecho la antipatía que en otras ocasiones le inspirara su amigote; pero como en tan noble alma no cabía la ingratitud, pensó en las atenciones y cuidados que al mismo debía durante la enfermedad, y con esto se le fue pasando el rencorcillo. En las conversaciones de los días siguientes tuvo el buen acuerdo de no nombrar a la familia ni los Cigarrales, ni mentar cosa alguna que pudiese relacionarse con el importuno asunto de sus futuras bodas.

Un día, no obstante, en ocasión que comía en su lecho despaciosamente y gustando bien los manjares, como era en él costumbre, quedose un buen rato a medio mascar, sin quitar los ojos de Salvador; y volviendo luego a atender al plato, habló así:

—Mis distracciones son tan chuscas como mis sueños. Hace un momento hallábame tan abstraído, tan engolfado con el pensamiento en ideas y cosas de mi familia que sin saberlo, aparté en el plato y corté con mi cuchillo los pedacitos con que suelo engolosinar a Juanillo Jacobo cuando come junto a mí. Me parecía que el pequeñuelo estaba a mi lado y que los demás distaban poco. Esto es tan frecuente en mí, señor don Salvador, en el insoportable tedio de esta soldadura, que a veces, cuando siento pasos, me parece que son ellos que van a entrar, y cuando suena voz de mujer, si es bronca y regañona, me parece la de mi hermana, si es dulce y apacible como la de la misma discreción, me parece la de Sola. Cuando despierto por las mañanitas, mi alucinación es tal que con la propia evidencia se confunde, y siento que entran y salen, oigo a Cruz regañando con los chicos y haciendo mimos a los pájaros; oigo a Sola arreglando a los pequeñuelos para que vayan a la escuela, y me digo para mi sayo: «Tempranito se ha levantado mi gente. Ya, Sola ha puesto mi cuarto como el oro, y me ha preparado ese chocolate que, por lo exquisito, debe de caer en espesos chorros del mismo cielo».

Dando luego un gran suspiro se sonrió y dijo:

—Usted, solterón empedernido, no comprende estas deliciosas chocheces del alma. Diviértase usted con la política, con el conspirar, con la suerte de las monarquías, y derrítase los sesos pensando en si debe haber más o menos cantidad de Rey y tal o cual dosis de Constitución. Buen provecho, amiguito; yo me atengo a lo del poeta: denme *mantequillas y pan tierno*; sí señor, mantequillas, es decir amores puros y tranquilos: pan tierno, es decir, la sosegada compañía de una esposa honesta y casera, el besuqueo de los nenes, el trabajo y cien mil alegrías que cruzándose con algunas penillas van tejiendo nuestra vida.

—Bueno es el cuadro, bueno —dijo el otro, ocultando medianamente su disgusto—. Cuando sea realidad avise usted... Me consolaré de mi tristeza viendo la alegría de los que con sus buenas acciones han merecido vivir en paz. Solamente los perversos padecen contemplando el bien ageno. Yo, que no soy malo, pido un puesto, siquiera sea el último, en ese festín de regocijos y felicidades... Pero me ocurre preguntar: «¿Cerrará usted la puerta a los amigos después de su casamiento?».

Don Benigno no contestó nada, porque la afirmativa le pareció ridícula y la negación aventurada, bastante contraria, si se ha de decir verdad, a sus propósitos. El otro dio las buenas noches y se fue a su cuarto para acostarse. Aquella noche, que Cordero contó entre las más infaustas de su vida, no pudo este dignísimo sujeto conciliar el sueño, porque le asaltó, a causa de las últimas palabras de su amigo, un pensamiento tan mortificante que le cambiaría de buen grado por la quebradura de todos los huesos de su cuerpo; de tal modo padecía su espíritu. Incorporado en la cama, pasó largas horas en horrorosa cavilación. Allí fue el amenazador levantamiento de su conciencia, allí la reyerta encarnizada entre ciertas ilusiones suyas y ciertos temores que aparecieron de improviso como enemigos emboscados acechando la ocasión. El digno encajero no podía apartar de si el licor amarguísimo que un demonio invisible le ponía en los labios; ya suspiraba, ya se golpeaba la cabeza venerable, ya por fin elevaba los brazos y los ojos al cielo pidiendo a Dios que le librara de aquel fiero tormento. «Ni un momento más puedo vivir en esta incertidumbre, gritó. —señor don Salvador, venga usted al momento; necesito hablarle».

Golpeó fuertemente el tabique inmediato a su cama. En la habitación próxima dormía Salvador; y durante los días críticos de la enfermedad de don Benigno, siempre que este necesitaba de la asistencia de su nuevo amigo le llamaba con un par de golpes suavemente dados en la pared.

Era la media noche. Salvador, al oír aquel extraordinario ruido en el tabique, creyó, por la violencia del llamamiento, que a don Benigno se le había roto la otra pierna cuando menos, o que había sido atacado de algún descomunal accidente. Levantose aprisa, y corriendo al lado del enfermo, hallole sentado en el lecho, pálido, con las gafas caladas, los ojos chispeantes y las manos en movimiento como quien acompaña de expresivos gestos las palabras que a sí mismo se dice:

—¿Qué hay? —preguntó— ¿se ha deshecho el entablillado? ¿Qué es eso?... ¿calentura, dolores?

—No, hombre de Dios o de cien Satanases; no es nada de eso —replicó el de Boteros señalándole la silla—. Esto es muy serio, repito a usted que es muy serio. Ya en ello la tranquilidad, la vida toda, el honor de un hombre de bien que jamás ha hecho mal a nadie, porque sepa usted, señor don Salvador o don condenador, que yo no he hecho daño a ningún ser nacido, y cuando Dios me tome cuentas, no se presentará ni un mosquito, ni un miserable mosquito, a decir: «ese hombre fue mi enemigo».

—Está bien.

—Esto es muy serio, y así yo quiero una explicación categórica, leal, terminante, para tranquilidad de mi espíritu.

—¿Y esa explicación debo darla yo?

—Usted, sí, que desde hace algún tiempo se me ha puesto delante echando sobre mí como una ligera sombra, sí, y ahora me ha dicho cosas que aumentan esa sombra y la hacen más negra. Hablemos con claridad. Yo tengo ciertos proyectos que usted conoce. Yo pienso casarme, yo debo casarme, yo he creído que Dios ha dispuesto que yo me case. La que escogí para ser mi compañera es de tal condición... En fin, excuso de hacer su elogio, porque usted la conoce... A eso voy, señor don Salvador. Ella estuvo en un tiempo bajo el amparo y protección de usted; usted le escribía desde Francia. ¡Ay! Cuando estuvo mala, le nombró a usted en sus delirios. Después usted la vio en los Cigarrales, según me escribió ella misma; más tarde, ahora, se me muestra tan admirador de ella y tan afligido de mi felicidad, que no puedo menos de volverme caviloso y preguntarme si usted ha tenido o tiene proyectos iguales a los míos, y si esos proyectos se refieren a la misma persona, que es, digámoslo claro, la mitad o la principal parte de mi vida.

—Esos proyectos los tuve —replicó Salvador con firmeza—. No fui a los Cigarrales con otro objeto.

Detuvo don Benigno su voz y sus manos, como alelado, y preguntó:

—¿Y ella?

—No quiso oírme. Mi situación al salir de los Cigarrales era bastante desairada.

—¿Y después?

—He pensado que por negligente y confiado perdí la partida.

—¿Y qué hay en usted ahora?

—Resignación.

—De modo que si yo no existiera...

—No deben fundarse cálculos sobre la muerte. En el mundo no es fácil asegurar quien ayuda o quien estorba. Es posible que sea yo el que está demás.

—¡Oh! Dios mío... Pero usted no puede apreciar, como yo, sus infinitas cualidades, que la igualan a los ángeles —dijo don Benigno con cierto desdén.

—Quizás las aprecie mejor; quizás yo esté en situación de ver en ella méritos de abnegación que usted no puede ver.

Don Benigno meditó breve rato. Había caído en un mar de cavilaciones que sin duda no tenía fondo.

—¡Ah! —exclamó dando un gran suspiro con el cual pudo salir de aquellas honduras tenebrosas—, usted me confunde más, pero mucho más.

Diciendo esto clavó los ojos en Salvador examinándole prolija y atentamente de pies a cabeza. Después dio otro gran suspiro y bajando los ojos murmuró para sí:

—También él se va poniendo viejo.

—¿No se necesitan más explicaciones? —preguntó Monsalud.

—No —replicó Cordero brusca y desabridamente.

—Pues yo voy a dar una que creo necesaria. No soy perverso; reconozco en usted a uno de los hombres mejores que existen en el mundo. Seré un miserable si sale de mí, por irresistible efecto de las pasiones, la más ligera oposición a la felicidad de usted... Es evidente, evidentísimo que yo soy el que está demás. Declaro que mi deber es no volver a pisar la casa del que posee lo que yo quise para mí.

—¡Barástolis!... Usted la ofende, señor mío.

—No la ofendo. Mi resolución no indica desconfianza de ninguno de los dos, sino respeto a entrambos, y además el deseo de ponerme a salvo de la envidia, porque yo tengo más de hombre que de santo, y la contemplación del bien perdido no me hará bailar de gozo.

Dijo esto en tono entro serio y festivo, y se retiró. Después de esta breve conferencia no se disiparon las confesiones ni se calmaron las ansias del insigne Cordero, antes bien, se dio a cavilar más en el silencio de la noche, buscando entre sus recuerdos alguna sentencia del ginebrino que iluminase un poco sus tenebrosos pensamientos; pero Juan Jacobo no decía nada, y hasta de su querido filósofo y consejero se vio desamparado en tan tristes horas el hombre más bondadoso que por aquellos tiempos existía en el mundo.

II

Muy avanzado estaba el invierno cuando Cordero y su amigo, despidiéndose con no poca alegría del Real Sitio, emprendieron su penoso viaje a la Corte por entre nieves y hielos. Separáronse del modo más cordial en la posada del Dragón, y don Benigno, desmejorado y cojo, se fue a su casa con toda la rapidez que lo permitía su detestable andadura, mientras Salvador buscaba donde alojarse. Pocos días después hallábase instalado en habitación propia que alquiló en la calle del duque de Alba, no lejos de don Felicísimo Carnicero, de felicísima recordación. En Madrid no encontró novedad alguna, pues no merece tal nombre el furor con que todo el mundo fraguaba levantamiento s y sediciones. Conspiraban las infantas brasileñas con sin igual descaro; conspiraban los voluntarios realistas, ayudados por la turbamulta de frailes y clérigos mal avenidos con la idea de perder su omnipotencia; conspiraban las monjas y los sacristanes, muchos militares que se habían hecho familiares de los obispos, y para que no faltase su lado cómico a esta comparsa nacional, también se agitaban en pro de don Carlos muchos señores que habían sido rabiosos *democratistas* y jacobinos en los tres *llamados* años de la *titulada* segunda época constitucional. Antes habían gritado por el *sistema* y ahora suspiraban por los *derechos de la soberanía en su inmemorial plenitud.*

Oyó también Salvador los despropósitos del vulgo, a quien se había hecho creer que el Rey no vivía y que aquel buen señor que salía en coche a paseo era el cadáver embalsamado de Fernando VII. Por un sencillo mecanismo, la *napolitana*, que a su lado iba, le hacía mover las manos y la cabeza para saludar. ¡Y con un Rey relleno de paja se estaba engañando a esta heroica Nación!

Vio un cambio de ministros fundado en que los del 16 de octubre parecieron un poco dañados de liberalismo, pues la Corte deseaba un gobierno absolutamente agridulce que contentase a todos y conciliara el día con la noche, cosa en verdad más difícil que asar la manteca. También pudo ver la anulación del célebre codicilo, acto solemne de que se burlaron los carlistas, y oyó contar la fuga de Calomarde vestido de fraile, y los desmanes del obispo de León, el cual, ensoberbecido como un cacique indio y no pudiendo sublevar el reino, puso en armas su diócesis, dando la comandancia de voluntarios realistas a la Purísima Concepción.

Otras muchas cosas supo y vio que no son para referidas a la ligera. Sus relaciones con gente de varias clases le informaban de todo. Pipaón, don Felicísimo Carnicero y el marqués de Falfán no hacían misterio de los planes apostólicos, y Genara, furibunda sectaria del sistema del justo medio o de la conciliación, era el órgano más feliz que imaginarse puede de los pensamientos de aquel astuto señor Zea que gobernaba o aparentaba gobernar la nave (¡siempre la nave!), más cercana a los escollos que al deseado puerto.

Genara se había establecido en su antigua casa, notoria tres años antes por la tertulia a que concurrían literatos tiernos y políticos maduros; pero ya en el invierno de 1833 no se abrían las puertas de aquella feliz morada para el primer poeta que viniese de su provincia cargado de tragedias, ni para los tenores italianos, ni para los abogados oradores que empezaban a nacer en las aulas con una lozanía hasta cierto punto calamitosa. El círculo era mucho más estrecho y las amistades más escogidas, con lo que ganaba en consideración la casa. Y aquí viene bien decir que la interesante señora había perdido por completo su afición a la poesía lírica (que no hay cosa durable en el mundo), y tanto caso hacía ya del prisionero de Cuéllar como de las nubes de antaño. Él era en verdad de un carácter poco a propósito para la constancia en los afectos. No se sabe si en la temporada a que nos vamos refiriendo había dado a conocer Genara preferencia o simpatía por alguna otra de las artes liberales, o por la artillería y la náutica, como se dijo. Careciendo de noticias ciertas, nos abstenemos de afirmar cosa alguna; que en casos dudosos vale más atenerse a la opinión buena, como mandan la moral de la historia y la caridad cristiana.

Don Luis Fernández de Córdova, militar brillantísimo, pasaba, cuando vino de Berlín para encargarse de la embajada de Portugal, largas horas en casa de Genara. También iban, aunque no con mucha frecuencia, don Francisco Javier de Burgos y Martínez de la Rosa. Era de los asiduos un joven oficial granadino llamado Narváez, muy vivo de genio, ceceoso, pendenciero y expeditivo. Pero la persona más digna de mención entre los que visitaban a la hermosa señora era un jesuita del colegio Imperial, llamado el padre Gracián, hombre de mucha piedad y oración. Decían algunos que de la amistad del buen religioso con Genara iba a salir la conversión de esta, o sea su entrada en las buenas vías católicas. Otros declaraban haber notado en ella resabios de mojigatería; pero sea lo que quiera, lo cierto es que las intenciones del padre Gracián eran altamente provechosas, porque (digámoslo de una vez) se había propuesto reconciliar a la señora con su marido.

Que Pipaón visitaba casi diariamente a su antigua amiga y paisana no hay para qué decirlo. Por añadidura, el excelentísimo don Juan Bragas había simpatizado mucho con el jesuita Gracián. Ambos platicaban con seriedad pasmosa de los negocios de Estado y de la Iglesia, deplorando mucho la tibieza de creencias que tanto dañaba a la sociedad española en aquellos tiempos y concluían deseando que viniesen otros mejores en que marchasen las naciones por el camino de la piedad, dulcemente pastoreadas por los ministros del altar. Como Gracián se interesaba tanto por sus amigos y quería llevar todos los beneficios posibles al seno de las familias cristianas, tomó muy a pecho la realización del casamiento de Bragas con Micaelita, proyecto de que ya hay noticias en el libro anterior.

Acompañando a Pipaón iba Salvador algunas veces a casa de Genara; solían comer juntos los tres, y cuando se encontraban Monsalud y Gracián también hablaban largamente del Estado y de la Iglesia. Un día, después de hablar con él, el jesuita pidió informes a la señora de la casa sobre aquel desconocido amigo, quizás para ver si le podía reconciliar con alguien, porque el afán del buen discípulo de San Ignacio era la reconciliación. Genara respondió:

—Si quiere usted ganar la palma del buen pacificador, hágale usted amigo de mi marido.

—¿No se quieren bien?-preguntó Gracián con astucia.

—Nada bien... Es enemistad que data desde la guerra con los franceses. Ambos son tercos, soberbios, y quizás en su juventud aconteciera alguna cosa de esas que siempre son motivo de rivalidad entre los hombres...

—Alguna mujer...

—Puede ser, puede ser que eso haya sido —dijo ella con serenidad que tiraba a indiferencia.

Algo más dijeron sobre esto; pero no nos importa todavía, y siendo más urgente seguir los pasos de la persona a quien aludían la dama y el sacerdote, vamos tras él sin pérdida de tiempo. Algunos días le vimos entrar en la casa de don Felicísimo Carnicero, con quien aún tenía algunas cuentas pendientes. El agente le recibía como se recibe a todo aquel con quien se ha hecho un negocio muy lucrativo, y haciéndole sentar a su lado dábale palmaditas en el hombro y hasta se aventuraba a contarle cualquier sabrosa cosilla de la conspiración carlista.

Una mañana, al entrar en casa de Carnicero, encontró en la escalera a un coronel de ejército amigo suyo. Era don Tomás Zumalacárregui. Iba acompañado del conde de Negri, y esto le hizo comprender que el valiente vizcaíno, resistente hasta entonces a los halagos de la gente mojigata, se había dejado seducir al fin. Se saludaron y siguió adelante. Abriole la puerta Tablas. Al entrar pisó al gato, que escapó mayando, y luego, a causa de la oscuridad de los destartalados pasillos, tropezó con Doña María del Sagrario, que al choque dejó caer de las manos un enormísimo plato de puches. Puso el grito en el cielo la señora, y al ruido alarmose tanto don Felicísimo, que se aventuró a salir de su nicho preguntando si había entrado en la casa un tropel de *cristinos*. Salvador se deshacía en excusas, y al acercarse a la pared, manchósele la negra ropa de tal modo que parecía un molinero. Al sacudirse, no sin comentar con algunas frases aquel rudimentario blanqueo de las paredes, hubo de tropezar con una de las vigas que sostenían la casa y pareció que toda la frágil fábrica se estremecía y que del techo caían pedazos de yeso, como si por entre las maderas superiores corriesen a paso de carga belicosos ejércitos de ratones. Por fin llegó a dar la mano a Carnicero y entraron juntos en el despacho.

—Parece que entra un temporal en mi casa —dijo el anciano colocándose en su nicho—. ¿Y qué tal? ¿Ha encontrado usted en la escalera a Zumalacárregui y al señor conde? Buen militar y buen diplomático, jí, jí...

—Zumalacárregui es una buena adquisición —respondió Salvador—. Tiene valor y talento.

—Pues hay otras adquisiciones mucho mejores todavía —dijo Carnicero frotándose las manos—. ¿Con que ese desdichado Gobierno del señor Zea ha emprendido el desarme de los voluntarios realistas?... Sí, el fantasmón de Castroterreño en León y el mentecato de Llauder en Cataluña ponen despachos al Gobierno diciendo que han quitado las armas a los voluntarios realistas. ¿Usted lo cree? ¿Usted cree que se pueden quitar los rayos al Sol? Jí, jí. ¡Y creerá el bobillo que ha puesto una pica en Flandes!... Yo llamo el *bobillo* a ese señor Zea, que es una especie de ministro embalsamado, como el Rey ha venido a ser un Rey de papelón.

—El Gobierno se cree fuerte, señor Carnicero, y parece decidido a echar una losa sobre el partido de don Carlos. Mucho cuidado, amigo, que ahora parece que tiran a dar.

—¡Oh! por mí no temo nada —manifestó don Felicísimo con énfasis, echándose atrás—. Pero vamos a lo que urge. Ya sé a lo que viene usted hoy.

—A lo mismo que vine ayer.

—Y anteayer y el martes y el sábado pasado. Hoy no ha venido usted en balde. Al fin, al fin...

—¿Llegó?

—Sí, sí, el señor don Carlos Navarro, nuestro valiente amigo, llegó anteanoche de su excursión por el reino de Navarra y por Álava y Vizcaya. Es un guapo sujeto. Dice que en todo aquel religioso país hasta las piedras tienen corazón para palpitar por don Carlos, hasta las calabazas echarán manos para coger fusiles. Las campanas allí, cuando tocan a misa dicen «no más masones» y el día en que haya guerra los hombres de aquella tierra serán capaces de conquistar a la Europa mientras las mujeres conquistan al resto de España... Bueno, muy bueno... ¿Con que usted desea ver a ese señor? Le prevengo a usted que está oculto.

—No importa: solo pienso hablarle de asuntos de familia. En el último verano estuvo en la Granja pero no le pude ver, porque siempre se negó a recibirme. Ahora me será más fácil, porque le escribirá usted dos palabras.

—Lo haré con mucho gusto; pero prevengo a usted también que el señor don Carlos está enfermo del hígado. Ya se ve ¡ha trabajado tanto! Es un incansable campeón de las buenas doctrinas. Anoche se quejaba de atroces dolores, y, cosa rara en hombre tan religioso, jí, jí, más invocaba a los demonios que a la Santísima Virgen. Si quiere usted tener segura la entrevista que desea, se lo diremos al padre Gracián, jesuita, excelente sujeto que viene aquí algunas tardes, y después solemos ir a tomar chocolate a casa de Maroto, adonde va también el Padre Carasa... Pues bien, Gracián es amigo del señor don Carlos, y ya hace tiempo que se ha propuesto reconciliarle con su señora esposa... ¡Oh! es un neblí para las reconciliaciones ese buen padre Gracián.

—Le conozco. Es un digno sacerdote que tiene las mejores intenciones del mundo, y si no consigue hacer feliz a la humanidad toda es porque Dios no quiere... En conclusión, entiéndanse usted y el Padre Gracián para que yo pueda ver al señor Navarro y hablarle de un asunto que no es político y solo a él y a mí nos interesa. ¿Él vive...?

—No sé si debo decírselo a usted en este momento, antes de que el mismo señor don Carlos, bellísima persona, jí, jí... Antes de que el mismo señor don Carlos Navarro de licencia para que usted le vea. Ya lo arreglaré yo. Vuélvase mañana por esta su casa.

Luego que Salvador se fue, don Felicísimo escribió una carta en cuyo sobre, después de trazar tres cruces, puso: *A la Señora Doña María de la Paz Porreño, calle de Belén.*

III

Las pobres señoras casi vivían en la misma estrechez que en 1822, porque las mudanzas políticas y sociales se detenían respetuosas en la puerta de aquella casa, que era sin duda uno de los mejores museos de fósiles que por entonces existían en España. Los períodos de tiempo en que imperaba el absolutismo eran para el medro de la casa y abundancia de las despensas Porreñanas lo mismo que aquellos en que prevalecía la vil canalla de los *clubs*. De modo que en punto a comodidades y vituallas el agonizante marquesado habría terminado con un desastre igual al que han sufrido formidables imperios si no viniera en su auxilio una industria que, si bien es algo prosaica, tiene algo de noble por estar emparentada con la hospitalidad. Las dos ilustres cuanto desgraciadas señoras aposentaban en su casa un caballero tan respetable como rico durante las temporadas, a veces muy largas, que dicho sujeto pasaba en Madrid. El trato era excelente, la remuneración buena, y la armonía entre el huésped y las damas tan perfecta que los tres parecían hermanos. La familiaridad realzada por el respeto y una llaneza decorosa reinaban en la silenciosa mansión que parecía habitada por sombras.

Bueno es decir, para que lo sepan los historiadores, que con las módicas ventajas pecuniarias adquiridas por aquel medio honestísimo habían renovado las señoras parte del mueblaje, aunque todas las piezas de antaño se conservaban, sostenidas por los remiendos y pulidas por el tiempo y el aseo. ¡Cosa admirable! el reló había vuelto a andar; mas por malicia del relojero o por un misterio mecánico imposible de penetrar, andaba para atrás, y así después de las doce daba las once, luego las diez y así sucesivamente. El cuadro de santos de la Orden Dominica había sido restaurado por la misma Doña Paz, asistida de un hábil vejete carpintero, sacristán y encuadernador, y emplasto por aquí, pegote por allá, con media docena de brochazos negros en las sombras y una buena mano de barniz de coches por toda la superficie, había quedado como el día en que vino al mundo. Por el mismo estilo se habían salvado de completa ruina las urnas de santos y las cornucopias, que por no tener ya en sus cristales sino irregulares manchas de azogue parecían una colección de mapas geográficos. Lo nuevo, que era muy humilde, consistía en sillas de paja, cortinas de percal, ruedos de estera de colores; pero alegraba la casa y su vetusto matalotaje. Por tal manera aquella imagen cadavérica de los pasados siglos se reía en su tumba.

En la época en que nuevamente la encontramos, Doña María de la Paz se acercaba velozmente a una vejez apoplética, marchando a ella con los pies gotosos, la cabeza temblona, los hombros y el cuello crasos. Sus cabellos, no obstante, se conservaban negros lo mismo que el lunar, y era que ella perseguía las canas como si fueran liberales, y no daba cuartel a ninguna, siendo tan implacable con ellas, que cuando vinieron en tropel y no pudo arrancarlas por temor a quedarse en el puro casco, las disfrazó vistiéndolas de luto para que nadie las conociera. Así cuando esta operación no estaba hecha con habilidad (porque con las fuerzas había mermado la vista) aparecían las sienes y la frente empañadas con ciertas nubes negras por encima de las cuales brillaba la nieve remedando un admirable paisaje de invierno.

Doña María Salomé estaba tan momificada que parecía haber sido remitida en aquellos días del Egipto y que la acababan de desembalar para exponerla a la curiosidad de los amantes de la etnografía. Fija en una silleta baja, que había llegado a ser parte de su persona, se ocupaba en arreglar perifollos para decorarse, y a su lado se veían, en diversas cestillas de mimbre, plumas apolilladas, cintas de matices mustios, trapos de seda arrugados y descoloridos como las hojas de otoño, todo impregnado de un cierto olor de tumba mezclado de perfume de alcanfor. Decían malas lenguas que al hacerse la ropa juntaba los pedazos y se los cosía en la misma piel; también decían que comía alcanfor para conservarse, y que estaba, forrada en cabritilla. Boberías maliciosas son estas de que los historiadores serios no debemos hacer caso.

Una mañana... Olvidaba decir que en la casa había una gran pieza interior que daba a un patio o corralón muy espacioso, de donde recibía el Sol casi todo el día. En dicha pieza tendía Doña Paz la ropa lavada en casa. De muro a muro todo era cuerdas, y cuando estaban llenas de ropa, aquello parecía un bosque de trapos húmedos. Pues bien, una mañana se paseaba Doña María de la Paz por aquellas alamedas del aseo, cuando entró Doña María Salomé, y dándole una carta que acababan de traer a la casa, le dijo:

—Otra carta para el señor don Carlos. Viene con sobre a ti; pero es para él. Mira las tres cruces. La letra parece del señor don Felicísimo.

—Se la daremos cuando despierte —replicó Doña Paz—. El pobre señor ha pasado muy mala noche.

—Por cierto —manifestó Doña Salomé con semblante muy serio, en el cual se revelaba una aprensión escrupulosa— por cierto que no sé si será conveniente recibir cartas de esta manera. Esto puede dar lugar a interpretaciones contrarias a nuestro honor y buen nombre. Los vecinos se enteran de todo... ven que recibimos cartas... ven que entran aquí de noche muchos hombres... No sé, no sé...

—Calla, mujer —dijo Doña Paz asomando la cabeza por entre el ramaje blanco—. ¿Qué pueden sospechar de nosotras?

—Puede caer alguna tacha, mujer, sobre nuestra reputación —afirmó Salomé de muy mal talante—. Bien sabes tú que no basta ser honrada, sino parecerlo, y dos señoras solas, como nosotras, han de tener mucho cuidado, para no andar en lenguas de maliciosos.

—¡Siempre tonta! —murmuró Doña María de la Paz desapareciendo en lo más espeso del bosque de ropa.

—Yo estoy decidida a hablar claramente al señor don Carlos —añadió la otra—. Nadie le aprecia más que yo; pero este entrar y salir de hombres a todas horas del día y de la noche no está en conformidad con lo que ha sido siempre nuestra casa. ¿Qué quieres? no me puedo acostumbrar: yo soy así. Lo digo y lo repito, hablaré al señor don Carlos.

—No faltaba más sino marear al señor don Carlos con semejante impertinencia —dijo Doña Paz reapareciendo en una alameda de lienzo.

—Lo digo y lo repito... Además, los compañeros, ayudantes o lo que sean del señor don Carlos, no nos guardan las consideraciones que merecemos. ¿Qué más?... Ayer no me había acabado de peinar cuando ese bárbaro de Zugarramurdi entró en mi cuarto sin pedir permiso... ¡Y para qué! para decirme si había yo visto una de sus espuelas que no podía encontrar.

—Bobadas... Habla más bajo... Me parece que se ha despertado el señor Navarro.

Apareció en la puerta una enorme barba a la cual estaba pegado un hombre. De entre aquel enorme vellón castaño salió una voz seca y desabrida que dijo: —El chocolate.

—Enseguida, señor Zagarramurdi. Tome usted esta carta que han traído para el señor don Carlos. ¿Qué tal está hoy?

—Mal —respondió el de la barba dando media vuelta y desapareciendo por donde había venido.

—¡Qué modos! —murmuró Salomé dirigiéndose a su cuarto—. Ya no hay caballeros.

Navarro moraba en la misma habitación ocupada algunos años antes por una mujer que murió en olor de santidad. Poco o ningún cambio había tenido la pieza, que más que gabinete parecía capilla, o mejor un abreviado trasunto de la corte celestial, pues todo en ella era santicos pintados y de bulto, reliquias, estampas de santuarios y monasterios, corazones bordados, palmitos, y un altar completo con sus candeleros de estaño, sus arañas colgadas del techo, sus misales y sus tres curitas de cartón con casullas de papel, en actitud de celebrar misa cantada. Completaban la decoración una enorme espada pendiente del mismo clavo que sostenía un niño Jesús bordado en cañamazo, dos escopetas arrimadas a un rincón, dos guantes y dos mascarillas de esgrima junto a dos pares de floretes, tres maletas muy usadas y un hombre.

Este hombre hallábase sentado o más bien sumergido en un sillón, con las piernas ocultas bajo gruesa manta que le llegaba a la cintura, la cabeza inclinada sobre el pecho y tan inmóvil que parecía dormido o muerto. Un brasero de cisco bien pasado mostraba su montoncillo de ceniza esmaltado de fuego cerca del envoltorio que debía contener los pies del individuo, el cual si alguna vez daba señales de existencia era dándolas de frío. Su cara era morena tirando a verde a causa de la palidez, así como el blanco de los ojos no era blanco sino amarillo. El cabello negro y áspero tenía bastantes canas, y generalmente se veía la potente cabeza apoyada en una mano negra, tostada, cuyas venas retorcidas y tendones y músculos recordaban la mano que don Quijote enseñó a Maritornes cuando lo colgaron del tragaluz de la venta.

En un velador cercano tenía el guerrillero medicinas que tomaba cartas que leía, tabaco, un libro, un rosario y una pistola. Beber y fumar: alternando con lecturas, era su ocupación en las aburridas horas del día precursoras de los insomnios de las noches. No gustaba de que los amigos le dieran conversación. Su mejor amigo era el más discreto de todos, el silencio.

Pero Zugarramurdi y Oricaín tenían un recurso para distraerle, aunque por poco tiempo. Tiraban al florete, y entonces los ojos del guerrillero se animaban; seguía con atención los movimientos de los fingidos duelistas y aun arrojaba alguna palabra picante o algún comentario de maestro entre los rechinantes aceros. Pero de repente decía «basta» y los dos atletas soltaban el florete y se quitaban la máscara, sacando a luz el rostro sudoroso. En aquel momento Zagarramurdi parecía el hombre prehistórico embutido en sus feroces barbas, y Oricaín, el formidable oso navarro, perdía mucho en belleza, porque la máscara de alambre disimulaba su fealdad.

Aquel día (nos referimos al día de la carta de don Felicísimo) don Carlos se cansó más pronto que nunca.

—Basta de estocadas —dijo—. Zugarramurdi, pásate por casa de don Tomás Zumalacárregui y dile que le espero mañana. Oricaín, alcánzame mi rosario y voto. Cuando llegue el padre Gracián, entras y si duermo, me despiertas... Hoy no como.

Pasada la hora de la siesta vino el padre Gracián. Era un mocetón de alta estatura, de treinta y ocho o cuarenta años de edad, moreno, los labios gruesos, la nariz aberenjenada, áspero el pellejo y curtido, como formado expresamente por Dios para resistir a los abrasadores climas del trópico y a los hielos polares.

Su barba era tan negra y espesa que aun afeitada del mismo día dejaba una mancha oscura en toda la parte inferior del rostro. Debía tener fuerzas hercúleas aquel arrogante granadero de la Iglesia, y si bajo el punto de vista corporal estaba admirablemente constituido para las misiones, no lo estaba menos en el orden espiritual, por ser hombre de muchas sabidurías, eruditísimo en las letras sagradas y bastante fuerte en las profanas, elocuente en el púlpito y persuasivo en la conversación, águila en la cátedra y lince en el confesionario. También sabía de medicina y había hecho curas que pasaron por milagrosas. Era tan grandón que su manteo parecía tener una pieza de tela, y cuando se embozaba no concluía nunca de echar paño al viento. Su sombrero de teja no medía menos de una vara, y como lo llevaba siempre un poco echado atrás y su cuerpo se encorvaba hacia adelante, parecía que iba cargando una pesada viga. Sus desmesurados pies, sepultados en zapatos de paño, pisaban con la pesadez y adherencia de la robusta planta calzada de alpargata, que golpea como una maza las baldosas de muelles y almacenes.

Después de saludar con escogida afabilidad al guerrillero enfermo, tomó asiento junto a él, y metiendo la mano por ciertas aberturas de la sotana tras de las cuales había bolsillos tan hondos como el mar, empezó a sacar varios cucuruchos de papel semejantes en tamaño y forma a los que hacen en las tiendas para contener dos cuartos de azúcar, de café o de anises. Conforme los sacaba los iba poniendo sobre el velador y miraba el rotulillo que de su puño y letra estaba escrito en cada uno.

—¿Qué es eso? —preguntó Navarro picado de curiosidad, sospechando que su amigo había puesto tienda de comestibles o droguería.

—Esto es tierra de la ruta de San Ignacio en Manresa, reliquia que solicitan mucho las personas devotas. He recibido hoy una pequeña remesa, y la distribuyo entre las amigas que ha tiempo me la han pedido... Si habré olvidado el cucurucho de Doña María de la Paz... ¡Ah! no, aquí está. Me hará usted el favor de entregárselo. Estos otros son para la Excelentísima Señora condesa de Rumblar, para las monjas de Góngora, para el señor don Pedro

Rey, que ha tenido a la muerte a su preciosa niña Perfectita, y para otras diversas familias...

Enseguida guardó los cucuruchos en sus bolsillos insondables como la mar, y dando después violenta palmada en la rodilla del guerrillero, le dijo:

—Veo que está usted mejor... Esa cara ya es otra... Pronto estará usted bien.

El guerrillero dio un suspiro y se sonrió. Ambas demostraciones indicaban incredulidad del pronóstico y gratitud por el consuelo.

—Pronto, muy pronto, cuando llegue el momento de dirimir en los campos de batalla la cuestión entablada entre el Altísimo y los masones, podrá contar el Altísimo con su más valiente Macabeo.

—Eso es lo que pido a Dios con todo el fervor de mi alma —dijo Navarro echando amargura por la boca y por los ojos— y lo que Dios no me concederá.

—Yo tengo para mí —manifestó el clérigo con mucha fe—, que Dios no se amputará un brazo tan poderoso... La enfermedad de usted no vale nada, repito que no vale nada. No hay lesión, repito que no hay lesión. Es un abatimiento producido por una acumulación biliosa, cuyo origen hemos de buscar en la trabajosa vida de usted y en los disgustos domésticos que han acibarado su alma. El alma, el alma, señor mío, es la que está enferma, y al alma se ha de aplicar la medicina. ¿Cuál es esta? Pues es un confortamiento dulce que se consigue mezclando la confianza con la paz y la indulgencia con la piedad.

Navarro manifestó en su semblante, sin decir palabra alguna, el disgusto que le causaba un tema planteado ya muchísimas veces, aunque, sin fruto, por el venerable padre Gracián.

—No, no frunza usted el entrecejo —dijo este, mostrándose decidido—. No cejaré sino cuando usted me retire su amistad y me arroje de su casa.

—Eso no...

—Pues si eso no, resígnese usted a sentir el moscón en su oído. ¿Y qué dirá el moscón? Dirá que usted no tendrá salud mientras no tenga paz en su espíritu, y no tendrá paz en su espíritu mientras no tenga familia. ¿Y cuándo tendrá usted familia? Cuando se reconcilie con su esposa, previo el arrepentimiento de ella y el perdón de usted. ¡Arrepentimiento, perdón! Sobre estos dos polos se mueve el mundo inmenso de las almas. Todo el saber moral se condensa en estas dos ideas que establecen el parentesco del hombre con Dios...

Navarro quiso hablar.

—No, no admito réplica sobre esto. Lo digo yo y basta —manifestó el jesuita, fuerte en su autoridad—. Cuando yo he planteado a usted este problema incitándole a resolverlo, ya se comprende que no puede haber deshonra para usted. La verdadera deshonra es cerrar los oídos a las amonestaciones de la Iglesia que dice a los esposos: «amaos, uníos». Los juicios del mundo son pérfidos y vanos. ¿Debe hacer caso de ellos un hombre religioso y prudente? No. ¿Cuál es el peor consejero del hombre? El orgullo. ¿Y el mejor? La piedad. ¿Qué le dice a usted su orgullo? le dice: «no cedas y muere envenenado por el rencor antes que pronunciar una palabra indulgente». ¿Qué le dice la piedad? le dice: «perdona para que seas perdonado»... Sé que hay razones de aparente fuerza; pero yo he estudiado el asunto con cariño y he visto que lo que usted presenta como obstáculo no lo es... Dios quiere sin duda que esta obra se realice, porque desde que la emprendí, estoy viendo con mucha claridad el camino de ella. ¿Y qué veo? Veo en esa señora el hastío de la soledad y un deseo muy vivo de establecer en su vida el orden interrumpido; veo que lejos de guardar a usted rencor lo respeta y lo ama. He podido llegar a vencer ciertas resistencias que en su alma había, y con poco que usted me ayude...

—Padre, padre —dijo don Carlos respirando fuerte, porque estaba abrumado bajo el insoportable peso del sermón—, eso no puede ser. Hay roturas que no pueden soldarse nunca, nunca, ni en el cielo. Suponga usted que yo me retiro a un desierto, hago penitencia, me santifico, muero, me salvo y entro en el reino de Dios como bienaventurado, más aún, como santo. Suponga usted también que ella se arrepiente de su mala conducta, que recibe de Dios aflicciones y justas calamidades, que se pudre en vida, que se retira a hacer vida claustral, que luego cae en poder de infieles, que la martirizan, que la queman, que la achicharran, que muere, que se salva, que es santa, que es pura como un ángel... Bueno, suponga usted que nos encontramos en el cielo...

—Y abrazados llorarán lágrimas de perdón —exclamó el padre muy conmovido y cruzando las manos.

—¡No! —gritó Navarro, y aquella sílaba sonó como un tiro.

El jesuita se quedó perplejo, mirando a su amigo con espanto. No se atrevía a insistir en su empeño ante la inalterable dureza de aquella roca en forma humana, que exteriormente tenía todas las escabrosidades de la peña y por dentro todos los amargores del mar; pero también él, el jesuita, tenía a falta de aparentes durezas, la constancia y persistente fuerza de la ola. No creyó prudente insistir por el momento, y encalmándose sin esfuerzo, bajó la cabeza, echó un suspiro y murmuró en tono de paz estas suaves palabras:

—Todo sea por Dios. Hablemos de otra cosa.

—Hablemos de otra cosa —dijo Navarro con alegría—. Hábleme usted de otra cosa, aunque sea de los cucuruchos.

—Tenía que decir a usted no sé qué —indicó Gracián algo confuso; mas dándose una palmada en la frente añadió—: ¡Ah! ya me acuerdo... Tengo aquí la apuntación. Un caballero amigo mío, mejor dicho, conocido, desea hablar con usted. Lo conocí en casa de Doña Genara.

—¡En su casa! —exclamó Navarro poniéndose más verde, y clavando las uñas en los brazos del sillón.

—Sí; también don Felicísimo me habló de él esta mañana... No me acuerdo de su nombre... pero lo apunté y aquí debe de estar.

Diciendo esto el buen jesuita metía la mano y después el brazo hasta el codo en el infinito bolsillo.

—No se moleste usted —dijo Navarro tomando la carta de don Felicísimo que abierta sobre el velador estaba, y mostrándosela a su amigo—. ¿Es este su nombre?

—El mismo —replicó Gracián.

Y en el propio instante se abrió la puerta y apareció la cara, mejor dicho, la zalea con ojos del señor Zugarramurdi, el cual no dijo más que una sola palabra:

—Ese...

Después de mirar un rato muy hoscamente al suelo, Carlos habló así:

—Que entre... Usted, queridísimo padre, me hará el favor de dejarme solo... Mañana tampoco puedo asistir a la junta, pero me representa el Padre

Carasa. Deseo saber inmediatamente lo que se decida. ¿Vendrá usted a decírmelo?

Después de contestar afirmativamente con su afabilidad no estudiada, el dignísimo Padre Gracián salió para seguir repartiendo sus cucuruchos entre las damas piadosas que sabían apreciar tan interesante objeto devoto.

IV

Bien se le conocía a Salvador la emoción que sentía al verse delante del guerrillero, y este, que no esperaba hallar en el semblante de su mortal enemigo otra cosa que desconfianza y altanería, se sorprendió al mirarle cohibido y algo acobardado, mas no sospechó la razón de esta mudanza. Mandole sentar y un buen rato estuvieron los dos mirándose, sin que ninguno se decidiera a hablar el primero. Por fin Carlos rompió el silencio diciendo:

—No podía desairar a don Felicísimo... por eso te he recibido, exponiéndome a las consecuencias de este mal rato. Ya sabes que estoy enfermo y el médico dice que no debo incomodarme.

—Eso depende de ti. Yo vengo con bandera de paz y decidido a no incomodarme. Has hecho bien en recibirme. Hace tiempo que te busco, y ahora que te encuentro te pregunto si crees que no me has perseguido y vejado bastante.

—¿Quieres que sea bastante ya? —dijo Garrote con sarcasmo—. Pues sea y déjame en paz. Si no me acuerdo de ti, si te desprecio...

—¡Pobre hombre! —exclamó Salvador—. Tu orgullo dice tan mal con tus alardes de piedad religiosa... Yo vengo ahora a ponerte a prueba y a ver si tu alma rencorosa es, como parece, incapaz de todo sentimiento que no sea el de la venganza...

—¿Vienes a ponerme a prueba?... Con cien mil rábanos, hombre, que seas benigno —dijo Navarro empezando a enfurecerse—. ¡Y luego me dirá el médico que tenga paciencia, que no me sulfure, que no se me suba a la boca y a los ojos la hiel de mis entrañas!... Oye tú, menguado, por no darte otro nombre, ¿vienes a gozarte en mi desgracia, viéndome enfermo y sin fuerza para castigar un insulto, o vienes a espiarme por encargo de los masones? Si es esta tu intención, no necesitas aguzar el ingenio para descubrir mis acciones. Puedes decir a esos señores que sí, que estoy conspirando irábano! que hago lo que me da la gana, que trabajo como un negro por la causa del Rey legítimo y que yo y mis amigos nos reunimos y nos concertamos, despreciando a este Gobierno estúpido, cuya policía hemos comprado. Al ejército lo seducimos y lo traemos habilidosamente a nuestra causa; al Gobierno le engañamos, y a vosotros los masones de bulla y gallardete os compramos a razón de dos pesetas por barba. Ea, ya lo sabes todo; ya puedes ir con el cuento.

—Ya sé que conspiras —dijo Monsalud manteniéndose sereno— y no me importa... Otro asunto me trae, asunto que es de mucho interés para entrambos, al menos para mí. Dime, ¿no has pensado alguna vez, principalmente en estos días de dolencias, aislamiento y tristeza, en la esterilidad de los infinitos medios que has empleado para exterminarme? ¿No te han venido a la mente consideraciones sobre esto, no te has sorprendido a ti mismo, en ciertos momentos, meditando, sin saber cómo ni por qué, sobre el hecho de que todos tus actos de venganza han sido inútiles, y que Dios me ha preservado casi milagrosamente de tus crueldades?

Mientras esto decía Salvador, le miraba Navarro con cierto asombro que no carecía de estupidez, y era que, en efecto, había meditado no pocas veces sobre aquel problema. Sin embargo, por no declarar que su sombrío interior había sido descubierto, dijo bruscamente:

—Pues jamás he pensado en tal cosa. ¿A qué vienen esas sandeces?

—Estas sandeces —dijo Salvador creciéndose más— son para demostrarte que Dios, a quien tú, llevado de una piedad absurda, crees cómplice de tus violencias y de tus sañudas venganzas, es quien te ha burlado y me ha protegido. ¡Qué bien y con cuanta oportunidad ha deshecho tus combinaciones implacables, permitiendo que llegara un día como este, en el cual voy a desarmarte para siempre!

Navarro seguía mirándole con estupidez.

—Por muy malo que te suponga —añadió Salvador— no te creo capaz de conservar tus rencores después de saber que tú y yo somos hijos de un mismo padre.

El guerrillero saltó en su asiento, como quien oye un insulto. Su cara se congestionó a borbotones echó de su boca estas palabras:

—¡Es mentira, es mentira!

—¿Mentira, eh? ¿con que es mentira? Tengo de ello un testimonio para mí sagrado, escrito por la mano de la persona más querida para mí en el mundo, y ratificado en su lecho de muerte. Tú puedes creerlo o no, según se te antoje: a tu conciencia lo dejo. Cumplo con mi deber diciéndotelo. La mitad de este secreto te corresponde a ti, mal que te pese. Yo no puedo quedarme con él todo entero.

Inquieto en su asiento, Navarro vaciló entre la ira y la curiosidad.

—Esas cosas —dijo— no se pueden creer sin algo que lo pruebe... ¿A ver, qué es eso? ¿Qué significa ese paquete atado con cintas encarnadas?

Salvador había sacado un paquete y escogía en él los papeles que quería mostrar a Carlos.

—Esta es la carta que mi madre me escribió poco antes de morir —dijo poniéndola en manos de Navarro—. Es la confesión de una falta redimida por una existencia de penas y oscuridad; es una declaración santa, que respira honradez, paciencia y bondad. Se necesita ser un monstruo para no inclinarse con respeto ante esa vida de abnegación y deberes trascurrida a la sombra de una vergüenza jamás reparada...

El otro leía, leía. Salvador le miraba leer y mentalmente seguía los conceptos de la carta. Concluida la lectura Navarro dio un suspiro y dijo:

—¡Qué sed tengo!... Si quisieras echar agua de la alcarraza en aquel vaso que allí está y alcanzármelo...

Monsalud le dio agua, y luego que le vio aplacar su sed, diole otros papeles diciéndole:

—¿Conoces esa letra?

—Son cartas de mi padre —murmuró Navarro, devorándolas con la vista.

—No es ocasión ahora —dijo Salvador—, de hacer comentarios sobre las promesas hechas en esas cartas y jamás cumplidas. Esas viejas cuentas se habrán arreglado en otra parte.

Callaron ambos, y Navarro, puesta su alma toda en los ojos, leía las pocas páginas de aquel drama oscuro, desenlazado ya por la muerte. Al concluir se quedó mirando al suelo por larguísimo espacio de tiempo, y luego, evitando el fijar los ojos en su hermano, le dijo lo siguiente:

—Bueno, convengo en que esto no tiene duda. Parece evidente que por la Naturaleza... Pero no, la fraternidad no se improvisa. Eres hijo de mi padre; pero no eres ni serás mi hermano.

—Ni lo pretendo, ni me importa tu fraternidad —replicó Salvador devolviéndole su desvío—. No necesito de ti para nada. Solo he querido que sepas cuán cerca nos puso la Naturaleza, mejor dicho Dios, para que comprendas que el papel de Caín es malo, y hasta desairado.

—Una carta vieja no puede hacer de dos enemigos irreconciliables dos hermanos queridos... Convengo en que no puedo perseguirte más: la memoria de mi buen padre, aquel valiente caballero que murió por la patria, se interpone y te salva...

—Antes me salvaré yo con la ayuda de Dios —dijo Salvador con desprecio—. No he venido a solicitar la indulgencia, que no necesito.

—Pues yo te la doy, ¡cien rábanos! —exclamó el guerrillero sulfurándose—. Mira, dame agua otra vez; tengo mucha sed; tu secreto me sabe a hiel y vinagre.

Bebió, y después, cavilando un poco, dijo como si masticara las palabras:

—Además, antes de hablar de reconciliación es preciso determinar bien quien es el ofendido y quien el ofensor. Te quejas de que te he perseguido y hablas de mis crueldades. Pues yo digo que tú eres el monstruo, tú el criminal, tú el indigno de perdón.

—Acuérdate de aquellos días del año 13, cuando se dio la batalla de Vitoria[1] —dijo Salvador con violencia—. ¡Oh! fuiste tú quien me provocó.

—¡Fuiste tú!.

—¡Tú!

—Repito que tú.

La disputa se agriaba. Salvador quiso calmarla con un ademán de conciliación. Navarro respiraba como quien se va a ahogar.

—Mira —dijo con desabrimiento— lo mejor es que te vayas.

—Antes has de oír lo que voy a decirte.

—Pues di.

—Sí, sostengo que fuiste tú quien primero entabló nuestra rivalidad, no por eso desconozco que cometí después faltas graves, que te ofendí...

---

1   *El Equipaje del Rey José*. (N. del A.)

—¡Lo confiesa el menguado!...

—Yo no soy como tú; yo no tengo el orgullo de mis crímenes, ni los defiendo, por ser míos, contra la razón y el derecho de los demás.

—¡Me has ofendido, y de qué modo! —exclamó Carlos que era todo acíbar—. Con cien vidas que tuvieras no pagarías tu delito... ¡y vienes a amansarme ahora con la pamplina de que somos hermanos, hermanos por la casualidad, por el capricho!... Peor, peor mil veces para tu conciencia.

—Si fuéramos a hacer un análisis —manifestó Salvador—, de todo lo que ha pasado entre nosotros desde el año 13, asignando a cada uno la parte de responsabilidad y de culpa que le corresponde, creo que todos quedaríamos muy mal parados. Bien sé que hay culpas completamente irreparables en el mundo, y ofensas que no se pueden perdonar. Así, mal que le pese a nuestro flamante parentesco, no podemos ser nunca amigos. Pero...

—¿Pero qué?

—Pero debemos extinguir hasta donde sea posible nuestros odios, considerando que hay un tercer culpable a quien corresponde parte muy principal de esta enorme carga de faltas que tú y yo llevamos...

Navarro no le dejó concluir la frase; se levantó y alargando la mano como en ademán de tapar la boca a su hermano, gritó de este modo:

—No la nombres, no la nombres, porque volveremos a las andadas... Has puesto el dedo en la herida de mi corazón, que aún mana sangre y la manará mientras yo viva... ¡Desgraciado de ti, que al ponérteme delante no puedes excitar en mí la clemencia de la fraternidad sin excitar al mismo tiempo el bochorno de la deshonra! ¿Cómo he de acostumbrarme a ver con sentimientos cariñosos a la misma persona a quien he visto siempre con horror?... Déjame en paz. Ya sé que no te puedo matar. Esto basta para ti y para mí. Márchate.

Se quedó tan ronco que sus últimas palabras apenas se entendían... Después de hablar algo más con ronquidos y manotadas, pudo hacerse oír nuevamente.

—Aguarda... La úlcera de mi vida, lo que me ha envenenado el cuerpo y ha trasformado mi carácter haciéndole displicente y salvaje, ha sido mi deshonra. Este puñal, Dios poderoso, ¡cuándo se desclavará de mis entrañas!... ¡Este cartel horrible que en mi frente llevo, cuando caerá!... Soy un menguado, porque no he sabido castigar. ¡He cortado las ramas y he dejado crecer el tronco! Pero el tronco caerá: ese es mi afán, esa es mi locura... Bien sabes que la infame —añadió expresándose con mucha rapidez en voz baja—, lejos de corregirse, progresa horriblemente en el escándalo... Me han dicho que tú también la desprecias... Pues bien, unámonos para castigarla... Merece la muerte... Castiguémosla y después... Después seremos hermanos.

—Veo —dijo Salvador horrorizado— que estás tan enfermo de alma como de cuerpo. No me propongas tales monstruosidades. Estás demasiado embebido en los hábitos y en las ideas del guerrillero para pensar razonablemente.

Al furor sucedió el abatimiento en la irritable persona de Carlos, y por largo rato no dio señales de vida. Salvador le dijo:

—Renuncia a toda idea de violencia y asesinato. Pensando en un castigo imposible, te envenenas el alma. Renuncia también a la agitación de la política y no conspires, no seas instrumento de ambiciones de príncipes. Retírate a nuestro pueblo, busca en la paz la reparación que necesitas y cúrate con la medicina del olvido.

—¡Retirarme al pueblo!... —exclamó Carlos alzando los ojos para mirar de frente a su hermano—. ¿Para qué? ¿para sentir más el horrible vacío de mi alma y la soledad en que vivo? La agitación de estas luchas civiles y el afán de hacer algo por una causa justa, me distraen haciéndome llevadera la vida; pero la soledad del pueblo me abate y entristece de tal modo que si yo pudiera llorar, lloraría sobre los muros de mi casa desierta. Si al menos encontrara allí familia, algún pariente, amigos, antiguos criados... pero no; nadie. Mi casa parece un panteón; y las calles de la Puebla repiten mis pasos como ecos de cementerio. Los recuerdos son allí mi única compañía, y los recuerdos me asesinan.

—Lo mismo me pasa a mí —exclamó Salvador—. Sin familia, solo, privado de todo afecto, parece que estoy condenado, por mis culpas, a vivir sobre el hielo. También yo he visitado hace poco nuestra villa y se me han caído las alas del corazón al verme forastero en mi pueblo natal.

—A mí me perseguían de noche no sé qué sombras que salían de aquel negro caserío. Todos los perros del pueblo me ladraban ¡mil rábanos! con furia horripilante.

—También a mí. Encontré algunas personas y me reconocieron; pero me miraban con mucho recelo, como si fuera a quitarles algo.

—Me pasó lo mismo. Entonces conocí cuán triste es no tener a nadie en el mundo a quien confiar una pena del corazón, una alegría, una esperanza.

—Yo también. Y entonces me sentí viejo, muy viejo.

—Lo mismo yo. Y dije: «si yo tuviera junto a mí a un ser cualquiera, aunque fuese un niño, no saldría a los campos en busca de aventuras, ni me afanaría tanto porque reinase Juan o Pedro».

—Igual he pensado yo... Si algo me consolaba en aquella soledad lúgubre era el recordar cosas de la niñez. ¡Y las veía tan claras cuando pasaba por los sitios donde solíamos jugar, por el sitio donde estuvo la escuela, por el atrio de la iglesia y el puente, y casa del tío Roque el herrero...!

—Pues yo me pasaba las horas muertas reproduciendo en mi memoria aquellos días... ¡Cuántas veces me acordó de la pobre Doña Fermina tu madre! ¡Era tan buena!... ¿No se ponía a hacer media sentada junto a una puerta que hay a mano derecha como entramos en el patio?

—Sí, sí.

—Y me parece ver al Padre Respaldiza, contando chascarrillos, y a aquella Doña Perpetua que vivió más de cien años. Yo recuerdo que tu madre me agasajaba mucho cuando yo, jugando contigo y con otros chicuelos, me metía en el patio de tu casa. Me abrazaba, me besaba y me ponía sobre sus rodillas; pero yo me desasía de sus brazos para correr y subirme a un montón de vigas... ¿No había un montón de vigas en el patio?

—Sí, sí.

—¿Y no tenía tu madre muchas gallinas?

—Sí.

—Un día reñimos por un pollo y nos dimos de bofetadas tú y yo. Otro día nos hicimos sangre a fuerza de darnos porrazos y quedamos como dos *Ecce-homos*... Después...

Navarro dio un gran suspiro diciendo luego:

—Parecía que estábamos destinados a una rivalidad espantosa por toda la vida... Un día, cuando ya éramos grandecitos, volvíamos de componer un aro de hierro en casa del tío Roque, y encontramos a Genara que salía de la escuela...

Aquí concluyeron los recuerdos. Como una luz que se apaga al soplo del viento, Navarro cerró la boca, apretó los labios fuertemente cual si quisiera hacer de los dos un labio solo, frunció las cejas haciendo de ellas como un nudo encargado de contener y apretar toda la piel de la frente, y descargó al fin la mano con tanta fuerza sobre el brazo del sillón, que a punto estuvo este buen inválido de saltar en astillas.

—Parece imposible —dijo después— que basten algunos años para que los ángeles se conviertan en demonios, y los hombres en fieras... Tú, oye... —añadió con altanería—, no hagas caso de mis habladurías... Dígolo por si se me ha escapado alguna frase que indique disposición a perdonar, blandurillas de corazón u otra cosa semejante, indigna de mi carácter entero y de mi honor. Ella será siempre para mí el tormento y la mala tentación de mi vida, y tú... un hombre a quien no veo ni podré ver nunca sin violentísima antipatía. Haz aprecio de mi rara franqueza, ya que no puedas apreciar en mí otra cosa... ¿Quieres que te lo diga más claro? Pues lo mismo me quemas la sangre ahora que antes. Desconfío de tus palabras, desconfío de tus acciones, desconfío de nuestro parentesco, que bien puede ser tramoya inventada por ti, desconfío de tus arrepentimientos, y como ha de serte más difícil ganar mi voluntad que ganar el cielo, será bien que me dejes en paz y que no vengas acá con hermanazgos ni embajadas sentimentales, porque otra vez no tendré la santísima paciencia que ahora he tenido: ya me conoces, ya sabes mi genial. Esta enfermedad del demonio me ha echado cadenas y grillos; pero yo sanaré, con mil rábanos, sanará, y te juro que no habrá quien me sufra. ¿Has oído bien? no habrá quien me aguante... Las bromas que yo gasto pasan por barbaridades en el mundo... No me busques, pues, y yo te prometo que no te buscaré. Es todo lo que puedo hacer.

Diciendo esto le señaló la puerta. Era ya casi de noche, y en la sacristanesca pieza oscura cada uno de los personajes veía a su interlocutor como si fuera su propia sombra. Levantose Salvador de su asiento y despidiose del guerrillero con esta lacónica frase:

—Adiós. No te buscaré. Si llegas alguna vez a mi puerta, según como llames a ella te responderé.

V

Salió, y cuando iba en busca de la puerta por el pasillo, que oscurísimo como la caverna de Montesinos estaba, tropezó con un bulto, el cual, por el agudo chillido que siguió al choque, demostró ser mujer y mujer muy sensible.

—Brutísimo, salvaje... ¿no tiene usted ojos en la cara? —gritó la voz—. ¿Qué modos son esos?

—Señora —dijo Salvador quitándose el sombrero, mas sin ver gota—, dispénseme usted. Ojos tengo, pero de nada me sirven, pues no hay luz en el pasillo. Buscaba la puerta...

—¿Y soy yo acaso la puerta, señor majadero?... ¡Qué consideraciones gastan con las señoras los hombres de esta casa!...

Hablando así la dama abrió la puerta y con la claridad indecisa que de la escalera venía pudo Salvador verla y advertir que parecía dispuesta a salir también. Llevaba mantilla negra y una dulleta en cuyo adorno habían entrado pieles de diversos animales domésticos, hábilmente combinadas con galones que siglos antes lucieron en la túnica de algún santo o en el valiente pecho de algún oficial de guardias walonas. Salvador, que había visto algunas veces a la dama, la conoció. Acostumbraba a mirar con respeto aquella decadencia más lastimosa que risible.

—Vuelvo a pedir a usted mil perdones —le dijo—, por mi torpeza... Veo que también sale usted, señora, y si me lo permite tendrá mucho gusto en acompañarla.

—Gracias, muchas gracias —replicó la momia dando en dirección a la escalera algunos pasos en los cuales se advertía marcado prurito de agilidad—. Yo también necesito excusarme por haber dicho a usted algunas palabras inconvenientes, confundiéndole con ese hombre basto, ese Zugarramurdi, que es un mueble con andadura.

Salvador le ofreció el brazo que ella no tuvo inconveniente en aceptar. Bajando la momia, arrojó de sí esta pregunta, metida dentro de un suspiro:

—¿Es usted amigo del señor don Carlos?

—Sí, señora.

—Si no me engaño, es la primera vez que viene usted a casa. ¡Ah! esto parece la casa de Tócame Roque, según la gente que entra y sale. Y no es toda gente de principios, ni se nos guardan los miramientos que nos corresponden. No extrañe usted que me admire de su urbanidad, pues vivimos en una época en la cual se puede decir que no hay caballeros... ¿Por ventura es usted el que estaban esperando?

—Sí, señora, me esperaban... —indicó Salvador por decir algo.

—El que esperaban de Cataluña, para empezar la danza... ¡Pero ha visto usted, caballero, qué estupidez! pretender que esta nación heroica sea gobernada por una reina en mantillas.

—Una necedad, sí señora.

—Porque usted será indudablemente de los primeros espadas en esta sacratísima guerra que se prepara.

—De los primeros no... Mas...

—No sea usted modesto. La modestia es compañera inseparable del verdadero mérito —dijo la dama trayendo a los labios con no poco trabajo, desde el fondo de su alma seca una gota de fiambre dulzura—. Quizás me equivoque, ¿pero no es usted don José O'Donnell?

—No soy O'Donnell.

—¿No es usted comisionado de la Regencia secreta que se ha formado en Cataluña, presidida por el prepósito de los Jesuitas? Yo estoy al tanto de todo, y conmigo, caballero, no valen los misterios.

—Juro a usted, señora, que no soy el que usted supone.

—¿Ni tampoco el coronel don Juan Bautista Campos, que tiene en el hueco de la mano, como quien dice, a los voluntarios realistas de media España?

—Tampoco.

—Mire usted que soy algo pícara —dijo la momia contrayendo de tal modo el amojamado rostro para sonreír, que Salvador, al mirarla, tuvo algo de miedo—. ¡Oh! no me falta penetración, y en punto a relaciones con personas comprometidas en la causa del trono legítimo, no habrá seguramente quien me gane... Caballero, ¿sabe usted que hace un frío espantoso?

Salvador notó que la dama se agarraba más fuertemente a su brazo. Al sentir los puntiagudos dedos de esqueleto y el roce de los viejos tafetanes del vestido, así como el de las pieles impregnadas de olor de sepulcro, sintió que era una verdad aquel frío glacial de que la dama hablaba.

—Hace mucho frío, sí señora.

—Y las calles están muy solitarias. Si fuera usted tan bueno que quisiera acompañarme hasta la casa adonde voy de visita...

—Con muchísimo gusto, señora.

—Es cerca: junto a San Sebastián.

—Media legua —dijo para sí Monsalud; pero no teniendo ocupaciones, dio por bien empleado el paseo en obsequio de una desvalida señora que tan bien parecía agradecerlo.

—Doy a usted otra vez las gracias —dijo esta—, por su amabilidad, que es más digna de aprecio en una época en que se han acabado los caballeros... Pronto llegaremos: voy a casa de Paquita de Aransis, la señora del coronel don Pedro Rey. ¿Conoce usted a esa digna familia?

—No tengo el honor de conocerla; pero ese apellido de Aransis no es extraño para mí.

—Es una alcurnia noble de Cataluña. ¿Ha estado usted en Cataluña?... Quizás haya usted conocido al conde de Miralcamp, que es Aransis, al alcalde de Cervera, que es don Raimundo Aransis. También conozco yo en Solsona una monja Aransis, que es hermana de Paquita.

—¡Ah! sí, la conozco —dijo Salvador prontamente, herido por vivísimos recuerdos.

—Esa familia está emparentad a con la nuestra —añadió la señora, que era harto redicha para ser momia—. Paquita es tan buena, tan cariñosa, tan excelente cristiana y tan mujer de su casa... Tiene dos hijos que son dos pedazos de gloria, según dice el padre Gracián, Juanito que ahora va a Sevilla a estudiar leyes, al lado de sus tíos paternos, y Perfecta, que es un perfecto ángel de Dios. La pobre niña ha estado enferma hace poco con unas calenturas malignas que la han puesto al borde del sepulcro... ¡Cuánto hemos sufrido! La condesa de Rumblar y yo alternábamos para velarla... una noche ella, otra yo... Usted conocerá seguramente a la condesa de Rumblar, y a su hija Presentacioncita, y a su yerno Gasparito Grijalva, ese tronera, liberalote que concluirá en la horca...

—Si es liberal, no concluirá en bien.

Salvador tuvo que moderar el paso, al notar que su compañera se sofocaba bastante.

—Usted —dijo esta, aspirando el aire con celeridad, como un fuelle viejo que para nutrirse necesita agitarse mucho—, ha vivido al parecer lo bastante, para conocer a mucha gente, tener muchos amigos y presenciar multitud de sucesos; pero no lo necesario para ver pasar épocas y familias, para ver extinguirse las amistades, mudarse las fortunas, morir las ilusiones y caer en ruinas las cosas más reales de la vida.

—Algo y aun algos de eso he visto por desgracia, señora —dijo Salvador sorprendido de aquel sentimentalismo que por cierto modo artístico se avenía bien con el empaque funerario de su distinguida interlocutora.

—¡Oh! caballero —exclamó esta deteniéndose y clavando en él sus ojos que brillaron como las últimas ascuas de un hachón sepulcral—, ¿no es muy triste ver tanta cosa muerta en derredor nuestro, y sentir ese frío del alma que dan las memorias marchitas, cuando pasan? Hacen un murmullo triste como el remolino de hojas secas, y dan escalofríos como la llovizna de otoño ¿No es verdad, no es verdad esto?

—Es verdad —dijo Salvador participando de aquel escalofrío.

Y vio extinguirse la chispa funeraria en los ojos de Salomé, porque sus flacos párpados cayeron como apagadores de iglesia, y dejaron el amarillo semblante en su primitivo aspecto de cosa completamente acecinada y seca.

—¡Caballero, tengo un frío horrible! —murmuró la dama temblando—. Vamos a prisa.

El cielo estaba como suele verse en las noches de invierno, limpio, estrellado hasta la profusión, hasta el derroche, cual si saliesen a la bóveda del cielo más astros de los que caben y pugnasen por quitarse el puesto unos a otros. El aire quieto, sereno, tenía un no sé qué, solo comparable al fulgor horripilante de la cuchilla acabada de afilar. Las estrellas alargaban sus fríos rayos atravesando la inmensa región de invisible hielo, y la Luna, pues también había Luna, difundía claridad verdosa por calles y plazas. El suelo parecía el lecho de un río que se acaba de secar, dejando al descubierto su limo lleno de fosforescencias. Tres o cuatro calles atravesó la pareja sin decir palabra, y al llegar a un portal de mediano aspecto en la calle de las Huertas detúvose la muerta viva, y sin soltar el brazo del caballero, anunció con una sola voz el fin de la jornada.

—Ya —dijo con expresión de lástima, y luego fue retirando su mano poco a poco para llevarla a la cabeza, donde pedían reparación los pliegues de la mantilla y una guedeja rubia, que desertaba de las filas donde la había puesto el peine pocas horas antes—. Ya se ha molestado usted bastante. Bueno ha sido el paseo... y debemos dar gracias a Dios de que no nos haya visto nadie, porque si nos hubieran visto... ¡Ah! no sabe usted hasta qué punto es atrevida la calumnia en estos tiempos... ¿Quién me asegura que mañana no dirán de mí herejías sin cuento por haberme dejado acompañar de noche por usted?

—Señora, creo que no dirán nada —observó Salvador, reprimiendo la sonrisa que a sus labios venía.

—¡Oh! quién sabe... Ahora todo se juzga por el aspecto malo. ¡Ah! ni la nieve misma está libre de mancharse o de ser manchada... Retírese usted... yo comprendo que deseará prolongar la conversación en el portal; pero no puede ser, no puede ser de ningún modo.

Después de ofrecerle su casa con no pocas zalamerías, rogó al caballero tuviese la bondad de decirle su nombre para conocer mejor a la persona a quien debía agradecer galanterías inauditas en una época ¡ay! en una época calamitosa y estéril en que no había caballeros. Dicho el nombre, la momia lo repitió con agrado y después dijo:

—¿Militar?

—No, señora, paisano.

—¿Andaluz?

—Alavés.

—¿Y hasta la muerte defensor del trono legítimo...?

—Del trono de Isabel II.

—¿Pues qué? es usted...

—Masón, señora.

Al expresarse así, con la sonrisa en los labios, Salvador creyó que no merecía respuestas serias aquel interrogatorio impertinente. La momia estuvo a punto de deshacerse en polvo al oír la nefanda palabra. Estremecida dentro de sus apolilladas pieles y de sus ajados tafetanes, llevose las manos a la cabeza, lanzó una exclamación de lástima y desconsuelo, y por breve rato no apartó del cielo sus ojos fijos allí en demanda de misericordia.

—¡Masón! —repitió luego mirando al que, según ella, era un soldado de las milicias de Satanás—. ¡Quién lo diría!

Y señalando con su mano flaca, cubierta de guante canelo, una luz que a cierta distancia se veía, como farolillo de taberna o café, dijo entre suspiros:

—En donde está aquella luz se reúnen sus amigotes de usted... Caballero, si me permite usted que le dirija un ruego, le diré que por nada del mundo sea usted masón. Todo está preparado para el triunfo de la monarquía verdadera y legítima, y es una lástima que usted perezca, porque perecerán todos, no hay duda... Cuando usted me dijo que es masón, vi... yo siempre estoy viendo cosas extrañas que luego resultan verdaderas... vi un montón de muertos en medio de los cuales asomaba una cabeza...

Le tomó una mano, y al contacto del guante canelo, que por su delgadez apenas disimulaba la dureza de los dedos fosilizados, Salvador sintió que se le comunicaba un frío glacial, llegando hasta su corazón.

—Aquella cabeza era la de usted —prosiguió la momia—. Usted se reirá; pero yo no; porque la experiencia me ha enseñado a dar un gran valor a mis corazonadas, y en el tiempo escaso de nuestro conocimiento he podido apreciar las notables prendas de usted. ¡Oh! sí, todavía hay caballeros; pero pronto, muy pronto quizás no haya ninguno. Adiós.

Le estrechó un momento la mano y desapareció dentro del portal, oscuro y profundo como un sarcófago.

Salvador permaneció un rato en la puerta, mirando al hueco oscurísimo que se había tragado a su dama de aquella noche, y murmuró estas palabras:

—¡Pobre señora!... Sin duda está loca.

Alejose despacio, sin poder echar de su mente tan pronto como quisiera la imagen de la fantasma a quien había dado el brazo y que parecía el duendecillo propio de las heladas y claras noches de enero en el clima de Madrid. Después de andar un poco maquinalmente y sin dirección fija, hallose bajo el farol que poco antes le señalara la mano del guante canelo.

—El café de San Sebastián —pensó—. Ya que estoy aquí entraré. No faltarán amigos con quienes pasar un rato.

VI

El café no estaba lleno de gente, y en su pesada y brumosa atmósfera se podían contar los grupos diseminados, y aun las personas. Algunos individuos, con el sombrero echado atrás, la capa colgando de los dos hombros o de uno solo, charlaban a gritos entre sorbo y sorbo, sin tocar asuntos de política, por ser género que no se podía tratar a gritos. Otros en baja y temerosa voz, cual si pronunciaran algún conjuro sobre el líquido negro, a quién daban cierto carácter quiromántico los misteriosos ingredientes de que se componía. Estos señores de la capa arrastrada y de los codos sobre la mesa y del sombrero hasta las cejas hundido, eran los arregladores de la cosa pública. Ya desde entonces se dedicaban con preferencia a esta patriótica tarea de arreglar al país los hombres sin oficio ni ganas de aprenderlo, que sentían la irresistible vocación del empleo lucrativo. Algunos lo hacían también por cierta desavenencia ingénita con el poder público, y los menos por exaltación de ideas o por leal deseo de labrar el bien de la muchedumbre. De todas estas especies de patricios había la noche aquella pocas aunque buenas muestras en el café de San Sebastián.

No había andado Monsalud cuatro pasos dentro del local, cuando se sintió llamado desde lados opuestos. Acudió allí donde había visto caras más de su gusto, y después de saludar a varios individuos sentose en la más apartada mesa en compañía de dos sujetos. Uno de ellos parecía tener con Salvador amistad antigua y estrecha porque se saludaron con mucho afecto. Era de edad mediana y buena presencia; llamábase don Eugenio Aviraneta: su patria era Guipúzcoa y tenía el especialísimo talento de la conversación, calidad no escasa en España, donde se han hecho grandes carreras por saber contar cuentos o referir bien o plantear con arte los asuntos y cuestiones de todas clases. El otro era más joven, de color pálido tirando a aceitunado, el pelo y cejas de grandísima negrura, la nariz afilada el bigote corto y espeso, modelado por la navaja de una manera singular con arreglo a la moda más ridícula que puede imaginarse, la cual consistía en trazar dos líneas rectas desde las ventanillas de la nariz a los extremos de la boca, dibujando así un pequeño mostacho rigurosamente triangular que llevó el nombre de *bigotillo de moco*. También llevaba el aceitunado personaje una perilla de rabo de conejo, y en los cachetes patillas o chuletas cortas, también modeladas por la navaja con un esmero tal que casi venía a confundirse el oficio de rapista con el arte del escultor. Esto y el breve tupé acompañado de mechoncillos sobre las orejas estaban declarando a gritos que el remate y coronamiento de tan singular cabeza había de ser uno de aquellos ingentes morriones de base estrecha y anchísima tapa, visera menuda y carrilleras de cobre suspendidas a los lados de la placa frontal. El tal morrión inconmensurable se estaba viendo, sí, sobre la cabeza de aquel buen señor por la fuerza de la analogía, aunque estaba descubierto y vestido de paisano. Pero si por un hilo se saca un ovillo, suele también sacarse por una cara un morrión, y así se podía decir a boca llena que nuestro individuo era militar y por más señas *ayacucho*.

—Te presento a mi amigo el capitán Rufete— dijo Aviraneta poniendo en relaciones a sus dos camaradas—. Y ahora cuéntanos algo, dinos qué es de tu vida, hombre. Después que eres rico no hay quien te vea.

Hablaron largo rato de cosas de la vida, de viajes, de caza, de enfermedades, y sin saber cómo pararon en la cuestión magna del día, a saber, que el Rey no se moría tan presto como algunos pillos quisieran, que se había decidido jurar solemnemente a Isabelita como heredera del trono, y que el buenazo de don Carlos se marchaba a Portugal. Rodó la conversación de idea en idea, hasta que Aviraneta tocó a Salvador en el brazo y le dijo con misterio:

—Si quieres encargarte de una misión delicada, no hay ningún inconveniente en confiártela.

—Ya sé que conspiras, ¿pero por quién? —replicó Salvador riendo— ¿Por Cristina, por don Carlos o por ambos a la vez?

—Tú me conoces, y sabes que con alas mías no ha de volar ningún murciélago. Me ha comprometido a explorar los ánimos de la gente liberal para saber en qué condiciones se podría contar con ella en caso de una guerra civil.

—Los libres —dijo el *ayacucho* con énfasis—, están y estarán siempre al lado de la Princesa, si a la Princesa le ponen por almohada en su cuna *el mejor de los códigos*.

El llamar *libres* a los liberales y *el mejor de los códigos* a la Constitución del 12 constituía, con otras muchas frases, un estilo especial que por largo tiempo prevaleció en todas las manifestaciones literarias del partido avanzado.

—Calle usted, hombre, por amor de Dios —dijo Aviraneta reprendiendo con un gesto la espontaneidad del capitán—. Los *libres*, como usted dice, y los liberales, como los llamo yo, están tan divididos que no oye usted dos opiniones iguales si habla con ellos. Hay multitud de tontos a quienes no se puede arrancar de la cabeza lo *del mejor de los códigos*; hay algunos solemnes pillos que por malicia y por tener poder ante la canalla, gritarán, si les dejan, *constitución o muerte*; hay el grupo de los *anilleros* o de los *sabios*, que reniegan de todo si no les dan las dos Cámaras con Carta, a la francesa, y aun creo que alguien quiere que haya tres Cámaras, por no parecerle bastante dos. Unos piden que haya mucha religión sin dejar de haber libertad, mientras los *iluminados* desean acabar con la gente de cogulla y quemar los conventos, para que *suprimidos los nidos no haya miedo de que vuelvan los pájaros*. Yo he tanteado aquí y allí y he encontrado asperezas que no es fácil suavizar, y antagonismos que no es posible vencer. Martínez de la Rosa, Toreno, Burgos y comparsa se niegan a todo lo que sea revolución, Palafox se aviene siempre con el parecer de Calvo de Rozas, y Calvo de Rozas, unido con Flores Estrada, ha hecho una constitución templadita. La quieren tanto, como buenos padres, que si no es preferida, dicen que no se cuente con ellos para nada. Romero Alpuente y los exaltados juran y perjuran que no hay más Constitución que la del 12 en todo el globo terráqueo, y que ellos la harán triunfar, pese a quien pese. Vamos, esta es una casa de fieras, y yo digo que convendría que estallase la guerra y viniesen grandes peligros para que entonces se unieran tantas voluntades y se llegara a un acuerdo en lo de la Constitución definitiva, aunque hubiese siete Cámaras y cuatrocientas alcobas.

—La Nación soberana —dijo el *ayacucho* hablando como hablaría Solón—, decidirá en su día lo que mejor convenga. Un pueblo libre no se equivoca.

—Con sentencias sacadas de las *Gacetas*, amigo Rufete, poco adelantamos. Yo veo que las divisiones son hondas, que el partido liberal, por estar disperso y perseguido, no tiene ya una idea fija y común sobre nada. El ejército, que antes era amigo de la Constitución del 12, ahora va donde le llevan, y es realista con el conde de España y templado con Llauder. Pues bien, en vista de este desconcierto, ¿no es patriótico intentar la reconciliación de todos los que aborrecen la tiranía? ¿Qué te parece, Salvador, no es patriótico, altamente patriótico?

—Me parece tan patriótico como imposible —replicó el interrogado.

—Conozco a mi país, conozco a mis paisanos, he pulsado teclas de conspiración en distintas épocas; sé el valor que tienen las ideas, insignificante junto al valor de las pasiones; sé muy bien que a los políticos de nuestra tierra les gobierna casi siempre la envidia, y que la mayoría de ellos tienen una idea, solo porque el vecino de enfrente tiene la idea contraria.

—Pesimista estás —dijo Aviraneta severamente.

Luego se llevó el dedo a la boca con cierto aire solemne, y levantándose ordenó con una seña a sus dos amigos que le siguiesen, lo que hicieron de buen grado Rufete y Salvador, el uno por disciplina de conspirador y el otro por curiosidad. Atravesando una puertecilla que junto al mostrador había, pasaron a un cuartucho estrecho y oscuro, formado en el anguloso hueco de la escalera que a las terulias conducía. Un ruinoso banco ofreció durísimo y no muy limpio asiento a los tres individuos, y dábanle compañía algunas cafeteras de largo pico, cajas vacías, escobas y enormes cangilones destinados a usos distintos. Aquel era el laboratorio químico de donde salían las ingeniosas mezclas a qué debió su fortuna el amo del establecimiento (el cual, dicho sea de paso, era ferventísimo patriota); allí era donde se verificaba la multiplicación de las raciones de leche, gracias al agua que Dios crió; allí se fabricaba con diversas sustancias europeas y asiáticas el café de Moka, y allí las libras de azúcar se convertían en arrobas de la noche a la mañana, lo mismo que un quidam se convierte en ministro.

Sentáronse en aquello que más parecía nicho que cuarto, y como no tenían luz, no eran vistos de fuera y podían ver a todos los que desde el café subían a las regiones altas.

—Aquí podemos hablar cómodamente —dijo el guipuzcoano—, y explicaré mi idea sin que nadie se entere. Para poner remedio al grave mal que antes indiqué, he determinado fundar una sociedad secreta...

—Ya pareció aquello —dijo Salvador interrumpiendo con su risa el grave exordio de su amigo—. En eso habíamos de parar.

—Cállate, no juzgues lo que no conoces todavía... Una sociedad secreta que se llamará *La Isabelina* o *de los Isabelinos*.

—Insisto en mi opinión de que se llame de los *Patriotas isabelinos* —dijo el ayacucho, demostrando en su acento y en la tiesura de su mano enérgica la importancia que daba al bautismo de la sociedad proyectada.

—El nombre debe ser breve y sencillo.

—Ya tenemos el masonismo en planta —indicó Salvador—, con sus irrisorios misterios, sus fórmulas y necedades.

—No, no, hijo, aquí no hay misterios.

—¿Ni iniciación, ni torres, ni orientes?...

—Nada de eso.

—¿Ni vocabulario especial, ni mandiles?

—Nada, nada.

—No habrá más que el juramento de someterse intencionalmente a la soberanía de la Nación —afirmó Rufete.

—Aquí es todo corriente. No hay misterios. La sociedad trabajará en silencio, pero sin fórmulas masónicas, y nos llamamos por nuestros nombres, si bien en los actos y documentos adoptamos un signo convencional para designarnos.

—¿De modo que la sociedad funciona ya?

—Se está formando. Todavía no hemos tenido una reunión total de asociados... ¿Cuántos hay en la lista, querido Rufete?

—Trescientos veinte y uno —dijo el ayacucho, que por lo visto desempeñaba las funciones de secretario.

—No se ha hecho nada todavía, no ha ido a provincias ningún comisionado. Se necesita uno de toda confianza y muy listo, que vaya a París y Londres a entenderse con los emigrados que quedan por allá y con otras personas residentes en el extranjero, y que no nombro porque no puedo nombrarlas.

—Ya... y ese correveidile que se necesita...

—Correveidile no, sino agente; ese agente que se necesita eres tú.

—Pues te juro —dijo Salvador de la manera más jovial—, que si la sociedad *Isabelina* o de los *Patriotas isabelinos*, como pretende el señor... y se me figura que lo pretende con razón...

—La idea del patriotismo —exclamó Rufete sin poderse contener—, es tan primordial, que debe ponerse al frente de todas las denominaciones, para que se grabe más y más en la mente del pueblo.

—Pues, decía —prosiguió el otro—, que si la sociedad espera para extenderse y prosperar a que yo sea su agente, llegará el Juicio final sin que de todos los frutos que el país y tú esperáis de ella.

Aviraneta meditaba, la mejilla apoyada en la mano. A cada instante se oían los pasos de los que subían por la escalera, y como esta era endeble y estaba tan cerca de las cabezas de los tres sujetos, parecía que se les venía la casa encima siempre que un patriota se encaramaba a los aposentos altos.

—¡Malditos! —exclamó Aviraneta, en ocasión que subían tres cuatro mozalbetes metiendo más ruido que los monaguillos en día de repicar recio—. Esos son los que todo lo echan a perder con sus inocentadas. Ahora los tiernos angelitos, en vez de chuparse el dedo, han dado en la flor de jugar a la masonería y al carbonarismo, y entre burlas y risas tienen arriba sus *Cámaras de honor* y sus *Hornos*, donde hacen varias mojigangas, que es preciso denunciar a la policía. Son casi todos chicuelos con más ganas de hacer bulla que de estudiar. ¡Y qué discursos los suyos! Es esa una empolladura de oradores que, si no me engaño, ha de dar a España más peroratas que garbanzos dará Castilla.

—Estos pajarillos cantores —dijo Monsalud riendo—, vienen siempre delante de las tormentas políticas, anunciándolas con sus angelicales trinos. Es un fenómeno que observé en la tormenta pasada y que se repetirá, no lo duden ustedes, en las que han de venir; y así veremos siempre que toda trasformación política de carácter progresivo viene precedida de grandes eflorescencias de sabiduría infantil y discursos en las aulas.

—Pues grande va a ser la trasformación —manifestó Aviraneta—, si se ha de juzgar de ella por lo que chilla esta caterva de pavipollos... ¡Santa

Mónica, cuántos suben ahora, y qué pico tienen! Esa voz... Oigan ustedes qué órgano tan admirable: es González Bravo, un mozo terrorista, más listo que Cardona y con más veneno que un áspid... Pero, volviendo a nuestro asunto, nosotros, al fundar la sociedad isabelina, llevamos el objeto de unificar el pensamiento de los liberales y de traer al ejército a una idea común que sea precursora de una acción común.

—El ejército está profundamente dividido —dijo Salvador—, pues me consta que el bando apostólico o *carlino*, como ahora se llama, ha hecho últimamente grandes adquisiciones en la Guardia Real.

—El ejército es liberal —exclamó Rufete, que no pudiendo estar por más tiempo callado tomó la palabra con estruendo en la primera coyuntura—. El ejército se compone de hombres libres que aman *el más perfecto de los códigos* y aborrecen la tiranía. Dígase *Constitución*, y el ejército responderá *Constitución*.

Y echando un poco atrás el sombrero, que debía ser morrión de los de tinaja invertida, se puso más amarillo y acompañó su alteración facial de estas patrióticas palabras:

—Muchos hablan del ejército sin conocerlo, y yo, que lo conozco, que pertenezco a él, que me glorio de pertenecer a él, digo que con excepción de media docena de traidores, todos somos liberalísimos, aquí y en América. Yo he estado en América, señores; me he batido en aquellos colosales combates de Chuquisaca y Cochabamba, y puedo decir que nada nos consolaba de nuestras privaciones y trabajos como hablar de la Constitución, pensar en ella y poder escribirla en nuestras banderas para hacer doblar la rodilla a los indios más bravos. Recuerdo bien que después de la famosa expedición de Jujuí, nos llegó la noticia del triunfo de la Constitución en las Cabezas de San Juan, y nos volvimos locos de contento. Deseábamos, o que nos trajeran a España, o que nos llevaran allá al bendito Código, y no pudiendo ser ni una cosa ni otra, celebramos con fiestas, bailes, versos y meriendas aquel gran suceso. La alegría era general. Algunos tuvimos el proyecto de proclamar la Constitución en el Perú; pero el traidor de Maroto se opuso. Los *libres* deseábamos que la América adoptase el *sistema*, los traidores no querían sino hierro y sangre; y yo pregunto ahora lo que he preguntado siempre: ¿quién es responsable de que se perdiera la tremenda batalla de Ayacucho? ¿Quién?...

—Esa cuestión, querido Rufete —observó Aviraneta viendo con disgusto que la musa histórica de su secretario remontaba el vuelo en demasía—, ha perdido su oportunidad. Poco nos importa saber quien lo hizo peor en América. En cuanto al ejército, ya sabemos que en su mayoría es liberal; pero usted mismo ha hablado de traidores: traidores hubo en América, y también los hay en España.

—Aquí tengo la lista —exclamó prontamente Rufete haciendo ademán de sacar un papel.

—No, no saque usted la lista. Tampoco eso nos importa gran cosa ahora... Nuestra sociedad cuenta ya con un brillantísimo contingente de personajes civiles.

—Espere usted —insistió Rufete revolviendo sus papeles—, aquí está.

—No... ¡Con cien mil palitroques! tampoco nos hace falta ahora la lista de *isabelinos*. Envaine usted sus listas, hombre. Lo que yo quiero es traer a nuestras filas a este buen amigo, para darle una comisión que desempeñará bonitamente.

Salvador hizo con la cabeza repetidos signos negativos.

—Eso lo veremos —dijo el guipuzcoano—. Peñas más duras he quebrantado yo. ¿Tienes ocupaciones?

—Las de mis intereses, que no son muchas.

—Es verdad que casi eres rico; ¡mal negocio! ¿Te has casado?

—No.

—¿No ambicionas una posición elevada?

—No ambiciono nada más alto que este banco, y lo que llaman aura popular me incomoda más que la tristeza de estar solo.

—A pesar de todo —dijo Aviraneta—, creo que te conquistaré.

Y calló después. De buena gana se habría desprendido en aquel momento de los servicios de su secretario Rufete, cargado de listas, para estar solo con Monsalud y hablarle franca y descubiertamente, pues bien se conocía que el astuto conspirador había manifestado su idea de un modo harto enigmático. Pero Rufete no se movía, y a la dudosa claridad que en el cuarto entraba se entretenía en revisar sus listas de traidores y sus listas de *isabelinos*.

VII

Hallábanse, pues, el uno aburridísimo, el otro ideando motivos para despedir al *ayacucho*, y el tercero discurriendo el modo de pasar algún nombre de un papel a otro, cuando entró en el café un jefe de caballería, haciendo con el sable rastrero, con las espuelas y los tacones tan grande estrépito, que no parecía sino que un escuadrón había asaltado el establecimiento. Traía fango en las botas y polvo en el traje, manifestando en esto, así como en la oficiosidad con que iba de mesa en mesa dando noticias, que acababa de llegar de una expedición o quizás de un campo de batalla. Era don Rafael Seudoquis, exaltado patriota primero, después indefinido, luego conspirador perseguido y condenado a horca, pero indultado otra vez y admitido en el servicio por influencias de parientes poderosos. Después que satisfizo la curiosidad de los del café, dirigiose arriba, y al entrar en el hueco de la escalera llamole Aviraneta desde su escondrijo. Entró Seudoquis, reconoció a Salvador, se abrazaron; pero tanta gana tenía el buen hombre de contar lo que sabía, que sin poder aguardar a que acabaran los saludos, habló así:

—¡Ya les hemos cogido! ¡buena caza hemos hecho!

—¿Qué? ¿qué ha sido?... ¿una batida de voluntarios realistas?

—Sí, y con media docena como esta pronto quedaba la Nación limpia de sacristanes... Ya saben ustedes que salí con la columna de Bassa a perseguir la partida de aguiluchos que se levantó en Villaverde mandada por el traidor coronel Campos... Al principio nos daba que hacer... que por aquí, que por allá... Total, señores, en Alares a cinco leguas de Navahermosa les sorprendimos rezando el rosario, les copamos... No se escapó uno para simiente de monaguillos.

—¿Les arcabucearon?

—No hay órdenes para tanto. El Gobierno es conciliador, o por otro hombre pastelero, y en una mano tiene las disciplinas y en otra el emplasto. Como no soy partidario de andar con mantecas tratándose de esa gente, yo les hubiera dado a todos un poco de tuétano de fusil. En el otro barrio están mejor que aquí... Pero no se trata ahora de fusilar: ellos lo harán cuando nos cojan debajo. Total, que les hemos traído codo con codo, y el bribón de Campos es tan cobarde que se echó a llorar, y sin que nadie se lo preguntara nos reveló todo el *diebus ille* de la junta carlista de Madrid, citando nombres uno por uno. A estas horas el traidor habrá vomitado todas sus delaciones ante la policía y ya andará esta haciendo prisiones. Medio Madrid va calentito a la cárcel esta noche. He encontrado en la Puerta del Sol a un escuadrón, no miento, sí, un escuadrón de policías que iban a la calle de Belén, donde parece hay un cabildo máximo de subdiáconos con puñal y de guerrilleros de estola. Total, señores, que nos hemos lucido los de Bassa, y que esta noche van a ser ventiladas muchas madrigueras. Con que *viva la angélica* y abur, señores, que me voy arriba a cenar.

—Y yo a ponerme el uniforme y a correr al cuartel —dijo Rufete levantándose presuroso—. Es fácil que se altere la pública tranquilidad esta noche. Vamos a nuestro puesto, que cuando menos se piensa, viene el desbordamiento carlino, y la patria necesita de todos sus hijos.

—Vaya usted con Dios, valiente —dijo Aviraneta gozoso de verle partir—. Aquí nos quedamos nosotros procurando entendernos.

Luego que estuvieron solos, Aviraneta dijo a su amigo que pues arreciaba el calor dentro del café, harían bien en salir a la calle y dar un par de vueltas, con lo que además de respirar el aire libre, podían hablar sin recelo. Cuando se hallaron en la plazuela del Ángel, Salvador tomó el brazo de su amigo y burlonamente le dijo:

—¡Pillo!... ¿qué nueva farsa de sociedad secreta es esa? ¿qué trama traes tú ahora entre mano?

—Poco a poco... pase lo de trama; pero no lo de farsa.

—¿Quién te paga?

—Mucho ahondas, ¡palitroques! Has de comprar mi franqueza con tu benevolencia, no con tus burlas, y si persistes en negarme tu apoyo, no tendrás de mí ni una palabra. Cosas podría decirte que te dejarían pasmado; pero ya sabes... No se dan gratis los secretos como los buenos días. Venga tu voluntad y abriré el pico.

—Es que no puedo dar mi voluntad no conociendo a quién la doy ni por qué la doy.

Aviraneta insistió en que su pensamiento era unir a los liberales para preparar una acción común; pero esto, si no encerraba una intención distinta, era de lo más inocente que se podía ocurrir por aquellos días a hombre nacido, y Aviraneta, justo es decirlo, tenía de todo menos de espíritu puro. Por más que el guipuzcoano se diera aires de inventor de aquel plan sapientísimo, se podía jurar que solo era instrumento de una voluntad superior, maquinilla engrasada por el oro y movida por una mano misteriosa. Sobre esto no quiso decir una sola palabra que no fuese la misma confusión; pero Monsalud, que era listísimo y además tenía la experiencia de aquellos líos, supo sacar la verdad de entre tanta mentira. Su creencia era que don Eugenio había recibido de altas regiones la misión de desunir a los liberales y enzarzarlos en disputas sin fin; pero no podía fácilmente averiguarse si el impulso partía del cuarto de María Cristina o del gabinete ministerial de Zea Bermúdez. Salvador hizo una y otra pregunta caprichosa para coger por sorpresa el principal secreto de su amigo; mas este era tan diestro en aquellas artes, que evadió los lazos con extremada gracia.

Este señor Aviraneta fue el que después adquirió celebridad fingiéndose carlista para penetrar en los círculos más familiares de la gente facciosa y enredarla en intrigas mil, sembrando entre ella discordias, sospechas y recelos, hasta que precipitó la defección de Maroto, preparando el convenio de Vergara y la ruina de las facciones. Admirablemente dotado para estas empresas, era aquel hombre un colosal genio de la intriga y un histrión inimitable para el gigantesco escenario de los partidos. Las circunstancias y el tiempo hiciéronle un gran intrigante; otra época y otro lugar hubieran hecho de él quizás el primer diplomático del siglo. Ya desde 1829 venía metido en oscuros enredos y misteriosos trabajos, y por lo general su maquinación era doble, su juego combinado. Probablemente en la época de este encuentro que con él tenemos, durante el invierno de 1833, las incomprensibles diabluras de este juglar político constituían también una labor fina y doble, es decir, revolver los partidos en provecho del ministerio y vender el ministerio a los partidos.

La fundación de la sociedad *isabelina* servíale de pretexto para entrar en tratos con gente diversa, con cándidos patriotas o políticos ladinos, poniéndose también en relación con militares bullangueros; y así, hablando del bueno del señor Rufete, dijo a Salvador:

—Este infeliz *ayacucho* es una alhaja que no se paga con dinero. Él se presta desinteresadamente a entusiasmarse y a entusiasmar a un centenar de oficiales como él. Se morirá de hambre antes de cobrar un céntimo por sus servicios secretos al *Sistema*, y se dejará fusilar antes que hacer revelaciones que comprometan a la sociedad. Es un prodigio de inocencia y de lealtad. El pobre Rufete trabaja como un negro, y se pasa la vida haciendo listas de sospechosos, listas de traidores, listas de tibios y listas de calientes. En su compañía pasa por un Séneca empalmado en un Catón. Los sargentos lo adoran y son capaces de meterse con él en un horno encendido, si les dicen que es preciso salvar del fuego *el precioso código*. ¡Oh! amigo, respetemos y admiremos la buena fe y la valentía de esta gente. ¡Si en todas las clases sociales se encontraran muchos Rufetes!... Pero hay tanta canalla indomesticable de esa que no sirve sino para hacer *pueblo*, para gritar, para meter bulla, de esa que en los días solemnes desacredita las mejores causas, entregándose a la ferocidad que le inspiran su cobardía y su apetito!...

Entre estos y otros dichos y observaciones, llegaron a la calle del duque de Alba, porque Salvador, no pudiendo sacar cosa limpia y concreta de las confusas indicaciones de don Eugenio, había decidido retirarse a su casa. Echaban el último párrafo en el portal de esta, cuando del de la inmediata vieron salir a un hombre silbando el estribillo de una canción político-tabernaria. A pesar del embozo, Aviraneta le conoció al momento y Salvador también.

—Tablillas —dijo don Eugenio—, cuartéate aquí, que somos amigos.

El atleta se acercó, examinando con atención recelosa a los dos caballeros.

—Señor *Vinagrete* y la compañía, buenas noches... Estaba encandilado y no les conocía.

—¿Está durmiendo ya el señor don Felicísimo?

—Todavía están en brega. Han venido tantos señores esta noche que aquello es la bóveda de San Ginés.

—¿Pues qué, se dan disciplinazos?

—Con la lengua... hablan por los codos, y todo se vuelve manotadas y *perjuraciones*.

—¿Qué entiendes tú por *perjuraciones*?

—Decir, pongo el caso, *señores, muramos por el Trono legítimo*.

—¿Y todavía están reunidos?

—Todavía.

—Pero di, ¿no ha venido esta noche la policía? Yo creí que a estas horas don Felicísimo y su comunidad estaban echando *perjuraciones* en la cárcel de Corte.

—Vino la policía, sí señor; vinieron tres y llamaron tan fuerte que la casa estuvo si cae o no cae. Los señores se asustaron, y don Felicísimo les consolaba diciendo: «no hay nada que temer, la policía es la policía. Que entre el que llama». Yo bajé a abrir la puerta, y se colaron tres señores de cara de perro con bastones de porra. Subieron, y al entrar en la sala, se dejaron a un lado las porras y todo fue cortesía limpia y vengan esos cinco. Don Felicísimo me mandó traer vino y bizcochos, y bebieron, cosa la más desacostumbrada que puede verse en esta casa; y uno de los de porra alzó el vaso y dijo: «Por el triunfo de la monarquía legítima y de la religión sacratísima».

—Brindaron.

—Y los tres tomaron el olivo.

—¿Está Pipaón arriba?

—Es de los más lenguaraces. Cuando brindaron, don Juan echó no sé cuantos *loores*...

—¿Y qué es eso?

—Que se sopló mucho, echando fuera toda la caja del pecho, y dijo *loor a esto, loor a lo otro*.

—¿Se casa con Micaelita?

—Dios los cría y ellos se juntan.

—¿Y te retiras ya?

—Si, porque yo he dicho a don Felicísimo que estoy enfermo.

—¿A dónde vas?

—Allá —replicó Tablas manifestando en la mirada recelosa que a Salvador dirigió, que no debía hablar con más claridad.

—Bien —dijo Aviraneta—. Nos veremos luego. ¿Y la Pimentosa cómo está?

—Agria.

—¿Qué es eso?

—Enojada, porque le pica la despensa.

—¿Qué quieres decir? ¿Qué despensa es esa?

—El estómago.

—Es verdad que padece mi señora males de estómago... Aguarda, que me voy contigo.

Tablas, que había dado ya algunos pasos hacia San Millán se detuvo, mientras el guipuzcoano, estrechando con el más vivo afecto la mano de su amigo, lo dijo estas palabras:

—Mañana... y quien dice mañana dice el mes que viene o el año que viene... Estarás conmigo en la *Isabelina*.

VIII

Las escenas y conversaciones de aquella noche dejaron en el espíritu de Salvador un dejo de amargura, y así se esforzaba en apartarlas de su memoria, considerando que reproducían en pequeño cuadro lastimoso de la Nación española. La confusión de pareceres, el incesante conspirar con recursos misteriosos y fines mal determinados, las repugnantes connivencias de la policía con los conspiradores de todas clases, no eran cosa nueva para él; pero había cobrado tal odio a estos fenómenos políticos, manifestación morbosa de nuestra miseria, que de buena gana se marchara a los antípodas o a cualquier región apartada dónde no oyera ni viera lo que allí mortificaba sus ojos y sus oídos.

La experiencia, el profundo conocimiento de las personas, los viajes y la desgracia, habíanle dado elementos bastantes para construir en su pensamiento una patria muy distinta de la que pisaba, y la inmensa superioridad de esta patria soñada en parangón con la auténtica era en él motivo constante de padecer y aburrimiento. Por eso decía: —«Mucho han de variar las cosas, mucho han de aprender los hombres para que la política de mi desventurado país pueda llegar a serme simpática, y como yo, por muchos años que Dios me conceda, no he de vivir lo bastante para ver a mis compatriotas instruidos en lo que es libertad, en lo que es ley y en lo que es gobernar, lo mejor será que no me afane por esto, y que deje pasar, pasar, contemplando desde mi indiferencia los sucesos que han de venir, como se miran desde un balcón las figuras de una mascarada».

Estos propósitos no eran constantes, porque otras veces meditaba sobre el mismo tema y hacía las siguientes consideraciones, llenas de buen sentido y de tolerancia. —«No puede sostenerse en las acciones de la vida el criterio pesimista, que suele ser el disimulo del egoísmo. ¿Quién duda que existen en nuestro país, al lado de esa cáfila de alborotadores, cabecillas, intrigantes, charlatanes, aventureros, muchos caracteres nobilísimos, innumerables hombres de buena fe, patricios desinteresados, verdaderos y leales que se aplicarían a la política y serían discretos en la idea, enérgicos en la acción y honrados en la conducta? Pues bien, si yo me siento capaz de inculcar a esos hombres un pensamiento feliz y de ayudarles en el desempeño, ¿por qué no he de hacerlo?».

Después de vacilar un momento se contestaba con amargura, —«Porque no me creerían. ¿Cómo habían de creerme y hacer caso de mí, si yo también he sido alborotador, cabecilla, intrigante, aventurero y hasta un poco charlatán? ¿Si he sido todo lo que condeno, cómo han de fiar de mí al verme condenar lo que he sido? ¿Si exploté la industria del pobre en este país, que es la conspiración, cómo han de ver en mí lo que realmente soy? No, yo he quedado inútil en esta refriega espantosa con la necesidad. Ha salido vivo, sí, pero sin autoridad, sin crédito para tomar en mis labios ese ideal noble, por donde van las vías rectas y francas del progreso de los pueblos. Mi destino es callar y arrinconarme, sopena de que me tengan por un Aviraneta, cuando no por un Rufete».

Al pensar esto, el propósito de condenarse a oscuridad perpetua triunfaba en su ánimo de una manera completa. Pero esta oscuridad sin familia y sin afectos era el cenobitismo más triste que puede imaginarse. Y aquí, en esta lóbrega caverna sin salida, terminaban las excursiones mentales del misántropo. Pero la salida no era absolutamente imposible. Si hacía falta una familia, ¿por qué no la buscaba? Hay ciertos bienes que valen más encontrados al azar que buscados con cálculo, y es muy general que quien despreció la suerte cuando pasó a su lado, ande después a cabezadas tras ella, y no la encuentre ni siquiera pintada, o halle cualquier falsificación del bien y la coja gozoso y la abrace y se desengañe y rabie, deplorando su torpe indolencia.

Quería vencer su extraordinario tedio frecuentando la sociedad. Había renovado mucho sus amistades, dando un poco de mano a las que le recordaban su juventud de trapisondas y procurando contar entre sus íntimos a personas de mayor fuste. Su buena figura, su conducta intachable, su instrucción, su entretenida palabra del sueño, funcionando por misterioso influjo del aguardiente; el rechinar de las puertas vidrieras de los cafés, por donde salían y entraban los patriotas; el triste agasajo de las castañeras que se abrigaban con lo que vendían tendiendo una mano helada para recibir los cuartos y otra mano caliente para dar las castañas; las singulares sombras que hacían las casas construidas sin orden, unas arrumbadas hacia atrás, las otras alargando un ángulo ruinoso sobre la vía pública; los caprichos de claridad y tinieblas que formaban las luces de aceite encendidas por el Ayuntamiento y que podían compararse a lágrimas vertidas por la noche para ensuciar su manto negro; el peregrino efecto de la escarcha en las calles empedradas, que parecían cubrirse de cristal esmerilado con reflejos tristes; el mismo efecto sobre los tejados, en cuya superficie se veía como una capa de moho esmaltada por polvo de diamante, el grandioso efecto de la helada, que en flechazos invisibles se desprendía del cielo azul ante las miradas aterradoras de la Luna, la deidad funesta de enero; la consideración del frío general hecha dentro de una caliente pañosa; el estrépito de la diligencia al entrar en la calle, barquichuelo que navegaba sobre un mar de guijarros, espantando a los perros, ahuyentando a los chiquillos y a los curiosos;... El buen paso marcial de los soldados que iban a llevar la orden prendida en lo alto del fusil; el coro sordo de los mercados al concluir las transacciones, cuando se cuenta la calderilla, se barre el puesto y se recogen los restos; el olor de cenas y guisotes que salía por las desvencijadas puertas de las casas a la malicia, y el rasgueo de guitarras que sonaba allá en lo profundo de moradas humildes; la puerta sobre la cual había un nombre de mujer groseramente tallado con navaja, o una cruz o un cartel de toros, o una insignia industrial, o una amenaza de asesinato, o una retahíla de palabras groseras, o una luz mortecina indicando posada, o un macho de perdiz que cantará a la madrugada, o un cuadrito de vacas de leche, o un objeto negro algo semejante a un zapato, o una armadura de fuegos artificiales pregonando el arte de polvorista, o una alambrera cubierta con un guiñapo, señal de la industria de prendería, o una bacía de cobre, o un tarro de sanguijuelas... todo esto, en fin, y otros muchos accidentes de la fisonomía urbana durante la noche, páginas vivas y reales, abiertas entre la vulgaridad de la tertulia y el tedio de su casa solitaria, le cautivaban por todo extremo.

Pero una noche tuvo un encuentro triste. Al entrar en la Plaza de Provincia vio una persona, dos, tres. Eran un hombre cojo, bien envuelto en su capa, una mujer tan bien resguardada del frío, que solo se le veían los ojos, y un niño con gabán y bufanda, mostrando la nariz húmeda y los carrillos rojos de frío. Los tres iban en una misma fila: se detenían en todos los escaparates para ver las mantillas, los lujosos vestidos, las telas riquísimas, las joyas, y parecían muy gozosos y entretenidos de lo que veían. En la esquina había una castañera. Detuviéronse. El cojo sacó cuartos del bolsillo, la mujer un pañuelo, compraron, probó el chico y luego siguieron. La mujer agasajó el pañuelo lleno de castañas, como para calentarse las manos con él... Avanzaron... Desaparecieron por una puerta.

Salvador se sintió estremecer de desesperación y envidia. El hombre cojo, el niño, la placentera unión de los tres, los cuartos sacados del bolsillo, los saltos del chico cuando se estaba haciendo el trato con la vendedora, las castañas, el pañuelo, las manos que tenían el pañuelo... En vista de las insolentes burlas del destino, juró no volver a pasar por allí.

IX

El hombre cojo entró en su casa, como hemos dicho, y después de un ligero altercado entre la familia por saber cuál había de acostarse primero, retiráronse todos. La paz, el orden, el silencio, la quietud se ampararon de todo el ámbito de la vivienda, y bien pronto no hubo en ella un individuo que no durmiese, a excepción de aquel buen señor de la cojera, el cual, despierto en su lecho, daba vueltas a una idea como si la devanase, sacándola del enredado pensamiento al corriente ovillo del discurso.

—Cuanto más cerca veo el día —pensaba—, más indeciso y perplejo me encuentro. ¿Por qué dudo, decídmelo, Virgen Santa del Sagrario y tú, San Ildefonso bendito? ¿Por qué mi anhelo se ha trocado en vacilación y mi fe en temor de causar gravísimo daño? ¿Qué dices a esto, conciencia pura, qué razones me das? ¿Sale acaso de ti esa voz que siento y que me dice: «detente, ciego?...». Y tú, caviloso Benigno, ¿has notado, por ventura, frialdad en los afectos de ella, arrepentimiento en su voluntad o siquiera desvío? Nada: ella es siempre la misma. Aún me parece más cariñosa, más apegada a mis intereses, más amante, más diligente... Entonces, mentecato, hombre bobísimo y pueril, digno de salir por esas calles con babero y chichonera, ¿por qué vacilas, por qué temes?... Adelante y cúmplase mi plan, que tiene algo, ¡barástolis! algo, sí, de inspiración divina... ¡Ah! ya vienen los malditos dolores... ¡todo sea por Dios! ¡Oh! ¿por qué te me has torcido en el camino del Cielo, oh pierna?...

Las historias están conformes en asegurar que don Benigno, después de decir «¡oh, pierna!» lanzó un gran suspiro y se durmió como un santo. A la mañana siguiente tenía la cabeza despejada, el humor alegre. Lo primero que leyó cuando le trajeron la *Gaceta* fue el decreto convocando a la Nación en Cortes a la usanza antigua, para jurar a la princesa Isabel, por heredera de la corona de ambos mundos. Esto le dio mucho contento, y viendo la fecha del 20 de junio marcada para aquel notable suceso, dijo así:

—Para entonces, ya estaremos casados... Es preciso fijar definitivamente esta fecha que es mi martirio. Ella dice que cuando yo quiera, y yo digo que la semana que entra, y cuando entra la semana que entra, entran ¡ay! también mis escrúpulos como un tropel de acreedores, y así estamos y así vivimos.

Parte de los escrúpulos de hombre tan bueno provenían de sentirse achacoso. No era ya aquel hombre que engañaba al siglo con sus cincuenta y ocho años disimulados por una salud de hierro, por alientos y espíritu dignos de un joven de treinta, con ilusiones y sin vicios. Aquella funesta rotura de la pierna había ocasionado en él pérdida brusca de la juventud que disfrutaba, y se sentía entrar, con paso vacilante y cojo, en una región fría y triste que hasta entonces no había conocido. Con las lluvias primaverales y los cambios de temperatura se le renovaron los dolores, complicándose con pertinaz afección reumática, y el pobre señor estuvo mes y medio sin poder moverse de un sillón.

«¿Apostamos, decía, a que llega también el 20 de junio y se reúnen las Cortes y juran a la princesa, y yo no habrá soltado aún este grillete que Dios se ha servido ponerme? ¿Qué presidio es este? ¿Temes, oh, Dios mío, que marche muy a prisa? ¿Esto es acaso para bien de mí alma, amenazada de correr demasiado y estrellarse?».

¡Y qué pesadas habrían sido las horas de aquella temporada, que él llamaba su condena, si no las aligerasen con su cariño y con mil solicitudes y ternezas las seis personas que él designaba con el dulcísimo nombre de *la sacra familia.* Sola le cuidaba como podría cuidarse a un niño enfermo, y de su cuenta corría todo lo relativo a aquella dichosa pierna averiada que no se quería componer sino a medias. Ella parecía haber robado a los ángeles de la medicina el delicado arte del apósito, y sus dedos eran tan conocidos del dolor que este les veía cerca de sí sin irritarse. Cumplida esta obligación suprema, la futura esposa del mejor de los hombres se ocupaba de todo lo de la casa con la diligencia de siempre, con más diligencia, si cabe, pues sin sospecharlo, se había ido acostumbrando a considerarse partícipe de aquel trono doméstico y co-propietaria de tan dulces dominios.

Por las noches, la familia se reunía en el comedor, en torno del patriarca claudicante. Doña Crucita, que se había dedicado a bordar pájaros, despachaba semanalmente una bandada de aquellos preciosos seres, y a veces el comedor parecía una selva americana, porque los había de todos colores, y además mariposas y florecillas, todo inventado por la señora que creaba las especies con su rica fantasía, de tal modo que se viera muy perplejo Buffón ante tal maravilla. Este interesante autor era leído algunos ratos en voz alta por uno de los hijos mayores, pues no había lectura más sabrosa que aquella para don Benigno, después de la de Rousseau; y todos se quedaban pasmados oyendo la magnífica descripción del caballo, la pintura del león, o la peregrina industria de los castores. El mismo muchacho o su hermano solía leer también las *Gacetas* para dar variedad a los conocimientos y saber lo que pasaba en Hungría, Cracovia o Finlandia. Los sucesos de España eran los que jamás se sabían por *Gacetas* ni papelotes, y era preciso recibirlos por el vehículo del padre Alelí, amigo fiel sobre todos los fieles amigos, cada vez más perturbado de caletre y más difuso de explicaderas. Por él supieron que don Carlos se marchaba a Portugal, haciendo la comedia de que su esposa quería abrazar a don Miguel (otro que tal) y a las infantas portuguesas; pero realmente por no verse en el caso de jurar a Isabelita. El mismo *Tío Engarza Credos* les informó de que en una casa de la calle de Belén había sido sorprendida una junta carlista y presos todos los que la formaban. Si el interés político de las tertulias corderiles estaba en estas noticias, su amenidad dependía de las gracias y atrevimientos de Juanito Jacobo, que con su media lengua decía más que si la tuviera toda entera, y ya recitara fábulas

64

o romances, ya se despachara a su gusto con frasecillas y observaciones de su propia cosecha, hacía morir de risa a toda la familia, menos cuando le daba por enojarse, hacer pucheros y tirar a la cabeza de su hermano un zapato, libro, palmatoria, tintero o cualquier otro proyectil mortífero.

La tienda había sido traspasada por Cordero a otro comerciante, amigo y pariente suyo, y con esto quedó retirado absolutamente del comercio. Su capital, si no muy grande, sólido como el que más, le aseguraba rentas modestas y saneadas. Tenía vastos proyectos de ensanche y mejoramiento en los Cigarrales, y no esperaba sino a que aclarase el tiempo para trasladarse allá con toda la familia.

En mayo sintiose tan mejorado de su pierna que pensó era llegado el momento de poner fin a sus vacilaciones. Era una tarde hermosa. Habían concluido de comer en paz y en gracia de Dios. Don Benigno, dejando que Alelí se durmiera en el sillón del comedor y que Crucita hiciera lo mismo en su cuarto, envió a los muchachos a la escuela, y a su cuarto a Sola, entabló con ella una conversación de la cual es preciso no perder punto ni coma.

—Querida Sola —le dijo—, tengo que dar a usted explicaciones acerca de un hecho que le habrá sorprendido y que tal vez (y esto es lo que más siento) habrá lastimado su amor propio de usted.

Sola manifestaba grandísima sorpresa.

—El hecho es que, habiéndose resuelto desde que estuve en la Granja todas las dificultades que se oponían a nuestro matrimonio, haya aplazado yo varias veces desde aquella época un suceso tan lisonjero para mí. Como usted podría sospechar que estos aplazamientos significaban algo de mala gana, frialdad o escaso deseo de ser su marido, y como nada sería más contrario a la verdad que esa sospecha de usted, tengo que explicarme, hija, tengo qua revelar ciertos pensamientos íntimos y ciertas cosillas... ¿me entiende usted?

Con su verbosidad indicaba el héroe estar muy lleno de su asunto, como dicen los oradores, y es probable que desde la noche anterior hubiese preparado en su cabeza y hasta construido algunas de las frases de aquel memorable discurso.

—Pues bien, la causa de esta poca prisa... Darémosle este nombre, que es el que más le cuadra... ha sido cierto escrúpulo que me ha asaltado, cierto temor de que nuestro matrimonio hiciera a usted desgraciada en vez de hacerla feliz, como es mi deseo.

—¡Desgraciada! —exclamó Sola, recibiendo aquella idea como una ofensa.

—¡Oh! no apresurarse... Falta mucho que decir. Estos escrúpulos y temores no se refieren a cosa alguna que pueda menoscabar los extraordinarios méritos de la que elegí por esposa; son cosa pura y exclusivamente mía. Ha llegado el momento de hablar con absoluta franqueza, y de no ocultar idea alguna por penosa que sea para mí. Pues bien, hay una persona, un hombre, hija mía, que la aprecia a usted en lo mucho que vale, que la conoce a usted desde su niñez, que la ha protegido, que la quiere, que la ama; hombre que tal vez, ¿por qué no? es amado de usted... ¡Ah! querida Sola, hija mía, me parece que he puesto el dedo en una llaga antigua de ese corazón sin par, hecho a resistir y padecer como ninguno... En su cara de usted veo...

Ella se había quedado pálida cual si tuviera por rostro una máscara de cera, y miraba a su delantal, cuya punta tenía entre los dedos.

—Esa palidez —dijo don Benigno conmovido— no indica en manera alguna que usted tenga que arrepentirse de nada, pues no se trata de faltas; indica que yo he despertado un sentimiento que dormía, ¿no es verdad?

La palidez de Sola se disipó como un velo que se rasga dejando ver la claridad que encubre, y así fue, por modo parecido al brusco descorrer de una cortina, como se encendió en ella un rubor vivísimo. Echándose a llorar, murmuró estas palabras:

—Es verdad, sí señor. Usted es más bueno que los ángeles.

El de Boteros estuvo callado un mediano rato contemplándola.

—Pero yo no he faltado, yo no he mentido... —balbució *Doña Sola y Monda* entre suspiro y suspiro—. Lo que usted dice, muerto estaba y enterrado en mi corazón para no resucitar jamás.

—Lo sé, lo sé —dijo Cordero no menos turbado que su amiga—. ¡Oh! la voz aquella, la voz aquella blanda y un poco triste que hablaba aquí en mi conciencia, ¡qué bien me lo decía! Pues oiga usted todo. En este tiempo que ha pasado desde que vine de la Granja, se puede decir que no he vivido sino para pensar en esto y hacer comparaciones. Sí, he vivido comparándome, querida hija, he vivido atormentado por un análisis comparativo de las cualidades que creo tener y las que reúne el hombre a quien usted conoce mejor que yo, resultando que él es extraordinariamente superior a mí.

—¡Oh! no, cien veces no —replicó Sola con energía—. Es todo lo contrario.

—No violentemos la naturaleza, hija mía; no violentemos tampoco la lógica. Concedo que en honradez y en prendas morales no me aventaje, si bien no hay motivo para no reconocer que me iguala, pero en cambio, ¡qué superioridad tan grande la suya en el exterior y los atractivos de la persona!... Las cosas claritas... ¿eh?... ¿por qué no se ha de decir que él es un hombre que cautiva, un hombre que despierta simpatías en todo aquel que le trata, mientras yo...?

—Usted también, usted también —dijo Sola prontamente. Don Benigno movía la cabeza con triste ademán.

—No violentemos la naturaleza, querida, no violentemos la lógica —repitió—. Concedo que no sea yo enteramente antipático; pero usted, que siente y discurre muy bien, podrá decir si hay nada en la persona y en el alma de un viejo que pueda competir con la juventud, con el rostro alegre y expresivo de un hombre sano en la plenitud de sus afectos, de su fuerza, de su vida toda.

—Según como se mire, según como se mire —dijo Sola arrebatada de compasión por su amigo y anhelante de concederle todas las ventajas.

—¡Oh! —exclamó don Benigno sonriendo—, por más que usted se empeñe en echarme flores, no conseguirá que yo me enfatúe, ni que me obceque hasta el punto de no ver claramente lo que soy. La vejez tiene sus preeminencias, tiene sus bellezas; pero estas preeminencias y estas bellezas no son de gran valor para el caso de que tratamos. Yo me conozco bien, no me doy ni me quito ni un adarme de lo que realmente peso, puesto en la balanza del matrimonio; creo que no carezco de algunas cualidades que me harían apreciar y respetar y aun amar de una mujer joven; pero la comparación con otro me revela mis años, que no son floja cuenta para el caso; me revela mis achaques, que se han iniciado precisamente ahora como un aviso, como una advertencia que Dios me hace por conducto de la Naturaleza. En fin, querida mía, si se tratará de cualquiera extraño, de cualquier advenedizo que en esta ocasión se presentase, ni por el pensamiento me pasaría que usted pudiera preferirle a mí; pero ¡ay! se trata de una antigua amistad, de un cariño antiguo en él y antiguo en usted... Usted me lo ha revelado, diciéndome con el acento más noble y leal: «es verdad, es verdad».

—Es cierto —replicó Sola—, y ahora, para que no quede en mi corazón ni un fondo siquiera de los secretos que he guardado en él por tantísimo tiempo, voy a confesarme con usted... Delante de un sacerdote, delante de Dios mismo no sería más sincera, créamelo usted... Si antes no hablé de esto, fue porque yo quería considerarlo como cosa muerta y sepultada. Creía que mientras más lo callara y menos lo pensara, mayor sería el olvido, y no me atrevía a confesarlo, por temor de que con la confesión renaciera y me atormentara otra vez.

Se había sentado en una silla baja y sus brazos tocaban las venerables rodillas del héroe. Quien no la viera de cerca, creería que estaba de hinojos.

—Mucha parte de lo que usted ha callado con tanto afán, por su empeño de echar tierra y más tierra sobre un sentimiento desgraciado —dijo Cordero—, me lo reveló él mismo.

—Habrá dicho a usted que me recogió a la muerte de mi padre, poniéndome al amparo de su madre, y mirándome como a hermana. Si se jactó de sus beneficios hizo bien, porque estos fueron grandes en aquella época.

—No se jactó. Adelante.

—Diría también que yo le cuidaba como una hermana y le servía como una esclava. Su voluntad me parecía una cosa de que no se podía dudar; sus palabras como el Evangelio.

—¿Y él?...

—Me trataba con consideración; pero...

—¿No tenía a usted más cariño que el de hermano?

—Ninguno más; pero aquel cariño me consolaba en mi tristeza.

—Tengo idea de que fue bastante calavera y que tuvo amores con algunas... ¿Pero a usted jamás...?

—Jamás —dijo Sola ingenuamente—, quería a otras mujeres; pero a mí no me quería.

Don Benigno se sonrió.

—¿Pero usted —dijo—, le quería desde entonces?...

—Me da vergüenza decirlo —replicó Sola—, por el desairado papel que hice: pero puesta a confesar, no oculto nada. Le quería, sí, muchísimo.

—¿Cómo?

—Todo lo que se puede querer a una persona —dijo ella, inclinando la cabeza, que le pesó, sin duda, por una extraordinaria aglomeración de recuerdos.

Cordero sintió un nudo en su garganta. Necesitó tragar algo para quitar aquel estorbo y poder decir:

—¿Y siempre lo mismo?

—Siempre le quería lo mismo y no pensaba más que en él, a todas horas, dormida y despierta.

—¿Y cuando estaba ausente?

—Le quería más.

—¿Y cuando volvía?

—Más. Era una cosa superior a mí, una especie de enfermedad o desgracia que me enviaba Dios.

—¿No procuró usted librarse de ese tormento, pensando en otro?

—¡En otro hombre! —exclamó Sola como horrorizada—. Eso no, eso era imposible... Lo que yo sentía, aquel tormento mío me era necesario para vivir, como el aire y la luz.

—¿Nunca le demostró usted con acciones y palabras la grandísima afición que le tenía?

—¡Oh! no... A veces hacía yo proyectos disparatados y me imaginaba no sé qué medios para hacérselo comprender; pero luego me daba mucha vergüenza.

—¡Qué horroroso tormento! ¡Qué agonía!

—Casi siempre, sí; pero a veces era feliz.

—¿Cómo, criatura?

—Pensando tonterías... y echándome a discurrir que de pronto se le antojaba quererme como yo le quería a él.

—¡Oh! barástolis —exclamó don Benigno, cerrando el puño amenazador—, por vida de... Estoy indignado contra ese hombre, y bien merecía que usted lo despreciara... Si usted viene a mí entonces y me cuenta lo que le pasa, como me lo cuenta ahora, juro a usted que voy derecho a ese hombre y le cojo, y le digo: «Oiga usted, caballero...».

Sola no pudo menos de reír un poco, y dijo:

—No tenía usted más que hacerle daño para ser mi mayor enemigo. Pues sí... que lo tomaba yo con poco tesón... Ahora comprendo que era muy extremada y que yo misma me recalentaba la imaginación noche y día, como cuando se echa leña en un fuego que se teme ver apagado. Como no había nadie a quien yo pudiera contar tales cosas, me las contaba a mí misma. Yo me consolaba diciéndome tonterías y resignándome, pues las muchas desgracias que he tenido desde niña y el verme siempre privada de todo lo que más he querido, me acostumbraron a tener mucha paciencia, muchísima. Es un consuelo un poco triste este de la paciencia; pero usándolo mucho, concluye uno por quererle y familiarizarse con él... Yo tenía... hasta mis alegrías, sí señor, alegrías a mi modo, ¡pues qué sería de nuestra alivia si no tuviese medios de sacar alguna vez de sí misma lo que los de fuera no quieren darle!... En fin, señor, así iba pasando el tiempo, pasando, él ausente, yo sin esperanza. Me parece que los días eran como unos velos que se corrían despacio, uno sobre otro, y estos velos caían sobre mi memoria, y poco a poco iban apagando y oscureciendo lo que en ella había. Al cabo de cierto tiempo empecé a verle... Así como entre brumas, lejos; y con las ocupaciones, todo lo que yo pensaba se interrumpió para dar lugar a otras cosas. A veces perdía bruscamente el terreno perdido, quiero decir, que por causa de algún sueño, de alguna conversación que me recordaba las cosas pasadas, o por nada, por simpleza mía, volvía a sentirme atormentadísima, y me parecía tenerle delante y oírle, ¡siempre tan cariñoso, siempre tan bueno, pero siempre hermano!... En fin, aquellas recaídas... porque eran como las recaídas de una enfermedad... pasaban también. Yo sentía que iba cayendo tierra sobre aquello, y si he de decir verdad, yo la echaba también a puñados, unas veces rezando, otras trabajando en demasía... ¡Ay! al fin me encontré triunfante, y si pudiera valerme de una expresión rara...

—A ver, diga usted esa expresión rara, querida sepulturera.

—Pues diré que últimamente me paseaba sobre el grandísimo montón de tierra que yo había echado sobre aquellas penas sepultadas... Algunas veces no iba segura, porque me parecía que sentía moverse debajo de mis pies la tierra... pero yo, valiente como debía serlo, daba golpes con los pies y todo se quedaba entonces quieto... ¿Ve usted qué pamplinas?...

—Siga usted —exclamó Cordero con la voz entrecortada—. Estoy lelo de admiración.

—Pues en estas y otras cosas, llegué a tener conocimiento con una persona que me manifestó tanto interés, tanta consideración... Yo no sabía cómo pagarle, y decía: «Es una desgracia para mí no tener algo de gran valor que ofrecer a este hombre generoso». ¡Qué lejos estaba entonces de suponer que mi hombre generoso, mi segundo padre había de querer cobrarse sus beneficios de un modo que me obligaba más a la gratitud! Yo trabajaba en su casa: hubiera deseado que se multiplicaran las obligaciones para poder esclavizarme más. Yo comprendí... Dios y mis desgracias me han dado alguna penetración... Comprendí que mi buen amigo había encontrado en esta pobre algunos méritos personales, y no estaba conforme con que yo fuera su criada, ni su pupila, ni tampoco su hija; quería llevar su generosidad hasta un extremo tal... El agradecimiento llenaba mi corazón; ¡qué regocijo me causa el agradecer y el pagar, aunque sea con poco!... Yo acepté entonces los favores de mi protector, y me dije que debía hacer todo lo posible por merecer el bien inmenso que aquel hombre quería hacerme. ¡Ay! cómo luchó entonces por arrancarme lo que aún restaba de lo pasado... Aún quedaba algo: negarlo sería mentir. Mi buen protector se apoderaba de mi alma de una manera dulce y lenta. Llegué a acostumbrarme a su compañía de tal modo, que si esta me faltara, faltaríame lo principal de la vida. La idea de ser su mujer se clavó en mí, echó raíces, y me prometí entonces a él sin escrúpulo y con la conciencia serena. Mi corazón, reconquistado por mí, podía ser ofrecido a quien mejor que nadie lo merecía. ¿Qué mejor dueño podía desear que aquel hombre sin igual, por quien sentí además de la gratitud un afecto tan grande, tan grande que no sé cómo expresarlo?

Don Benigno hacía los imposibles por impedir que las lágrimas salieran de sus ojos, y ya miraba al lecho, sin dejar de atender con toda su alma a lo que Sola decía, ya estiraba los músculos de su cara, ya en fin ponía diques al llanto queriendo convertirlo en benévola risa. Por último, pudo más su emoción que su dignidad y se llevó la mano a los ojos.

—Reconozco con mucho gusto, con muchísimo gusto —dijo hablando con turbación, pero sin llanto—, que al aceptar usted mis ofrecimientos lo ha hecho con lealtad... Sí, señora mía, lo reconozco... Estoy agradecido... yo no valgo nada... Reconozco que usted, al responder afirmativamente a mis ruegos, echó el último puñado de tierra sobre un pasado triste; me ofreció su cariño y me consagró su persona toda, su porvenir... yo lo agradezco... pero, pero... luego cambiaron las cosas, se presentó a usted de improviso aquel sobre quien había caído tanta, tantísima tierra...

—No —exclamó Sola enérgicamente, levantándose—. Nada puede alterar mi resolución. Cuando apareció, ya yo no me pertenecía. Me considero tan ligada por mi palabra antes como después de aquella visita, y no debo, ni quiero... Ni quiero, repito, volver atrás.

—No es posible que la presencia de ese señor lo fuera a usted indiferente.

—Indiferente no; pero quien tanto ha luchado y tanto ha vencido, no podía de ningún modo comprometer su victoria. Soy la misma ahora que cuando fui por primera vez a los Cigarrales a pasar los mejores días de mi vida... La menor duda de usted sobre esto será para mí una ofensa. Soy toda en cuerpo y alma del que miró a esta huérfana sola y abandonada y tuvo la incomparable generosidad de querer hacerla su señora.

La actitud firme de Sola, la energía y la lealtad que en su semblante se pintaban, como la expresión más propia y adecuada de su alma hermosísima, tenían al buen Cordero sobrecogido de admiración, de gratitud, de entusiasmo, de amor.

—Una sola palabra —añadió— una sola pregunta quiero hacer. Lo que usted diga será para mí como declaración bajada del cielo y lo creeré, como se cree en Dios... Una palabrita nada más. Somos dos, dos hombres, el uno joven, lleno de vida y salud, de inmejorable presencia, despejado, rico, honrado, con innumerables prendas que aumentará la imaginación de la que tanto supo amarle de niña; el otro viejo, enfermo, pesado...

—Pesado no —gritó Sola protestando con calor.

—Bueno, quitemos lo de pesado... Enfermo, feo...

—En los hombres no hay fealdad.

—Enfermo —prosiguió Cordero contando por los dedos—, poco agraciado, corto de vista, honrado sí, como el primero, de buen corazón... En fin, voy al objeto. Los dos quieren casarse con una tal Sola, y esto parece fin de comedia. Una palabra de la dama va a decidir la cuestión, ¿a cuál de los dos quiero por marido?

¡Oh! quién tuviera pincel para pintar aquel destello de verdad suprema que brilló en los ojos de Sola, aquel gesto de heroína con que llevó la mano al pecho y elevó al cielo los ojos, bella por la verdad, sublime por lo que de abnegación había en el fondo de aquella verdad, y quién pudiera expresar el acento suyo cuando pronunció estas palabras:

—¡Como Dios es mi padre celestial, así es verdad que quiero casarme con el viejo!

Don Benigno no la había abrazado nunca. Aquel día la abrazó por primera vez, y aquel abrazo bien valía por mil.

X

Contaba el padre Alelí, historiador desmemoriado y chocho, que aquella noche estuvo don Benigno durante seis horas seguidas sin moverse de su asiento, con los ojos fijos en las puntas de los pies, y el puño en la mejilla, y tal fue, añade, la duración de su éxtasis, cavilación o modorra, que al dejar aquella actitud tenía marcadas las coyunturas en los rojos mofletes de su cara, y el codo había dejado un hoyo profundísimo en el cojinete del brazo del sillón. Pero nuestro buen criterio no nos permite admitir ciegamente esta versión, y así reducimos a tres las seis horas de que habla Alelí, el cual como Herodoto era muy inclinado a exagerar y dar proporciones a lo que veía. Mejor sería aún, reducir a una hora nada más el plazo de aquella perplejidad de nuestro querido señor, y así lo haremos. Conste, pues, que meditó largo rato, y que después apareció como ensimismado y lleno de confusiones. ¿No se habían disipado sus recelos? Sin duda no. De su talante solo puede decirse que tan pronto parecía muy alegre como muy triste.

Al día siguiente muy temprano, después de un sueño ni profundo ni largo, se levantó, y despachando a toda prisa el desayuno, salió y fue derecho en busca de un sujeto que vivía en la calle del duque de Alba, junto a don Felicísimo. Aquel era día de mala suerte para el de Boteros, porque el individuo a quien buscaba había salido más temprano que de costumbre, dejando dicho a sus criados que no le esperaran en todo el día.

—¡Barástolis y más que barástolis! ya podía haber esperado un poco.

—Si llega usted cinco minutos antes —dijo el criado—, le encuentra bajando la escalera.

—Cinco minutos... ¿y cómo había de llegar cinco minutos antes, hombre de Dios? ¿No ve usted que soy cojo?... ¿no lo ve usted?

—No se incomode usted, caballero.

—¡Malaventurados los cojos —dijo el héroe para sí con tristeza—, porque ellos llegaron siempre tarde!

El señor a quien don Benigno buscaba con tanto empeño no estaba lejos de su casa. Si Cordero, en vez de retroceder hacia la Merced y calle de Carretas con ánimo de encontrarle, hubiera seguido hacia San Millán y la calle de los Estudios, le habría de seguro hallado. Estaba frente a una puerta de la citada calle, con la vista fija en un hombre y en un caldero, en una mesilla forrada de latón, en un enorme perol de masa y en un gancho. En el caldero que era grandísimo, ventrudo y negro, hervía un mediano mar amarillo con burbujas que parecían gotas de ámbar bailando sobre una superficie de oro.

Del líquido hirviente salía un chillón murmullo, como el reír de una vieja, y del hogar o rescoldo, profundo son como el resuello de un demonio. La llama extendía sus lenguas, que más bien parecían manos con dedos de fuego y uñas de humo, las cuales acariciaban la convexidad del cazuelón, y ora se escondían, ora se alargaban resbalando por el hollín. El hombre que estaba junto al cazuelón y sobre él trabajaba, habría pasado en otro país por prestidigitador o por mono, pues solo estos individuos podrían igualarle en la ligereza de sus brazos y blandura de sus manos. En el espacio de pocos segundos metía la izquierda en el cacharro de la masa, daba en ella un pellizco, sacaba un pedazo, que más parecía piltrafa; estrujaba ligerísimamente aquella piltrafa, haciendo entre sus dedos como un pequeño disco u oblea grande; arrojaba esto al hervidero amarillo, y en el mismo instante, con una varilla que en la mano tenía, agujereaba el disco, haciendo un movimiento circular como quien traza signo cabalístico. Unos cuantos segundos más y el disco se llenaba de viento y se convertía en aro. Con un brusco impulso de la varilla echábalo fuera para empezar de nuevo la operación. No será necesario decir que aquellos roscos amarillos, vidriados y tiesos como vejigas eran buñuelos. Una mujer flaca, bigotuda, con parches en las sienes, y las cejas como dos parches negros, se ocupaba en poner ordenadamente los buñuelos y en espolvorearles azúcar con un cacharrillo de lata, agujereado cual salvadera. La misma mujer de los parches era quien vendía, cuando alguien compraba, ensartando las docenas de buñuelos en juncos verdes que a la mano tenía.

El prestidigitador buñuelista era un hombre pequeño, antipático, tirando a viejo. Sudaba tanto con aquel continuo y fatigoso ejercicio, que su cara parecía haber estado en remojo poco antes. Para entretener el fastidio canturreaba esta copla:

Reinará D Carlos
con la Inquisición,
cuando la naranja
se vuelva limón.

Salvador reconoció la puerta de la casa que buscaba, y acercándose, preguntó si vivía allí el señor Pedro López, por otro nombre Tablas. Mientras el hombre se limpiaba el sudor, la hembra de los parches contestó que sí. La tiendecita ahumada donde estaba el puesto de buñuelos y aguardiente comunicábase con una lonja grande y espaciosa, donde había espléndido comercio de carne y salchichería. Ambos establecimientos eran, al parecer, de un mismo dueño: el pequeño tenía una puerta a la calle y el grande dos.

—Es en la tienda de al lado —dijo el buñuelero sin urbanidad—; pero se puede entrar por aquí. Pase usted, caballero... Señá Nazaria, aquí preguntan por usted.

Cuando la naranja
se vuelva limón.

Salvador penetró en la gran tienda donde podía admirarse todo lo más hermoso y rico que producen las industrias de Montánchez y Candelario, y si no hubiera freno para las comparaciones, si todo lo visible pudiese entrar en el dominio del arte metafórico, bien podría llamarse a aquello el palacio de las morcillas o el templo del jamón. Además de la extraordinaria abundancia de lo que en el comercio se llama *género*, cautivaba en tal sitio el buen orden y, si se quiere, la elegancia con que todo estaba colocado y mostrando que había allí buen ojo y buena mano para que lo destinado a complacer al estómago embelesase primero a la vista. El techo era un portento, pues no parecía sino la convexidad de admirable gruta adornada de estalactitas, de corales, madréporas y raras especies de aquella parte del reino vegetal que con el mineral se confunden. Fijándose en los jamones que colgaban de un barrote de hierro y en las oscuras morcillas que les acompañaban, no se podía menos de pensar en algún inmenso árbol de Jauja, que había metido allí una de sus ramas, completamente llena de gigantescas frutas, tan sabrosas como picantes. En graciosas cenefas y en madejas ondeadas pendían las salchichas rojas como el pimiento de quien tomaban su afectado colorete, y las sartas de chorizos se entremezclaban con los perniles, acariciándolos suavemente con su piel crasosa. Por una columna abajo descendían en cuelga millares de salchichones, los unos vestidos con coraza de plata, los otros desnudos y tiesos como garrotes, en tal número, que con ellos se podría armar un ejército, si los ejércitos se batieran a cachiporrazos. En el mostrador, de pintada tabla, estaba el peso de metal amarillo, que como el más fino oro de Arabia relucía, y de unos ganchos que traían a la memoria las horcas alzadas por Chaperón en la vecina plazuela, colgaban las orondas reses puestas al despacho. Allí era de ver la hercúlea fiereza con que un fornido inocentón manejaba el hacha sobre el tajo, haciendo trizas a la víctima, que había sido un inocentísimo carnero manchego, o benemérita vaca de la sierra de Gredos. Insensible como un verdugo, había en él también algo de la estricta equidad de quien cumple justicias superiores, porque cortaba los pedazos de modo que resultasen conforme al peso pedido, y era muy comedido de huesos y escrupuloso de piltrafas. El tajo era quizás el objeto que menos conforme estaba con el aspecto ordenado y hasta bonito de la tienda. ¿Quién nos asegura que no salió del mismo tronco de donde sacaron el que sirvió para hacer justicia a los Comuneros? Cuando nuestro buen amigo Rufete le miraba, las edades ominosas acudían a su mente y con ellas la imagen de los terribles escarmientos aplicados al hombre por el hombre. Las rayas trazadas sobre el madero por el filo del hacha le parecían una página histórica.

Las pesas subían y bajaban golpeando el mostrador duro, y de mano en mano iba pasando el sustento de todo el barrio, aquí pobre y esquilmado, allá rico y sustancioso. Sobre la tabla caía una lluvia de cuartos negros manchados de verde, y con la música que estos hacían, se concordaba el choque de las medias libras y onzas de cobre, sin cesar dando sobre el platillo. La aguja de la balanza oscilaba constantemente como un péndulo invertido. Cuando se distribuía una res, dividiéndose en innumerables pedazos destinados a tan diversas necesidades humanas, se descolgaba otra. Tan continuado rasgar de fibras y estallido de huesos causaría horror a los que no lo presenciaran todos los días. Entre el murmullo se oía: «Señá Nazaria, péseme, bien, que soy parroquiana... Señá Nazaria, córteme pierna de abajo... Señá Nazaria, tenga conciencia y vea que eso es cordilla para los gatos... Señá Nazaria, el solomillo limpio y mondo o no cobrado... Señá Nazaria, tenga conciencia en las chuletas».

Y señá Nazaria atendía a todos los términos de esta baraúnda, demostrando actividad pasmosa, inteligencia múltiple y compleja. Unía al talento para distribuir la grandeza de alma para conceder siempre un poco más del peso. No era cicatera, pero cuando se creía engañada en el dinero, hacía justicia pronta y seca. En cierta ocasión agarró un moño como se podría coger una fruta, tiró de él y una copiosa cabellera negra se le quedó en la mano, por lo que se dijo que en sus grandezas imitaba a Julio César, y en su modo de guerrear a los salvajes. Era una mujer alta y gorda, no tan gorda que llegara a ser repugnante, sino llena, redondeada y bien compartida. Si era verdad que parecía haber absorbido parte considerable de la infinita sustancia que en la tierra existe, también lo es que conservaba mucha ligereza en todo su cuerpo, y que no lo pesaban las mantecas. Su rostro era de admirable blancura, sus ojos garzos y negros, su nariz basta y respingada, abierta descaradamente al aire, como gran ventana, necesaria a la respiración de un grande y profundo edificio. El chorro de viento que entraba por aquella nariz modelada para el desparpajo, imponía miedo a los espectadores de su cólera. Nazaria tenía la hermosura que por extraña amalgama de los tipos humanos, hace simpático al descaro.

Lucía enormes amatistas montadas en pendientes de filigrana como relicarios, de modo que parecía llevar en cada oreja el pectoral de un obispo. Sus manos eran bonitas y gordezuelas, y los anillos que de antiguo llevaba no se le podían sacar, porque su carne había crecido y el oro no. Tenía treinta y tantos años y era viuda de un opulento negociante de Candelario.

Por qué la llamaban Pimentosa es cosa que no se sabe; pero algunos decían que picaba mucho y levantaba ampolla a la manera de guindilla. Se podía ir a la tienda por verla despachar. También ella era prestidigitadora como el de los buñuelos, y parecía que se le multiplicaban milagrosamente las manos para coger pesar, cobrar, contar y devolver, todo sin dejar de charlar ni un solo momento. Enormes calderos de manteca blanca como espuma ocupaban un extremo del mostrador, y era bonito ver resbalando por aquellas blanduras de grasa las esmeraldas y los diamantes clavados en los dedos de Nazaria. Otras veces aquellos dedos, en sangre tintos, ocupábanse en usos industriales del género de Candelario; pero pronto recobraban su belleza revolcándose en espuma de jabón y estrujándose en agua hasta quedar limpios como el oro y finos como la seda. Así y todo se pirraban por dar una bofetada.

XI

—¿Qué se le ofrecía a usted, caballero?

—¿Está ese señor Tablas?

—Perico querrá usted decir. Esta no es hora.

—Eso es, don Pedro López.

—No tan arriba. Pique más bajo.

—¿Se le puede ver, sí o no?

—Creo que está durmiendo. Suba usted... Eh, tú, Rumalda... ve con este caballero... Di a Perico que si no tiene vergüenza de dormir a estas horas.

Romualda era una mujercita encanijada y vestida de harapos que en la tienda inmediata ayudaba a la mujer de los parches a ensartar buñuelos. La fisonomía de Romualda estaba de tal manera desvirtuada por la palidez y por la suciedad, que no se podía decir si era fea o bonita. Igual dificultad había para declararla niña o mujer, y así lo menos expuesto a equivocaciones será decir que no tenía edad ninguna.

El fenómeno (pues no de otro modo era llamada en el barrio) echó a andar delante de Salvador para guiarlo. Pero como el fenómeno cojeaba ninguno de los dos podía ir a prisa. Tardaron algunos minutos en vencer la escalera, cuya tortuosidad igualaba a las oscuras revueltas de la conciencia de un asesino. Por decir algo durante el fastidio de tan penosa ascensión, Salvador preguntó a su compañera si era de la familia del señor Tablas.

—Es mi padre —replicó la cojuela.

—Pues no lo parece —dijo el caballero—. El señor Tablas y la señora Nazaria están, según parece, en muy buena posición.

El fenómeno no dijo nada, y siguió subiendo. Parecía subir con un solo pie. Al llegar arriba detúvose para tomar aliento. Sin duda no respiraba más que con un pulmón.

—¿Se ha cansado usted, caballero?

—No tal... piso tercero. La escalera no es larga, y se subiría bien si no fuese tan oscura... Tú sí estás cansada. ¿Cuántas veces al día subes?

El fenómeno se quedó pensando. Por último, dijo:

—Unas sesenta veces.

—Es buena renta, hija. Tres mil escalones diarios.

—Con poco más al cielo.

Romualda no dijo más, y entrando en la casa despertó a Pedro López, que dormía como un canto. Desde la sala en que esperaba entretenido en contemplar las estampas de santos y toreros que cubrían las paredes, oyó Salvador los gruñidos del atleta al ser arrancado de su dulce sueño por la mano áspera y aceitosa del fenómeno. Oyó después imprecaciones y desperezos, y luego una ronquísima voz que decía:

—Baja a la tienda y tráeme los cigarros que dejé en el cajón grande del mostrador.

Poco después Tablas y Salvador se saludaban en la sala. Hablaron con interés un largo rato, y al fin dijo López:

—Vámonos al café, y almorzando hablaremos de eso despacito. Aquí no se puede hablar de nada. Nazaria es muy re-curiosa, y todo lo quiere saber.

Se fueron. En la escalera hallaron al fenómeno, que después de haber subido para llevar los cigarros al señor Tablas, volvía a subir (¡oh Cristo de la cruz acuestas!) en busca de la sal para un huevo frito que se estaba comiendo la señora Nazaria.

Se comprenderá por este último y no insignificante detalle que la hermosa carnicera había concluido el despacho de la mañana. Al fin podía gozar algún descanso después de aquella espantosa brega de cortar, pesar, cobrar y devolver, y en el rescoldo de la buñolería le aderezaba la de los parches un ligero almuerzo. Detrás del mostrador ponía su mesa Nazaria; se lavaba manos y brazos hasta el codo; quitábase aquel horrible mandil que le sirviera poco antes, y acompañada de alguna discreta amiga que de la próxima tienda de lienzos venía o de la mujer del vinatero, restauraban sus fuerzas. Después solía tomar una almohadilla con algo de costura, y a cada instante volvía la cabeza hacia la otra tienda para decir: —«Rumalda, sube y tráeme el dedal...». Más tarde: —«Rumalda, la seda negra que está en mi costurero...».

En la buñolería, que a eso de las diez apagó sus fuegos, estaba la de los parches al frente de sus menguados despachillos de escarola, perejil y lechugas. Romualda se comía un pedazo de pan, engañado con los restos del almuerzo de Nazaria.

—Rumalda —dijo esta después de medio día—, sube y dile a Petrilla que no ponga las perdices.

Y media hora después Romualda subió a preguntar si estaba la comida. Siendo la respuesta negativa, volvió a subir para dar prisa, y cuando Nazaria se remontó despacio a su alojamiento para comer y dormir la siesta, el fenómeno bajó a buscar las tijeras que se habían quedado en la tienda, y más tarde a decir al cortador que cerrara, y luego fue por aceite a la lonja de la esquina.

La Pimentosa comió abundantemente, como solía hacerlo, y antes de dormir la siesta mandó al fenómeno que bajase para ver si Tablas estaba en la taberna de la calle de las Maldonadas. Malísimo humor tenía la señora por aquella tardanza de su hombre, aunque acostumbrada estaba a tales ausencias y a otras mayores. Del mal humor pasó a la furia, y después de poner como ropa de pascuas a Petrilla, a la mujer de los parches, al cortador, al lucero del alba, al Preste Juan de las Indias, al rey David, miró a Romualda con dictatorial ceño.

—¿Y tú qué haces ahí, holgazana? ¿En dónde está la media?

El fenómeno respondió temblando que la media estaba abajo... ¿pues dónde había de estar?

—Pues correndito por ella.

Y se echó a dormir. Después de la siesta recibió varias visitas, a saber: el respetable vinatero que venía con importantísimos chismes de la vecindad; la inquilina del segundo, que era prestamista, con más conchas que un galápago y más dinero que la Real Hacienda; una criada de la señora de don Pedro Rey que vino a traer recados de su ama, (pues Nazaria era hija de una antigua sirvienta de los Rey), y el padre Carantoña, de la orden de Predicadores, que algunas veces solía ir a la casa para llevarse una cestilla repleta de ricos chorizos y butifarras, con otras vituallas de consideración.

—Padre Carantoña —dijo Nazaria al despedir al fraile—. Hágame un favor. Si ve a Rumaldilla en la tienda o jugando en la calle, dígale que suba.

Aquella tarde sintiose la insigne carnicera bastante molestada de la dispepsia que padecía. Hallábase en disposición de abofetear a todo el género humano, porque las malas digestiones exacerbaban su carácter agrio y despótico. Desconfiando de los médicos, solo se aplicaba remedios que llamaremos populares, recomendados por las comadres de la vecindad, los unos del orden supersticioso, los otros del género terapéutico familiar; y como se los administraba todos a la vez o *in solidum*, sin criterio, sin tino, la buena mujer estaba cada día peor. Por eso aquella tarde, se oyeron muchas veces sus vehementes gritos de mando: «-Rumalda, a la botica. —Rumalda, a casa de la tía Pistacha... que te de aquellos polvos...».

En estos y otros lances, recibió una visita altamente honrosa. La sala se llenó de negro, quiero decir que entró en ella el padre Gracián acompañado de otro clérigo, no tan grande como Su Reverencia, pero también bastante tallado. El padre Gracián era bien recibido en una y otra parte y muy querido del vecindario de Madrid, porque a todas las casas que se honraban con su presencia, y eran muchas (aunque él no pecaba de pedigüeño ni de entrometido, como algunos individuos monacales), llevaba siempre una misión desinteresada y evangélica. El palacio del rico y el cuarto numerado del pobre abrían con igual amor sus puertas a aquel enemigo del escándalo, a aquel trabajador incansable de la viña del Señor, a aquel guerrero de la moral cristiana, a aquel perseguidor de las malas costumbres. Hacía la propaganda de los matrimonios leales y bien acordados, de las familias pacíficas; llevaba por todas partes el pabellón de las reconciliaciones y de la paz; perseguía sin tregua las irregularidades, los odios domésticos, los amancebamientos, los desórdenes, y su mayor gloria era encarrilar un marido extraviado, enderezar una esposa torcida, atraer un hijo pródigo, ablandar a un padre cruel. No abandonaba ni un punto su arriesgado puesto de combate enfrente de las baterías de Satanás, y exponía su noble pecho a las burlas, a las injurias, a la mala interpretación, con tal de defender el baluarte de Cristo en que asentaba su planta, y no dejarse quitar un palmo de terreno, sino antes bien ganar al pecado palmos, varas y leguas.

La Pimentosa se turbó al verle entrar. Ella, que no respetaba nada en el mundo, respetaba al clérigo por un sentimiento natural adquirido desde la cuna y, si se quiere, mamado con la leche. Ofreció una silla al Padre y otra al Hermano que acompañaba al Padre.

—No, no me siento —dijo con áspera voz Gracián, blandiendo su sombrero de teja, como si fuera un montante para cortar cabezas—; nos vamos enseguida. Yo no vengo aquí como el padre Carantoña a tomar chocolate y a recibir morcillas; vengo a arrojar una semilla fructífera en este erial; vengo a arrojar una palabra en este desierto, con esperanza de que alguna vez sea oída... Me intereso por vosotros porque sois pecadores. El sano no necesita de médico, el leproso sí. Conocí a la señora Nazaria en casa de don Pedro Rey, y allí supe su mala vida. Conocí a López en casa de don Felicísimo, y allí supe su extravío. Pues bien, aquí vengo hoy con el mismo fin que me trajo la semana pasada; vengo a deciros: «Casaos, casaos, casaos, que estáis perdiendo vuestras almas y dando mal ejemplo». Soy misionero de Cristo, apóstol de gentiles, y veo que no es preciso ir al Asia ni al África para encontrar salvajes. Aquellos son mejores que vosotros, porque ellos son nacidos ciegos, y vosotros, que nacisteis con vista, cerráis los ojos a la luz. Vuestra unión ilícita es un pecado mortal para vosotros y un escándalo para los fieles. Casaos, almas de cántaro, y vivid como Dios manda y la sociedad desea.

En la cara de la Pimentosa parecían fluctuar batallando la cólera y el respeto, y con turbada lengua se disculpó así:

—Bueno, ya lo sé... ¡Caramba, qué trompeta de Padre!.. No soy sorda... Yo bien sé que Su Reverencia habla con razón. Pero yo me voy a separar de Tablas, yo reniego de Tablas, que es un holgazán, que me está comiendo lo que gano y lo que heredé de mi difunto.

—Pues separaos, por la Virgen Santísima —dijo Gracián con más suaves modos—. Si él es un borracho, un haragán y un libertino, váyase enhoramala. Ayer lo calentó las orejas en casa del señor Carnicero. Pero él no desea romper esta unión ilícita, sino casarse. Tiene buen fondo. Decidid una cosa u otra; estáis llenos de pecados, vivís como fieras, no como cristianos.

—Padre, por amor de Dios —dijo Nazaria aterrada por las palabras del clérigo—. No me caliente la cabeza. Estoy esta tarde que si me acercan a la lumbre, ardo. El mal que padezco...

—Sí, ya sé que padeces un mal insufrible. ¿Pero de qué proviene ese mal? Proviene de tus infames vicios, de la glotonería primero, de la cólera después y de otros grandes y deplorables pecados. Luego no quieres atenerte a la medicina ni al dictamen de entendidos físicos, sino que te entregas a la superstición. Has de saber que es ultrajar a Dios y a los santos creer que con palitroques pasados por los pies de una imagen se curan las enfermedades, y que el romero guisado al compás de un credo sirve para hacer buen quilo. ¡Error, necedad, irreverencia, sacrilegio!... No veo en esta casa más que escándalo y profanación —añadió colérico, revolviendo sus ojos y mirando las estampas que llenaban las paredes—. ¿Qué significan estos retratos de toreros confundidos con los santos más venerables? ¿Qué significan esas muletas y esos estoques, banderillas y puyas, colocadas en pabellón y como al modo de ofrenda al pie de la Santísima Virgen? ¿Y esa cabeza de toro que tiene pendiente de cada cuerno un Niño Jesús de alcorza?... Mujer escandalosa, hasta en los adornos de esta casa se conoce que reinan aquí la profanación, el escándalo y el vicio.

—Así tenía mi marido la casa —dijo Nazaria alzando su nariz provocativa, por donde entró un chorro de aire que sonaba a resoplido de fragua.

—Bueno estaría también tu marido —dijo Gracián, haciendo un mohín de escarnio—. Los sentimientos de la gente de esta casa se revelan hasta en lo más insignificante. Pues si fuera a ocuparme de todo lo que hay aquí de reprensible, ¿qué diría, señora Nazaria, qué diría de la bárbara crudeza con que es tratada esa pobre niña, o mujer canija, hija del señor Tablas?... Os tratáis como duques, y ella se confunde con los más lastimosos pordioseros. ¿Qué tal? ¿Es esto cristiano, es esto honrado? Pero donde no hay verdadera familia no puede haber sentimientos humanitarios ni caridad. Casaos,

casaos, reconciliaos con Dios y con la Iglesia, no me cansará de decirlo. Si así lo hacéis, después todo se os hará fácil. Salvad vuestra alma, y no contaminéis otras almas que aún están puras. Curaos de vuestro daño, y así ninguno que esté próximo a vosotros se contaminará de él... Os amonesto por tercera vez, y os amonestaré la cuarta y la quinta, porque yo, que he despreciado tantas veces la muerte, ¿qué caso puedo hacer de vuestra resistencia? Nazaria, vuelve en ti, oye mis consejos. Citando tu corazón de un grito, corre a la iglesia, no te detengas. Me hallarás en mi confesionario. Adiós.

Sin hacer reverencia alguna, impávido, formidable, como el guerrero que ha cumplido su deber en lo más recio de un combate, salió seguido del Hermano. Cuando bajaba la escalera, Tablas subía.

XII

Abrió el gigante la puerta de la sala donde su giganta estaba, y antes de entrar echó en redondo una mirada recelosa, bajando la barba al pecho y escondiendo los ojos bajo las negras cejas. La amenazadora expresión de su ceño, la prominencia de su frente abultada y aquel mirar hosco daban a su cabeza semejanza con la espantable testa del toro jarameño cuando aparece en el circo, y reconoce con su mirar de fuego el ansioso público, y parece que él mismo, antes de empezar la lidia, se espanta de la barbarie que se prepara.

La nariz de Nazaria se infló hasta no poder más. En aquellos momentos necesitaba mucho aire. Tablas dio algunos pasos hacia ella, y echándose ambas manos a la estrecha cintura, se meneó a un lado y otro como muñeco de goma, y escupió estas palabras:

—¡Cristo!... Si habré dicho alguna vez que no quiero clerigones en casa... ¿Por qué los has recibido?

Pimentosa echó mano de un abanico y replicó así:

—Porque me ha dado la real gana... En paz.

—En guerra... Si les vuelvo a encontrar... van a la calle por el balcón... y tú detrás.

—¡Valiente papamoscas! Pero hombre, no mates tanta gente, que se acaba el mundo.

—¿Qué buscaban esos pillos?

—El pillo eres tú... Salvaje. ¡Tanto rezar rosarios en casa de don Felicísimo, y llama pillos a los señores sacerdotes!...

—¿A qué venían?

—A lo que nos ha dado la gana.

—Vamos, vamos —dijo Tablas contoneándose otra vez—, que hoy estoy tan bromista, que si me tocan, por cada dedo me sale un tiro.

—Lo que a ti te sale es el aguardiente que has bebido.

—¡Nazaria!...

—Úrgame tanto así, y verás lo que es canela.

—¡Nazaria!...

—¿En dónde has estado hoy? dilo pronto —gritó la Pimentosa hablando a borbotones—. ¿Quién es ese *futraque* que vino a buscarte?

—A ti no te importa eso... Toma varas con los sayos negros y déjame a mí.

—¡Borracho!

—¡Pues y tú!.. —exclamó Tablas, mascando su cólera—. Vamos, no quiero incomodarme... ¿Por qué has recibido a los clérigos?

—Porque es mi santa voluntad. Soy reina de mi casa.

—Reinita nada menos...

Tablas miró a un palo que en el rincón de la sala había, y que sin duda iba a intervenir como tercer personaje en aquella escena.

—Sí, reina soy y ama de todo —bramó Nazaria pálida y furiosa, extendiendo los brazos—. Mío es el pan que comes, mía la ropa que vistes, mío el tabaco que fumas, y mías las copas, las copas...

No pudo decir más porque la ahogó la tos. Su abultado seno trepidaba saltando, como vejiga de payaso.

—Todo es de la señora, já, já... —dijo grotescamente López queriendo tornar en burlas afirmación que tanto le humillaba—. Después hablaremos de eso; pero ahora, dígame la reina por qué estaban aquí otra vez los sacripantes negros.

—Porque yo les llamó ¿estamos?... porque me gusta el sermón y quise dar para las ánimas.

—¡*Anima mea*!... Cristo... Con que hay *pedriques* en mi casa... Pues mira yo te voy a dar la *Extrema*. ¿No te pido el cuerpo *hinsopo*?... Pues verás.

Volvió a mirar el palo, que ya estaba, como si dijéramos, al paño, esperando el momento de salir al escenario.

—Ladrón, si te mueves, te como... —gritó Nazaria en voz tan imponente, que Tablas, ya en camino de traer al tercer personaje, se detuvo en medio de la sala—. Ponte en la puerta de la calle ahora mismo, holgazán, gorrón, que el pan que me has comido, mejor habría sido echarlo a los perros... ¿Pues no te contentas con gastarme mi dinero y arruinarme la casa, sino que me amenazas?... ¡Por vida del arpa del tío David, yo tenía más dinero y más *comenencia* que cuatro reyes, y tú me has llenado de trampas! Por ti y tus vicios estoy empeñada en más miles que pesas, trapalón, y cuando toquen a embargar, la viuda de Peribáñez el de Candelario tendrá que ponerse al buñuelo, a la castaña, al aguardiente o al mondongo... Sacados te vea yo los ojos, hi de mujer mala. Dime, calzonazos, ¿en dónde están mis alhajas qué daban envidia a las de la Pilarica en Zaragoza? ¿en dónde están mis cuatro mantones de Manila que parecía que los habían bordado ángeles con manos de rosa?... ¡Ah! ¿dónde ha de estar todo aquel tesoro? En *Peñíscola*, para que el señor beba, para que el señor monte a caballo y vaya a derribar vacas, para que el muy mamarracho convide a los gorrones y tenga mozas... Ea, fuera espantajos. Por aquella puerta se va a la calle...

—¿Sabes lo que te digo?... pues que eres una cotorra charlatana y hay que cortarte el pescuezo.

—¿Sabes lo que te digo? pues que a otros de más hígados que tú los he tendido yo de un soplamocos. Mejor tuvieras vergüenza y fueras persona decente como yo. ¿En dónde pasas las noches?... ¿en qué gastas el dinero?... Y luego viene diciendo el bobo que se trata con esos señores de política, y que está armando un gatuperio como el de los tiempos en que cayó la Mamancia... ¿Qué entiendes tú de eso, cafre, si andas en dos pies porque al Señor se le olvidó hacerte la cruz en el lomo?... Mira que no se ha acabado la madera de que hicieron las horcas en la plazuela. Allá te quisiera ver colgado como una butifarra para ir a tirarte de las piernazas y verte haciendo más visajes que un cómico con hambre. ¡Política el señor Tragacantos! ¿De cuándo acá tenemos esas sabidurías? Lo que tú harás será engañar al pobre don Felicísimo que te dio la primer bazofia que comiste en el mundo, y venderle a los masones, contándoles lo que pasa en su casa.

¡Ah! bribonazo, si creerás embobarme a mí, que conozco tus mañas y sé dónde te aprieta la herradura.

—¡Ah!... ¡re-sangre! si digo que voy a echar al gato esa lengüecita... —dijo Tablas abalanzando sus pesadas manos hacia la cara de la Pimentosa.

—Quita allá esas aspas de molino —replicó ella rechazando con extraordinaria energía las manos de su hombre.

—Maldita sea la hora...

Bramando así con insensata ira, Tablas hizo un gesto, o instantáneamente enganchó en su garra el moño negro de la giganta. La giganta rugió como una leona, levantose, hubo formidable choque de cuerpos y cruzamiento horrible de brazos tiesos. Se balancearon, se oyó un doble gemido y un estertor siniestro, señal de violentos esfuerzos. Pero la gigantona logró desasirse, blandió sus fornidos brazos, echó un temporal por su nariz, y rápida como el pensamiento, dio un salto, dos, tres. El piso temblaba como si pasara un carro. Nazaria llegó a una mesa y cogió un objeto voluminoso que encima de ella había. ¿Qué era aquello? Era una urna de madera y cristal, alta de tres cuartas. Dentro de ella había una virgen de los Dolores, y encima un toro de yeso, dos toreros, un niño Jesús, una enormísima moña. Alzó en sus manos la mujerona todo aquel catafalco religioso-taurino, y en menos tiempo del que se necesita para pensarlo, cayó todo con estrépito formidable sobre la cabeza de Tablas. La increpación o voz felina que este lanzó al recibir el golpe no es para descrita. Los vidrios rotos sobre su cráneo rasgaron su frente. Sin sentir manar la sangre corrió en busca del palo; pero antes de llegar, ya se le interpuso la Pimentosa con una silla enarbolada en ambas manos. El gigante tomó otra silla. Se detuvieron un momento mirándose cara a cara; echándose mutuamente su ardiente resuello y cruzando los rayos de sus ojos llenos de ira. De repente la giganta soltó el mueble; había tenido una idea feliz, salvadora. Dio un paso atrás, revolvió en su cesto de costura, sacó una navaja enorme, y corriendo en seguimiento del gigante, que retrocedía espantado, exclamó con bramido:

—Te degüello...

Entraron algunos vecinos, para quienes no era nuevo aquel laberinto, aunque hasta entonces no había ocurrido pendencia tan ruidosa en casa de Nazaria; entró también Romualda dando gritos, y todos se dedicaron a la grande obra de la pacificación. Cada contendiente se vio rodeado de un grupo y oyó las exhortaciones más razonables. ¡Cosa extraordinaria! El primero en quien se notaron síntomas de aplacamiento fue el descalabrado López, el ofendido de palabra y de obra. Gruñendo como un mastín apaleado, dijo que él no quería perderse, que era demasiado hombre de bien para perderse, y que no había mujer alguna en el mundo merecedora de que se perdiera por ella un hombre. Nazaria no decía nada, pero con los resoplidos mostraba el desfogamiento de su cólera que parecía salir en mangas de aire desalojando el henchido seno. La navaja yacía en el suelo junto a los restos de lo que fue urna y a los pedacitos de toro de yeso que, pisados en la contienda, manchaban de blanco la fina estera.

—¡Y está sangrando el canalla! —dijo la Pimentosa lanzando de su boca esas chispas de risa que saltan entre las llamas de la ira iluminando el rostro—. Parece un *Decehomo*.

—No es nada, no es nada —dijo Tablas llevándose a la frente un pañuelo que le dio el fenómeno.

—Rumalda —gritó la giganta—, baja y trae un poco de vino y aceite.

Viendo que la furia de uno y otro se aplacaba poco a poco, los vecinos se fueron retirando.

—Se incomoda uno por cualquier majadería —murmuró López, dejando que Nazaria le aplicase el pañuelo a la frente—. Cuando uno va a reparar ya ha hecho una barbaridad... y hombre perdido.

—Le hablan a una con malos modos, y a una se le sube la mostaza a la nariz, y allá te vas lengua.

—Y gracias que uno es prudente y sabe las mañas de la fiera y le para los pies... —dijo López queriendo dar explicaciones de su cobardía.

—Y si a una le preguntaran con buen modo lo que buscaban los padres caras, una contestaría que venían a sus *pedriques*, y en paz. Pero se incomoda la gente por una palabra... Hay lenguas que tiran coces... No se puede remediar...

—Yo soy un ángel; pero cuando me solicitan, embisto. ¡Qué genio me ha dado Dios! Yo mismo me tengo miedo a veces... Rumalda...

Rumalda había llegado con el aceite y con el vino, y Nazaria aprontaba el remedio que reclama toda cabeza sobre la cual se ha hecho pedazos una urna.

—Rumalda, no tengo tabaco —dijo el atleta—; bájate al estanco... pronto, chica... Pues como iba diciendo, si a un hombre como yo, que es todo pólvora, se le hubiera preguntado con decencia dónde había pasado el día y qué negocios traía con el *futraque*, el hombre habría contestado como un caballero. ¡Si aquí no hay misterio...! Que un señor, a quien conocí en casa de don Felicísimo, viene a buscarme y me dice: «señor López, me va usted a hacer un favor muy grande. —Usted disponga, señor mío... —Pues hace dos meses, la policía registró una casa de la calle de Belén, donde se reunían unos cuantos partidarios de don Carlos. La policía fue sobornada en aquella ocasión y no prendió a nadie. Pero el Gobierno ha cambiado los guindillas de soflama por otros, y anoche volvió la policía a registrar la casa de la calle de Belén, y pescó a cinco sujetos, y les puso en la cárcel de Villa. —De lo cual me alegro, señor don Salvador. —Pues mire usted, señor Tablas, yo vengo a que usted me haga el favor de proporcionar a uno de esos cinco sujetos los medios de fugarse, porque corre el run run de que les van a fusilar. —¿Es pariente de usted? —Sí señor. ¿Usted ha estado empleado en la cárcel de Villa? —Sí señor. —Usted favoreció la escapatoria de Olózaga. —Sí, señor. —Usted podrá hacer ahora otro tanto. —Sí señor. —Pues es preciso hacerlo. —¿Cuánto vamos ganando? —Tanto. —Es poco. —Pues cuanto. —Nos arreglaremos. —¿Quién es el sujeto? —Pues es Fulano de Tal. —Adelante, empezaremos a trabajar hoy mismo. Vamos al café y a la taberna; hablaremos con los chicos de la cárcel...». Total, que hemos estado todo el día inventando diabluras, y luego fuimos a casa de don Felicísimo, que también está empeñado en poner en salvo a ese preso. Y de unos y de otros he de sacar metal, mujer, mucho metal, para desempeñar lo que hemos empeñado, y quitar trampas... Fuera trampas, venga acá dinerazo de la gente carlina, y juntándolo con el dinerito de la gente masona, verás como nuestra hacienda se pone otra vez de pie...

La reconciliación era ya segura, y los endurecidos ánimos se ablandaban rápidamente al calor de la confianza. La idea de que Tablas ganase algún dinero, idea novísima y extravagante, produjo en el espíritu de Nazaria benéfica y reparadora reacción. Aunque no era tonta, se dejaba alucinar fácilmente por risueñas quimeras, como persona crédula y sin experiencia que había vivido siempre en el mayor desorden moral y económico, y ya le parecía estar viendo las talegas que entraban por la puerta, ganadas en la explotación de toda aquella caterva política que ya se llamaba carlina ya masónica. Tablas había derrochado sumas relativamente considerables. Si ahora traía a la casa otras sumas mayores, se trocaba de libertino y perdido en el hombre más allegador y apersonado de todo el barrio. ¡Bien, re-Cristo! Nazaria, que juntamente con la fiereza tenía la inocencia de la bestia cornúpeta a quien tan fácilmente engaña un vil trapo rojo, se calmó y sintió dolor muy vivo de haber ofendido a su gigante. Así procede siempre, pasando de salvajes cóleras a vergonzosas condescendencias, toda esa gente desalmada, ignorante y tan incapaz de calcular sus intereses como de refrenar sus pasiones.

Se reconciliaron. El aceite juntó su pringosa suavidad con la acritud astringente del vino, y batidos y juntados sellaron el pacto, cuando los dedos gordezuelos de Nazaria vendaban aquella frente merecedora del yugo para tirar de un arado.

Dignos de lástima eran aquellos dos seres, pertenecientes a la clase más numerosa y más compleja del país, por la confusión de vicios y virtudes que en ella había; pero Nazaria merecía más que su cómplice la compasión, porque valía un poco más, valiendo muy poco. En ella la barbarie y la tosquedad eran tales, que ahogaban los sentimientos generosos que a veces brotaban en su corazón cual hierbecilla en la grieta húmeda. Una religiosidad sonora y supersticiosa no bastaba a suplir en ella la falta absoluta de luces y de ideas morales. Vivía en el escándalo, sostenida por el ejemplo de otros escándalos mayores, y aunque alguna vez nacía y se agitaba en su alma como un misterioso prurito del bien, una especie de adivinación que ella no podía precisar, eran tales las exigencias de la naturaleza en ella, que no podía, ni en pensamiento, separar su persona de la persona de aquel monstruo. ¡Irresistible atracción la de un gigante que ni era listo, ni simpático, ni noble, ni siquiera guapo! Tan grande es la miseria humana, que allí donde aparentemente no hay cualidades que sirvan de base a un verdadero amor, suelen encontrar alguna las gigantas fogosas como la hermosa viuda de Peribáñez.

XIII

¡Qué lejos estaba el excelente padre Gracián de que su exhortación moral había motivado una reyerta que pudo ser drama sangriento! Él se retiró aquella tarde muy satisfecho después de haber predicado la unión, la concordia y la paz matrimonial en otras dos o tres casas. Al entrar en su celda pensó que el día había sido fecundo en resultados evangélicos, y que con muchas batallas semejantes, pronto había de verse el Enemigo muy mal y acorralado en las últimas trincheras del pecado.

Antes de dormir, consagró dos horas al estudio y a la ciencia de que era maestro en las aulas del Colegio Imperial, la profunda y enmarañada Ética. Después oró y meditó por espacio de otras dos horas largas, puesto de hinojos a ratos, y a ratos tendido boca abajo sobre el suelo. Lejos de haber en este las blanduras suntuarias con que los pecadores atienden al sibaritismo de los pies, era la dureza misma combinada con la frialdad, para que la mortificación fuese conforme a la implacable saña con que varón tan santo trataba a su carne miserable. Allí no habla alfombra, ni estera, ni cosa que a tal se pareciese, sino ligera capa de tierra, rojiza extendida sobre los ladrillos, la cual era traída de la cueva de San Ignacio en Manresa y servía para producir en el espíritu del clérigo la piadosa ilusión de que en la misma santa cueva estaba. Últimamente había repartido entre sus buenos amigotes tantas porcioncillas de aquella bendita y quizás milagrosa arcilla, que la celda se iba quedando limpia, y por varias partes pedía algunos escobazos que la acabaran de limpiar. Lo demás de la reducida estancia era insignificante y revelaba la humildad y el estudio, cosas en verdad que fraternizan perfectamente.

El jesuita durmió después de estudiar y de mortificarse, y abandonó de madrugada el lecho. Rezó, dijo misa, (y las suyas por lo tempranas y lo largas, eran muy elogiadas entre las personas piadosas de aquel populoso barrio) y después entró en su cátedra, seguido de muchedumbre de escolares. Esto se repetía diariamente, mes tras mes, año tras año. En sus explicaciones filosóficas, Gracián realizaba el prodigio de volver claro lo oscuro y de hacer ver las honduras de aquella ciencia, iluminando la superficie con la luz de un método admirable y de un decir ameno. Sus discípulos le querían por todo extremo, y era uno de esos maestros siempre preferidos y siempre elogiados que hacen amable el estudio. En las horas de recreo veíase rodeado de enjambre de colegiales, que dejaban el escaso solaz de aquella hora para consultar con el Padre puntos oscuros de la conferencia señalada, y platicar sobre cualquier tema de humanidades o teología, pues en todo ello y aun en otra clase de sabidurías era muy versado el bendito clérigo.

En aquellos tiempos, ¡oh tiempos clásicos! todo se estudiaba en latín, incluso el latín mismo, y era de ver la gran confusión en que caía un alumno novel, cuando le ponían en la mano el Nebrija con sus reglas escritas en aquella misma lengua que no se había aprendido todavía. Poco a poco iba saliendo del paso con el admirable método de enseñanza adoptado por la Compañía, y acostumbrándose al manejo del Calepino para los significados castellanos, y del *Thesaurus* para la operación inversa, pronto llegaba a explicarse como Quinto Curcio o Cornelio Nepote. Las lecciones se daban en latín, y para que los chicos se familiarizasen con la lengua que era llave maestra de todo el saber divino y humano, hasta se les exigía que hablasen latín en sus conversaciones privadas, de donde vino esa graciosa latinidad macarrónica, que ha producido inmenso centón de chistes, y hasta algunas piezas literarias, que no carecen de mérito, como la *Metrificatio invectivalis* de Iriarte y las sátiras políticas que se han hecho después. Si Horacio y Cicerón hubieran, por arte del Demonio, salido de sus tumbas para oír como hablaban los malditos chicos del Colegio Imperial, habría sido curioso ver la cara que ponían aquellos dignos sujetos a cada instante se oía: *Quantas habeo ganas manducandi!... Carissime, hodie castigavit me Pater Fernández (vel a Ferdinando), propter charlationem meam... ¡Eheu, paupérrime! ¿Ibis in calabozum?... Non; sed fugit meriendicula mea. Dum tu chocolate bollisque amplificas barrigam tuam, ego meos soplabo dedos. Guarda mihi quamquam frioleritam.*

El que así se expresaba era un muchacho despiertísimo, nombrado Calisto Rodríguez, aunque en el colegio, sin dada por lo diminuto de su persona y por su inquietud de ardilla, nadie le llamaba sino Don Rodriguín. Era tan bizco que, al mirar, un ojo se le metía detrás del otro, como malicioso flechero, que se esconde para hacer mejor la puntería de su dardo. Su travesura y charlatanismo daban no poco que hacer a los Padres, y si adelantaba en sus estudios era más bien por sus brillantes dotes que por su aplicación. El estrabismo daba chocarrera gracia a su rostro, y con el bonete terciado, como solía llevarlo, parecía un diablillo enmascarado de clérigo. Alborotaba mucho en las horas de recreo; sublevaba las masas escolares en las de estudio, y a pesar de pertenecer a una familia rabiosamente carlina, en la cual había muchos canónigos, frailes y hasta un obispo, sus inclinaciones eclesiásticas no eran muy decididas.

Por jácara, más que por espíritu de erudición, don Rodriguín se había prohibido en absoluto la lengua castellana, y hasta las frases más familiares y las más insignificantes expresiones las latinizaba con zandunga, entremezclando siempre en su charla trozos de los clásicos y fragmentos de verso y prosa, vinieran o no a cuento. Así, cuando se escabullía de la sala de estudio para ir a fumar un cigarro a hurtadillas, decía: *Eo in chupatorium, procul negotiis*. El *chupatorio* era un rinconcillo del claustro alto, que daba al patio, y recibió este nombre por ser lugar a propósito para echar una fumada sin ser visto de los Padres. Para anunciar a sus compañeros en la sala de estudio que venía el Padre Fernández, varón pesado cuyos pies de plomo hacían temblar el pavimento, decía: *Cavete Ferdinandum... Ecce draco... Exaudite... quatit ungula campum*. En las horas de recreo, en el claustro bajo, no perdía ripio para motejar a los condiscípulos, y si algún extraño entraba en la casa para hablar con los jesuitas, Grijalva le había de echar su latín correspondiente, *verbi gratia*:

«*Videte Piaonem ad petendum Gratianum... Arcades ambo*».

El bueno de don Juan iba muchas tardes en busca del Padre Gracián para conferenciar con él de los últimos obstáculos que convenía allanar para casarse con Micaelita.

Hablando de la tierra con que el profesor de Ética alfombraba su celda, decía el estudiante: «*Sunt quos pulverum manresianum collegisse jurat*».

Durante las partidas de pelota, a que era muy aficionado, se le oía constantemente: «*Bene... Fortiter... Italiam contra... Ego valeo... Amen dico... vobis... Fuerunt vel fuere... pasce capellas*».

Era el capitán de todas las fechorías perpetradas en el colegio, de noche, burlando la vigilancia de los Padres, bien para hacer un escalo en la despensa y proveerse de víveres, bien para efectuar un bromazo, eligiendo por víctima a un desdichado novato sin experiencia. Si alguna tarde lograba escaparse y subir a las boardillas, se entretenía en tirar cáscaras de nueces a los balcones de Nazaria que fronteros de la fachada del colegio estaban, o en disparar peladillas contra la cojuela, que solía sentarse por las tardes en la puerta de la carnecería, *templum mantecationis*.

Otras muchas barrabasadas hacía para matar el fastidio y hacerse aplaudir de sus compañeros, pues le gustaba, como a todos los traviesos, oír los encomios de sus atrevimientos. Pero su mayor lucimiento provino de una memorable invención suya, con la cual alcanzó aplausos y lisonjas, que traspasando el círculo del colegio, llegaron al público. Fue que compuso un *Discurso apologético macarrónico* sobre un suceso público de la más alta importancia en aquellos días, y lo hizo con tan gracioso desparpajo, tanta donosura en los disparates, tan grande agudeza en lo descriptivo y tan furibunda intención en la sátira personal, que la composición produjo en el colegio un verdadero escándalo.

Habiendo enfermado don Rodriguín a principios de junio, su familia le sacó del colegio. Restablecido en un par de semanas, no quiso volver a la clausura hasta no presenciar las grandiosas ceremonias de la jura de la Princesa Isabel, y las alegres fiestas de los tres días que siguieron al 20. Todo lo vio y en todo metió las narices el bullicioso estudiante, desde la imponente función de San Jerónimo, hasta la justa de los maestrantes fuera de la puerta de Alcalá; desde la fiesta nacional de toros con caballeros en plaza, en la mayor, hasta el simulacro militar. Cansado de tanto correr, durante los tres días, entró en el colegio, tomó la pluma, y enjaretó su famoso *Discurso apologético macarrónico*. A medida que iba escribiéndolo, leía trozos de él en los corrillos de estudiantes, y bien pronto la fama de aquellos graciosos dislates se extendió por San Isidro, llegó a oídos de los Padres, y estos pidieron el manuscrito . Negolo y no quiso darlo don Rodriguín por temor a una reprimenda; pero como ya los escolares amigos del autor habían sacado varias copias, facilitaron una al Padre Fernández (*vel a Ferdinando*), el cual se regocijó mucho con la lectura. Enterados los demás jesuitas se rieron en coro y a todo trapo, porque además de las chuscadas de la forma, había en el discurso una intención satírica que les agradaba en extremo. Don Rodriguín no fue castigado por su travesura latinizante; entregó a los Padres el manuscrito original donde se conservaba, según dijo, toda la pureza clásica del texto, libre de los múltiples errores de las copias, y gozó extraordinariamente con su triunfo literario.

Es lástima que no podamos dar a conocer en toda su extensión esta obra, que uno a sus gracias, el mérito de ser un precioso documento histórico, pues en ella está descrito con detalles mil el solemnísimo acto de la jura, y narradas las fiestas con que la monarquía quiso hacer memorable aquel suceso. Los personajes todos de la época, retratados en caricatura, dan mayor realce al discurso, y la intención perversa que en cada comentario campea, pinta el espíritu de un bando político que era en aquellos días, si no la mayoría, parte grande y granada de la Nación española. En la imposibilidad de transcribir la composición entera, daremos cuenta de ella según el arte y modo de la crítica ligera, haciendo resaltar algunas de sus caprichosas donosuras, y callando mucho de lo que contiene, por ser materia vedada a la publicidad.

Empezaba describiendo la comitiva que salió del palacio de San Juan para San Jerónimo, el aspecto de este templo, la corte y su servidumbre, los obispos, los procuradores de las ciudades con voto en Cortes y los treinta títulos de Castilla que representaban la nobleza del reino. Luego venía el *Magister ceremoniarum*, el *Indiarum Patriarca*, el duque de Medinaceli (*Cœlico-Metinensi dux*) presidiendo a los nobles... «*Concurrebant cortesani frailesque*, decía el texto, *milites cum morrione atque canonici cum piporro. Turbamulta sequebat guardiarum Corporis cum ban doleris, et damarum caterva inter mayordomos miscuebatur*». Pintando al Rey, que en su trono presidía el acto, se expresaba Rodriguín en estos irrespetuosos términos: «*Regium estafermum in throno posuerunt. Inmovilis tanquam sacus furfuris lascivis oculis circunspicebat danarum pectorem quasi nudum et caritas guapas*». A Cristina y demás familia la nombraba en términos más irreverentes aún. «*Venus Partenopea, graciositer fecebat perendengues inter caballeritos, dum tenera Isabella pendebat a nodrizæ mamellis. Dominus Francisquitus cum Carlota ejus sedebat in aureo rincone. ¡Oh quantum erat inflammata Carlota propter vinum!».*

Conticuere omnes, decía al narrar la ceremonia, y luego contaba cómo había jurado don Francisco poniéndose de rodillas y extendiendo la mano sobre el crucifijo; cómo le había abrazado el Rey, cómo había el Infante besado la mano de Cristina y de la Princesa. Al llegar aquí lanzaba el autor una larga epifonema y luego ariadía: *Sic itur ad astra*.

Describía el desfilar de los Procuradores, obispos y grandes, que uno tras otro se adelantaban lentamente para jurar, *sicut recua*, y en el párrafo siguiente ponía la salida pública de la corte desde San Jerónimo hasta Palacio. *Cum repeto diem*, exclamaba parodiando a Ovidio, *agitantur in manibus castañuelæ meis*. La famosa función de toros con caballeros en plaza, espectáculo nuevo en Madrid por aquel tiempo, era tratada por don Rodriguín con la amplitud que el caso merecía. No se libraron de sus dardos los caballeros rejoneadores, ni las damas que les apadrinaron, ni los alcaldes de Corte que dirigían la fiesta. No se dejó en el tintero ninguna de las partes de la fiesta, y en toda su charla macarrónica se veía claramente la idea de representar en el pobre toro aburrido y pinchado por todas partes al partido cristino, de quien daban cuenta al fin, rematándolo, los apostólicos, representados en el simbólico circo por espadas, picadores y puntilleros. *Plaudite cives*, decía al fin, *et ruant masones, turba mentecatorum*. Concluía este párrafo diciendo que pronto empezaría la corrida en los campos de batalla, y exclamaba: *Cedant cornu armæ*.

No nos ocuparemos del resto de la composición porque su contenido es demasiado extenso y quizás harto desenfadado. Para completar su obra, el pícaro estudiante satirizó también al Comisario de Cruzada, señor Varela, *plena cruoris hirudo* (sanguijuela llena de sangre), que hizo cuantiosos donativos a los pobres para celebrar la jura; también flageló al general Castaños, nombrado duque de Bailén, y a todos los demás que recibieron mercedes en aquellos días. Y amenazándoles les decía en el último delirio macarrónico: *Jam vobis dicabitur misis*, ya os lo dirán de misas.

XIV

No marchaba muy bien el negocio que Salvador entre manos traía, porque la vigilancia en la cárcel de Villa era más estrecha y rigurosa que en los tiempos de la dramática evasión de Olózaga. En vano Tablas llenaba de aguardiente los cuerpos de uno y otro mandadero, sin olvidar la conquista de los alcaides por medio de merendonas y duros; en vano se hacían trabajos en esfera, más alta, dirigidos a ablandar o corromper a sujetos de mayor categoría. Con disimulo, pero también con brío gestionaba Genara, más que por afecto al preso, por librarse de la situación desagradable en que el encierro de su esposo la ponía; y Pipaón (*patriarca zascandilorum*, según el macarrónico), de acuerdo con Carnicero y otros compadres, manejaba también con arte sus considerables influencias. Tantos esfuerzos reunidos dieron al fin el resultado feliz que todos deseaban; pero hay indicios seguros de que el señor Navarro debió principalmente su venturosa escapatoria, a la condescendencia o complicidad de la gente menuda, siempre venal; de modo que Salvador no se arrepintió de haber recurrido al buenazo de Pedro López, ni este se arrepintió de servirle, porque, habiendo cobrado en moneda corriente sus estipendios y el importe de todos los gastos, pudo ofrecer a la iracunda Nazaria parte del caudal que le había derrochado. Después se verá en qué emplearon el dinero adquirido por tan extraña industria.

Los presos eran tres: don Carlos, un fraile aragonés que pereció el año 35 en Zaragoza cuando la célebre causa y conspiración de don Vicente Ena, y un capitán de caballería que desde mucho antes andaba en aquellos trotes, y después de ser masón el 20 e indefinido el 24, había ingresado en los nacientes y aún no fogueados ejércitos del Infante. No habría sucedido nada si todos los señores congregados en casa de las de Porreño hubieran procedido con la discreción que se acostumbraba en tales reuniones ilícitas cuando las sorprendía la justicia. Seis de los conspiradores se escondieron en lo más hondo de la casa; el capitán y el fraile se pusieron a rezar el rosario; mas don Carlos Navarro, que era, por sa geniazo díscolo y entero, enemigo de bajas comedias y de disimulos viles, afrentó a los polizontes, les dijo mil herejías, y no pudiendo contener su ira, abofeteó al que parecía principal entre ellos. Este acto de violencia, cuando lo que hacía falta era maña y dulzura, les llevó a los tres a la cárcel de Villa, donde habrían estado todo el tiempo que exige una buena y voluminosa causa de mil folios, si no vinieran en auxilio de Navarro las tramas que hemos mencionado, en auxilio del fraile el fuero eclesiástico, y del capitán la muerte, que se le llevó a los seis meses de encierro.

La desolación que causó a las dignas señoras de Porreño aquel suceso, no se expresa con las frías palabras de la historia. El descrédito de su casa, la vergüenza y el azoramiento en que desde entonces vivían, y por último, la falta del auxilio pecuniario que don Carlos les daba, precipitaron de tal modo su decadencia, que bien pronto se vieron en aquel término lastimoso en que la estrechez se confunde con la miseria.

El atroz Navarro, luego que se vio fuera de la cárcel no quiso averiguar el poder que le había salvado. Su orgullo le inclinaba a no atribuir su salvación a ninguna persona que le tuviera afecto. «A mí nadie me quiere, decía, nada tengo que agradecer a ningún hombre. Solo Dios me ha salvado». Pasó algunas horas en casa de las señoras, en cuya compañía había vivido, los dio una limosna con carácter de liquidación de atrasos, y acompañado de Oricaín y Zugarramurdi, que habían quedado libres y que siempre le eran fieles, partió disfrazado de arriero para las Provincias Vascongadas y Navarra. Nadie le vio. Se fue con su indignación crónica y su incurable soberbia, siempre enfermo, gruñón siempre. A nadie dio cuenta de sus planes, y parecía detestar a sus comilitones políticos lo mismo que a sus enemigos. No quería tratos con nadie, ni con su hermano, a quien no podía amar aunque lo intentase, ni con su mujer, a quien aborrecía de la manera extraña que se aborrece lo amado. Aquel carácter tétrico, compuesto de orgullo y tenacidad, endurecido más por el tedio, la desconfianza y la lesión hepática, necesitaba manifestarse en una acción propia y libre. La disciplina había concluido para él. Sonaba en la historia la trompeta lúgubre de las guerrillas. El feroz soldado de partidas la oía resonar en su alma solitaria y sombría, y marchaba sin saber adonde ni por donde. Solo aquel eco podía despertar en aquella alma el amor a la vida, evocar la fe, o infundirle el ardor de un trabajo glorioso. Como estos soldados misántropos de corazón entenebrecido son más dignos de lástima que de odio, y como tienen, en medio de sus graves errores, cierta nobleza y lealtad que infunde simpatías, saludamos con respeto al fugitivo guerrillero, diciéndole: «Dios vaya contigo, salvaje».

Entre tanto, el interés que Salvador había puesto en favorecer a su desagradecido hermano le ocasionó algunos disgustos, porque enterados de él algunos de sus antiguos amigotes y no acertando a comprender la verdadera causa de tal protección a un furioso enemigo del *Sistema*, declararon a Monsalud inconsecuente y traidor. «Después que tiene dinero, decían, se ha afiliado en las banderas del absolutismo y de los frailuchos, para poner en seguridad sus fondos». Aviraneta, que no gustaba de perder amigos, y era en el fondo un escéptico glacial, no dejó de tratarle por esto; pero Rufete, hombrecillo de gran vehemencia, que había hecho de sus ideas políticas una superstición india, le manifestó en briosas frases que sería su irreconciliable enemigo, y que si él (Rufete), partidario de todas las libertades, tropezaba en un campo de batalla o en una barricada con quien se había hecho prosélito de todas las tiranías, no estaba decidido a perdonarle. De estas baladronadas y de otros desprecios y majaderías que oyó, se reía el buen hombre, porque hallándose seguro de su rectitud, y deseando vivir lejos de los manejos políticos, no quería dar explicaciones ni menos complacer a la turba de falsos patriotas.

El que siempre se le mostró leal y agradecido amigo fue Seudoquis, ascendido a coronel en los días de la jura, por los servicios prestados en la persecución de la partida de Campos. Estrechó más aquella antigua amistad, originada en peligros y desgracias comunes, la generosidad con que Monsalud salvó por entonces al flamante coronel de sus ahogos pecuniarios, que le habían traído a un estado de horrible desesperación. Seudoquis fue destinado a servir en Vitoria. Los dos amigos se separaron después de algunos meses de vida común y de pesares y alegrías; fraternalmente confiados. Gozoso Salvador de una amistad que en parte atenuaba la aridez de su vida, abandonose al afecto que Seudoquis le inspiraba y le confió algunos secretos de los que más quería.

Don Benigno Cordero hizo a nuestro amigo algunas visitas, en todo el tiempo que medió desde mayo hasta Setiembre. En la primera maravillose Salvador de oírle decir que no se había casado todavía. En las sucesivas maravillose más por la propia causa, y aún dijo algo acerca de lo mucho que pensaba y maduraba el insigne, cien veces insigne héroe de Boteros sus resoluciones. En estas visitas ocurría la particularidad inexplicable de que don Benigno no hablaba de Sola ni de cosa alguna que con el cansado matrimonio tuviese relación. Hablaban de ocupaciones, de los negocios públicos, de las probabilidades de una guerra sangrienta, de la enfermedad de Su Majestad, la cual iba en tal manera creciendo, que pronto aquel animado muerto sería todo cadáver, entre el espanto de la monarquía huérfana. En las conversaciones de don Benigno notaba Salvador una particularidad extraña y que no acertaba a explicarse. Era que el buen encajero no hacía más que preguntas y más preguntas, cual si antes fuese inquisidor que amigo, y no llevase más propósito que indagar la vida, conducta y pensamientos de su compañero de casa en San Ildefonso. Después de la primera visita don Benigno bajó cojeando la escalera; y ciñendo estrechamente al cuello el embozo para abrigarse bien, dijo dentro de su capa: «No sirve, no sirve para el caso».

En una de las visitas sucesivas (y entre unas y otras pasaban próximamente veinte días), dijo para sí: «No es digno, no, del incomparable regalo que he pensado hacerle». Más adelante aconteció que al compás de su trote cojo, murmuraba, marchando hacia su casa: «Quizás, quizás, sepa hacer buen uso de tan incomparable joya». Y por último, (allá por julio o principios de agosto, el día antes de partir para los Cigarrales) salió de la visita, pensando así: «Bien va esto, Benigno, esto va bien».

Partió, pues, a los Cigarrales en compañía de Alelí, que ya casi no se podía tener derecho, y allí, en aquel delicioso edén de almendros, aconteció lo que pronto, muy pronto verá el juicioso lector.

XV

Fue seguramente en aquellos mismos días cuando Pipaón, deseando rematar convenientemente sus honestas relaciones con Micaelita, determinó echarse al cuello la soga del matrimonio. Exigíalo su posición social, ya considerable, y lo pedía a grito herido su peculio, el cual con el acrecentamiento de los gastos y comodidades necesitaba refuerzos grandes. La idea de ver entrar en sus arcas dentro de poco tiempo las misteriosas sumas encarceladas por don Felicísimo le quitaba los últimos escrúpulos que pudieran turbarle, y por ver aquella idea hecha realidad tangible y sonante se desposara él, no digo yo con Micaela, sino con el mismo individuo que está a los pies del patriarca San Miguel.

Había pasado bastante tiempo para que el público diese al olvido las manchas que empañaron el antes limpio cristal de la reputación de su novia. ¡Bendito olvido, que es la moneda falsa del perdón, y corre de mano en mano produciendo admirables efectos! Aquel olvido, su propia conveniencia y las exhortaciones del Padre Gracián, que había puesto en tal unión empeño particular, labraron el propósito del ilustrísimo don Juan Bragas, y una mañanita de julio se levantó con la cabeza fresca y dijo frotándose las manos: «Boda tenemos; esto es hecho».

Visitó a Gracián, a quien halló en su celda, (*inescobata célula*, según la expresión del consabido macarronizante) y el buen jesuita le felicitó por su buen acuerdo, diciendo que, al casarse, don Juan honraba a su novia y se honraba a sí mismo, que la sociedad y la Iglesia se alegraban juntamente de ver concluidos en boda los noviazgos largos, y por último que él (*Gratianus horridus*) pediría a Dios concediese a los dignos esposos prole robusta y numerosa para bien de la cristiandad. Don Felicísimo también recibió con alegría la noticia, porque la colocación de su nieta había llegado a parecerle problema poco menos difícil que la cuadratura del círculo, y Doña María del Sagrario echó un gran suspiro que interpretado libremente expresaba las infinitas gracias que daba a Dios la buena señora por verse libre pronto del inaguantable genio de su sobrina.

No hay que decir cuanto se regocijó la novia al ver próximo el término de la situación equívoca en que estaba, y al considerarse señora y dueña de una casa. Ella contaba con manejar al buenazo de Pipaón como a un domin- guillo, y vivir a sus anchas gastando y triunfando. Pajarraco largo tiempo aprisionado y de no muy buenos instintos, ¿a dónde iría al salir de su jaula? De la esclavitud del matrimonio iba ella a hacer la libertad de sus apetitos vanos. Cuando vio asegurada la conquista de don Juan, empezó a hacer sus preparativos.

Quiso Pipaón que su boda fuese de mucho aparato y bullanga. Hasta llegó a imaginar que le apadrinaran los Reyes, o en su nombre algún empingorotado magnate, pero fue tan mal recibido en Palacio, al tantear la voluntad de las personas elegidas *in mente* por el cortesano para aquel fin, que se trastornaron sus planes. Esto le ocasionó suma tristeza, pero fue causa de una importante determinación, que más tarde había de conceptuar como una de las más felices de su vida. Debe advertirse aquí que, aunque el *patriarca zascandilorum* asistía a las juntas carlistas del señor Carnicero, y en ellas trataba de hacerse pasar por uno de los más ardientes devotos de la causa del Altísimo, no estaba resueltamente decidido a embarcarse de un modo definitivo en tan arriesgado golfo. Como hombre de grandísimo espíritu práctico y acostumbrado a no dar un paso sin estar seguro de la firmeza del suelo en que iba a poner el cauteloso pie, mantenía en su pecho una imparcialidad saludable, que era, si bien se mira, el colmo de la sabiduría. Con sagacidad finísima observaba los elementos de uno y otro partido, la calidad y número de las personas que en ellos militaban, el grado de fuerza y vitalidad que en el país tenían, y hallándolos casi iguales y contrapesados, esperaba a que el tiempo y la Providencia robusteciera al uno con detrimento y merma del otro. Es claro como la luz del mediodía que en el momento de declararse la desnivelación, el hábil cortesano se lanzaría con entusiasmo férvido a las filas del partido mayor y más poderoso.

Hallábase en lo más perplejo de su perplejidad, cuando le entró, sin duda por inspiración divina, el deseo de casarse. ¡Oh, *fortunate nate*! como dirían Virgilio y don Rodriguín. ¡Quién había de decir que de sus proyectos matrimoniales le vendría la profesión de fe política que le salvó, apartándole del partido guerrero y de una causa que no triunfó entonces ni había de triunfar en lo sucesivo! ¡Ay! en un tris estuvo que personaje de tanta valía se perdiera para siempre, privando a la Administración española de sus eminentes servicios... Es el caso que aquel desprecio con que fue recibido en Palacio afligió mucho al cortesano; la pena lo hizo reflexionar profundamente, y... No parece sino que Dios y la Santísima Virgen le tocaron en el corazón, porque desde aquel día empezó a tener presentimientos de que no triunfarían jamás las ideas absolutistas. Tuvo, si se quiere, cierta presciencia o adivinación genial de los venideros sucesos. A nuestro juicio, debe tenerse por cierto que la inspiración divina alienta no pocas veces a los cortesanos en todas las edades, y les ilumina y conduce para que no den esos terribles traspiés que a veces truncan lastimosamente las más brillantes carreras.

Pipaón, después de pasar algunas semanas apartado de las logias mojigatas (¿por qué no se han de llamar así?) volvió a Palacio; hízose introducir con no pocas dificultades en la Cámara de la reina, y allí juró y perjuró que él no era ni había sido nunca carlino; que él tenía a Su Alteza por uno de los más desatinados locos nacidos de madre; que si sostenía amistades con algunos individuos del bando de la fe, Dios era testigo de las exhortaciones que él (Pipaón) les había dirigido para desviarles de tan peligrosa y antipatriótica senda; *item* más, que sin hacer gala de ello había trabajado como un negro (nos consta que empleó la misma frase) por la causa de su reina niña, ganando voluntades, disuadiendo a este de sus herejías apostólicas, fortaleciendo el desmayado espíritu de aquel, desbaratando planes, y preconizando en todas partes las excelencias de aquella Monarquía ideal, histórica y libre, generosa y fuerte. Dijo también, que la niña era muy bonita y que los españoles todos la querían mucho, lo mismo que a su interesante y bondadosa mamá, y, por último, que él (don Juan) seguía en sus propósitos de siempre, los cuales eran nada menos que derramar la última gota de su inútil sangre por la Reinita de tres arios, que había de ser (en esto no tenía duda; era una corazonada, una nueva inspiración divina) que había de ser, repetía, no solo la segunda Isabel, sino la segunda Isabel la Católica.

Cuentan los testigos presenciales de la anterior manifestación Pipaónica, que las ilustres personas a quienes el cortesano se dirigía no le dieron todo el crédito a que por sus honrados antecedentes era acreedor don Juan. Cuentan también que este sacó de su inagotable ingenio nuevas y más enérgicas razones, y hasta se asegura (no garantizamos la exactitud de este último dato) que en los ojos del cortesano brilló una lágrima. Mas, ¿por qué no hemos de admitir una versión que tanto honra al bueno de Bragas? Sí; recojamos aquella lágrima de lealtad, vertida a los pies de una reina, y guardémosla para engarzarla veinte años más tarde en la corona del marquesado de Casa-Pipaón, concedido para premiar eminentes servicios al Tesoro y al Estado.

Dejando a un lado el testimonio de los presentes en aquella escena, a nosotros nos consta que antes de admitir al señor de Bragas a la gracia soberana, se le exigieron pruebas de que su adhesión no era una mentira. Que él se apresuró a darlas no hay para qué decirlo, y que estas pruebas consistieron en una delación circunstanciada de todo lo ocurrido en dos años en casa de don Felicísimo, fácilmente lo comprenderá quien haya penetrado, por estas fieles relaciones nuestras, aquel carácter adornado de todas las virtudes de la serpiente. Y no pararon aquí los servicios prestados a la Monarquía infantil por el digno personaje, sino que reveló cosas muy hondas, solo de él sabidas, y en las cuales había tenido cooperación aparente, con el único fin de profundizar el abismo de iniquidades del partido mil veces execrable (frase suya) que se aprestaba a escribir el nombre de Dios en las banderas del asesinato.

Véase aquí cómo supo embarcarse en bajel seguro y mantener en su compañía a la veleidosa fortuna, su hermana querida y tutelar maestra. El ministro de Hacienda, don Antonio Martínez, que ya le tenía en capilla para dejarle cesante de su pingüe destino en el Consejo, cejó en sus intenciones perversas. El ilustre funcionario adquirió nuevamente el favor que había perdido en Palacio, y no pudiendo lograr que un Príncipe apadrinara sus felices bodas, encontró marqueses y condes que se ofrecieron con bonísimo talante a hacerlo. ¡Ejemplo admirable de las recompensas que el cielo da a la gente amaestrada en el supino arte de la vida!

La boda se fijó para últimos de Setiembre. Mientras la anhelada fecha llegaba, Pipaón iba tres veces al día a Palacio a enterarse de la salud, o mejor dicho de la enfermedad del Rey, la cual se agravaba con tanta rapidez, que el panteón del Escorial le tenía ya por suyo. Su Majestad andaba con mucha dificultad, comía poco, dormía menos, y ya se le hinchaba una mano, ya una pierna. El vulgo, que le tenía por cadáver embalsamado, era en esta creencia menos necio de lo que a primera vista parecía, y en los ataques fuertes casi todo el Rey estaba dentro de vendas negras. Su mirada triste vagaba por los objetos, como depositando en ellos parte de aquella tristeza de que impregnado estaba. Su corpulencia era pesadez; su gordura hinchazón; su cara sonrosada de otros días, una máscara violácea y amarillenta que parecía llena de contusiones. La nariz colgante casi le tocaba a la boca, y en el pelo negro, como ala de cuervo, aparecían y se propagaban las canas rápidamente. Los negocios de Estado, en aquellos días más graves y espinosos que nunca, le aburrían y le preocupaban. La imagen de su hermano, que a veces le parecía un buen hombre a veces un hipócrita ambicioso, no se apartaba de su mente, sobreexcitada por el desvelo. Ya pensaba ablandarle con sus sentimientos fraternales, ya confundirle con las amenazas de Rey. Fue don Carlos la persona a quien más quiso en el mundo, y había llegado a ser su espantajo, el martirio de su pensamiento, la fantasma de sus insomnios y el tema de sus berrinches. Adivino de su próxima muerte, el Rey veía arrebatado a su sucesión directa aquel trono que quiso asegurar con el absolutismo. ¡Y era el absolutismo quien le destronaba! ¡La fiera a quien había alimentado con carne humana, para que le ayudara a dominar, se le tragaba a él, después de bien harta! ¡Cómo se reirían en sus tumbas, si posible fuera, los seis mil españoles que subieron al patíbulo para servir de cebo a la mencionada fierecita! Pues y los doscientos cincuenta mil que murieron en la guerra de la Independencia, en la del 23 y en la de los agraviados, ¿qué dirían a esto? ¡Justicia divina! si la mente de Fernando VII se poblaba con estas cifras en aquel tristísimo fin de su reinado y de su vida, ¡qué horrible mareo para hacer juego con la gota! ¡Qué insoportable peso el de aquella corona carcomida! Ya no eran el pueblo descontento ni el ejército minado por la masonería quienes atormentaban al tirano; eran el clero y los milicianos realistas, capitaneados por un hermano querido. La víctima antigua, inmolada sobre el libro de la Constitución con el cuchillo de la teocracia, no infundía cuidado; lo que perturbaba era el cuchillo mismo revolviéndose fiero contra el pecho del amo. ¡Oh, qué error tan grande haber sacado de su vaina aquella arma antigua cuando ya comenzaba a enmohecer!... El pobre Rey, a quien la Nación no amaba ni temía ya, debió, sin duda, los pocos consuelos de sus últimos meses al espíritu tolerante de su mujer, y si él no se dejaba arrastrar públicamente al liberalismo, sabía tener secretas alegrías cada vez que el Gobierno mortificaba a la gente apostólica. Su alma rencorosa hubiera llegado a la aceptación de las nuevas ideas, no por convencimiento sino por venganza, porque estaba harto de clérigos, harto de absolutismo, harto de camarillas, harto de su hermano, y si viviera más, hubiéramos visto un liberalismo verdugo, como antes vimos una teocracia cazadora de hombres.

El Rey empleaba largas horas escribiendo al Infante. Creía que con cartas y amonestaciones podría convencer a aquella piedra viva que se llamó don Carlos, piedra por la tenacidad y falta de inteligencia. En la célebre correspondencia de ambos hermanos, las frases más cariñosas envuelven amenazas terribles. Se ven ríos de sangre corriendo bajo aquellas flores de la zalamería fraternal. Fernando hacía alarde de su autoridad, de su prestigio de Rey y Señor; don Carlos manifestaba en cada renglón profundo convencimiento de sus derechos, arraigado en la falsa piedad. En sus cartas se veía, bajo las protestas de honradez y buena fe, la ferocidad de la ambición de las infantas brasileñas. Ellas lo instigaban a desobedecer al Rey; ellas le sugerían fórmulas hábiles para disimular con razones y pretextos la rebeldía; ellas eran el alma, la acción, la furia y la iniciativa del partido, mientras don Carlos era la pantalla de santurronería, que tan bien cuadraba a la cansa para hacerse pasar por causa religiosa.

Cuando no escribía cartas, Fernando, comúnmente aburrido de su ordinaria tertulia, pasaba largas horas en el cuarto de las niñas. Era la primera vez en su vida que probaba los deleites puros de la familia. Aquel vicioso que tan mal había empleado su tiempo, se sorprendía ahora de verso ocupado en puerilidades, y bastaba cualquier síntoma de dolencia en Isabelita, para que se olvidase de los negocios de Estado y de los malos pasos en que andaba la corona. Preguntaba con frecuencia por las más insignificantes cosas referentes a las niñas, y si Luisita Fernanda daba en no querer mamar, ya había motivo para graves cuestiones, preguntas y comentarios. Cuando todo iba bien, cuando las niñas parecían estar sanas y contentas, o Isabelita se quedaba dormida abrazada a su muñeca, el Rey solía pasear por las anchas cámaras, dando el brazo a Cristina. Ambos marchaban despacio, porque la cojera del Rey exigía un lento y cauteloso modo de sentar los pies. Cristina hablaba poco de negocios políticos, y hacía pronósticos alegres sobre la salud de su marido. La gota, según ella decía, iba cediendo, y era de esperar que en el próximo invierno no hubiese ataques fuertes. El Rey suspiraba incrédulo, y se acordaba de su conducta, que era la premisa lógica de su gota. De pronto cesaba el paseo: Su Majestad se detenía un rato ante el balcón por donde se veía la Plaza de Oriente, que entonces era un páramo. Miraba un rato las casas de Madrid, y dando un gran suspiro, tornaba al paseo lento y trabajoso. No se oían los pasos, sino el golpe del fuerte bastón en que se apoyaba el Rey, y que con lúgubre compás sonaba en el alfombrado suelo.

Desde el 19 de julio hasta el 27 de Setiembre el Rey sufrió mucho de un dolor en la cadera izquierda; pero no guardó cama. Sus comidas eran penosas por falta de apetito. Cristina le acompañaba incitándole a tomar alimento con las mil zalamerías que usan, para estos casos, las mujeres cariñosas. De este modo Fernando se engañaba a sí mismo algunas veces, creyendo que comía con gana.

El 27 el Rey quiso levantarse de la cama; pero advirtió que sus extremidades no le obedecían. Estaba débil, tan débil que no se podía mover. Vinieron los médicos y le llenaron de cantáridas. La mano derecha se hinchó de tal modo que parecía una cabeza. Su Majestad notaba dentro de si un enorme volumen inexplicable, como si otro cuerpo entrase dentro de su cuerpo y le invadiese y ocupase poco a poco. Los dolores se apaciguaron, dejándole dormir con pesado y brumoso sueño. El 29 Su Majestad se encontró torpe para hablar, torpe para discurrir. Empezaba a reinar en él una indiferencia triste. Le pusieron cantáridas en la nuca. Con esto el Rey de España se reconoció otra vez Rey de España. La mostaza, prolongando un reinado, tomó parte en la historia. Los médicos parecían satisfechos y quisieron ver cenar al Rey. Cristina dispuso la comida y Fernando comió mejor que los días anteriores. Después dijo, «tengo sueño», y los médicos salieron para dejarle descansar. Era costumbre en él, durante los últimos tiempos de su enfermedad, dormir una breve siesta. Aquel día, Cristina, quedose con él en la estancia y se sentó al lado del lecho real. El Rey cerró los ojos sin decir nada, y pareció que se dormía con sueño tranquilo. Cristina le miraba. Una secreta intuición le decía que se estaba quedando viuda... De repente observó en el rostro de su esposo un movimiento extraño y un cambio de color más extraño aún. Llamó con espanto, entraron los médicos que estaban de guardia y el capitán de guardias duque de Alagón. Los tres médicos, el duque y Cristina contemplaron la cara del Rey. El médico pulsaba, y luego dejaba de pulsar, como un piloto que abandona el timón cuando no hay esperanzas de evitar el naufragio. Cinco minutos duró aquel estado, en que cinco personas miraban un semblante. Pasados los cinco minutos Fernando VII no existía.

Fue una muerte breve, sin aparato, sin agonías tormentosas. Estaba muerto y nadie tenía la persuasión de que el Rey no vivía, porque aquel estado inerte podía ser un desmayo como otras veces. A pesar de que los médicos aseguraron que ya no había Rey, Cristina dispuso que no se tocase el cadáver hasta las veinticuatro horas. Retiráronse todos y en Palacio hubo el movimiento vertiginoso que acompaña a los grandes sucesos de las monarquías. Nadie lloraba. Los cortesanos que habían sido fieles a la persona, pero que no simpatizaban con las ideas, se preparaban a abandonar la casa. Las salas, las galerías, las cámaras, estaban llenas de corrillos. La curiosidad, el recelo, la desconfianza, el miedo, la duda, formaban aquel extraño duelo, en el cual había todo menos lágrimas. «Ahora sí que se ha muerto de veras», murmuraba el labio cortesano en pasillos y galerías, y tras esto surgían infinitos planes de conducta.

En la madrugada del 30 la descomposición selló la muerte del Rey, para que nadie pudiese dudar de ella. Estaba escrito que la conclusión de aquel reinado fuera en todo conforme al reinado mismo. Entregose el cuerpo a la etiqueta, que hizo con él lo que es de rigor en tales casos. Dejémosle en poder de la mayordomía, que le lleva de ceremonia en ceremonia hasta depositarle en el Escorial. La Corte, los pueblos, le veían pasar sin sentimiento. No ha habido Rey más amado en su juventud ni menos llorado en su muerte. Abierto su testamento se vio que dejaba veinticinco millones de duros, y que mandaba decir veinte mil misas por su alma... *Requiescat...*

XVI

No se le cocía el pan a don Benigno Cordero hasta no ver realizado un pensamiento suyo de grandísima importancia. Desde aquella noche en que Sola se expresó con tanto calor, diciendo, «quiero casarme con el viejo», este, lejos de mostrarse ensoberbecido con declaración tan halagüeña, se volvió más taciturno. Fueron a pasar el verano a los Cigarrales, y dos tardes después de instalarse en su casa de campo, Cordero salió a paseo con Sola, bajando hacia la margen del río. El héroe se apoyaba en su bastón nudoso, y en los pasos difíciles, que eran los más, pedía auxilio al brazo de Sola. Esta no deseaba otra cosa que servirle y complacerle.

—Hijita —le dijo, cuando pasaron de las higueras del tío *Reza-quedito*, punto desde el cual ya no se veía la casa—, hoy tengo que decirte la última palabra acerca del asunto que hace tiempo me trae muy caviloso. Me he dado una batalla, querida Sola, me he dado una batalla y me he arrollado completamente, me he derrotado en toda la línea. Acaso no me entenderás.

—No mucho —dijo Sola, creyendo deber decir que no, aunque algo se le iba entendiendo de aquellas cosas, y aun algos había ella penetrado en días anteriores, con su natural agudeza.

—Pues se han concluido mis vacilaciones y a casarse tocan. Entre los dos se establecerá un parentesco de cariño, de agradecimiento y de amistad que no nos separará sino en el sepulcro. ¿Insiste usted en lo que manifestó aquella noche? Creo que no lo habrá olvidado usted, pues yo, si cien años viviera, no lo olvidaría.

—No lo he olvidado, y ahora repito lo que dije, y me confirmo en ello.

El héroe se detuvo y la miró con seriedad afable...

—Repare usted bien que pronunció palabras muy categóricas y muy graves —le dijo en tono de queja—. Grabadas están en mi memoria. «Como Dios es mi padre... ¿no fue así?... Como Dios es mi padre, juro que quiero casarme con el viejo».

—Así fue —afirmó Sola, repitiendo aquel eco de su alma—; con el viejo, con el viejo.

—Es decir, conmigo.

—Con usted.

Don Benigno anduvo algunos pasos, y deteniéndose luego, habló así entre turbado y festivo:

—Pues bien, hija de mi corazón, yo tengo ahora un antojo que quizás usted lleva a mal; a mí me ha entrado un capricho, una manía... Qué quiere usted... Siento decírselo... quizás se enfade.

—¿Qué?

—Pues es que... que ahora me tocan a mí los mimos... y, en una palabra, que ya no quiero casarme con usted.

Y echándose a reír, añadió:

—Nada, hijita, le doy a usted calabazas... ¿no contaba con mis veleidades, eh? ¿No contaba usted con las coqueterías del viejo?

Y al decir esto abrió los brazos, derramó una lágrima, y riendo siempre, estrechó a Sola contra su corazón, en el cual se desbordaban los afectos más puros.

—Venga acá, hija de mi corazón —exclamó—, venga acá y abráceme también. Dios me ha iluminado para hacerla el mayor bien que podría usted esperar de mí. Felicitémonos ambos de este triunfo de mi razón, y ahora entonemos un himno al sentido común que ha sido nuestro salvador.

Sola comprendía a medias.

—¿Quiere usted que nos sentemos en esta piedra?

—Sí —dijo Sola, ávida de hablar, de oír explicaciones—, sentémonos. Usted aquí... que está más seco.

—Cuando me dijo usted aquellas palabras —manifestó don Benigno, quitándose los anteojos para limpiar los vidrios que se habían empañado ligeramente— me quedé en el primer momento en éxtasis y como deslumbrado. Después tuve la suerte de no dejarme alucinar por las pasiones, y de ver claro en un asunto tan expuesto al error. Parece que el buen sentido se redobló en mí, preparándose para la gran batalla que se iba a dar en el campo de mi espíritu, y que las pasiones se aterrorizaron, anunciando su vencimiento. ¡Ah! hija de mi corazón, el viejo fue iluminado por Dios y pudo pesar sus escasos méritos, sus achaques, sus... Condiciones, poniendo todo esto al lado de tu lozana juventud, merecedora de mejor destino. No sé cómo fue aquello; pero recuerdo que se agrandaban a mis ojos los inconvenientes y se amenguaban las ventajas mutuas; comprendí que iba a hacer un disparate y a dar un resbalón más grave que el que me ocasionó la rotura de esta endiablada pierna: me sorprendí arrepentido, hija; no sé cómo fue aquello, sí, me sorprendí arrepentido, y sin saber cómo empecé a ver claro, clarísimo, y me dije: «la quiero demasiado para casarla conmigo».

Sola no sabía qué decir. Las palabras que oía revelaban tal convicción y don Benigno le infundía tanto respeto, que no se atrevió a contestarle ni a defenderle contra su buen sentido. Pensó primero que debía insistir en lo del matrimonio; pero afortunadamente desistió de una idea que habría sido impropia. Su bondad lo inspiró la declaración más digna en sus labios, diciendo:

—No tengo más voluntad que la de usted... Haga usted de mí lo que quiera.

—Barástolis, muy bien dicho. Pues yo quiero hacer de usted una hija... Hasta ahora no había querido tener con usted esa familiaridad inocente que consiste en tratarla de tú. Pues ya que no hay nada de casorio, quiero tener contigo, contigo que eres mi hija, la familiaridad propia de un padre; quiero tutearte... Y en este momento es preciso que sellemos nuestro parentesco dándonos un abrazo pero muy apretado... Así... No hay cuidado. Ya no somos novios, hijita.

Se abrazaron estrechamente, confundiendo la bondad de sus corazones.

—Ya no somos novios —repitió don Benigno—. Aquello era una tontería. ¡Me lo ha revelado Dios por conducto de estos achaques míos, y mi razón me dijo tantas, tantas cosas!... No dudé, ni por un instante, de la sinceridad de tu consentimiento. Convencido estoy de que te habrías casado gustosamente con el viejo, de que le habrías querido, de que le habrías sido fiel, de que le habrías cuidado mucho cuando pasara, el pobre, de viejo a viejecito, cosa que no puede tardar... Pero, hija mía, tu consentimiento y aquellas palabras admirables que me dijiste brotaban de tu gratitud, del afecto filial que me tienes. ¡Ay! No se hacen los buenos matrimonios, no, con estos ingredientes. Es preciso no forzar la naturaleza, no forzar los sentimientos naturales, haciendo de la gratitud amor; es preciso, sobre todo, dar a cada edad lo suyo y no empeñarse en reverdecer la venerable vejez, ni marchitar la hermosa juventud, uniendo una cosa con otra fuera de sazón. No, mil veces no. Tú, al querer ser mi esposa, domando un sentimiento robusto que vivía y vive en tu corazón, hacías un sacrificio sublime. Yo te lo agradezco, porque comprendo cuán sincero era aquel sacrificio; pero no quiero aceptarlo... Dicen que yo fui héroe en cierta ocasión; pues aquello de Boteros es tortas y pan pintado en comparación de este arranque de energía que acabas de ver, hija mía, porque esto me ha costado más luchas, porque yo también sé hacer un sacrificio. No se renuncia sin trabajo a un bien seguro, a un bien tan delicioso, a todo lo que me prometían tu juventud, tu cariño leal, tus méritos inmensos, tu belleza, hija... pues ahora que no soy novio, puedo decirte que cada vez te vas poniendo más guapa... En fin, hija, he creído amarte mejor y servirte mejor, y amar y servir mejor a Dios, dándome a ti por padre que por esposo... Y aún me queda otra cosa mejor que decirte. Esto que he hecho sería incompleto, muy incompleto. Si quedara así... Pero no, yo no hago las cosas a medias. Mis heroísmos, cuando salen de mí, no son pamplinas. Al hacerte mi hija, quiero llenar el vacío que hay en tu existencia, y poner a tus sentimientos la corona que has ganado; quiero llenar de felicidad hasta los bordes ese vaso de tu vida que poco a poco se ha ido vaciando de sus antiguas tristezas; quiero casarte con el hombre que amas, con ese de quien ya puedo asegurar que te merece.

Sola se quedó espantada. Tan grande era la novedad de aquella idea, que necesitó algún tiempo para tenerla por lisonja. Se quedó pálida como una muerta, y tanto se trastornó su fisonomía, que teniendo vergüenza de que don Benigno sorprendiera en ella la impresión hondísima que experimentaba, bajó la cabeza. Cordero puso las palmas de sus manos en las sienes de ella, y atrayéndola, le dio un beso en la frente, diciendo:

—Gracias a Dios que te puedo dar este besillo, para demostrarte de un modo material el cariño honesto que te profeso, cariño de padre, que yo quise echar a perder tontamente. No te avergüences de lo que sientes al oír lo que acabo de decirte. Es natural... Con este otro beso te quito la vergüenza. Que venga tu futuro esposo a impedirme que te bese... Si alguien nos viera, ¿qué diría?... Pero nosotros, nos reiríamos y contestaríamos sin ponernos colorados: «Ya no somos novios, ya no somos novios».

Sola se echó a reír. Después se puso muy seria. En su trastorno no sabía qué manifestaciones serían más convenientes, y así dejó a su rostro que expresara lo que quisiera.

—Veo que te has puesto muy seria y como enojada —le dijo el héroe—. ¿No te gusta mi proyecto?

—Es, que... —balbució Sola, no disimulando el gran temor, que de improviso llenó su alma—. Es que... podría suceder... Y ¿quién me asegura?....

—¿Qué podría suceder, tonta?

—Podría suceder que él no me quisiera ya.

—¡Bonita idea! ¿Me tienes por un necio? ¿Me crees capaz de inclinarte a ser esposa de un hombre, sin saber si ese hombre te quiere, y lo que es más aún, que te merece?

—¡Entonces, ha hablado usted con él!... ¿le ha dicho?... y ¿él le ha dicho?... ¿ustedes se han ocupado de esto antes de hablarme a mí?... ¿Él sabe?... ¿usted y él?...

De este modo expresaba Sola su curiosidad, no acertando a interrogar sin que preguntas mil, inconexas y atropelladas, se enredaran en sus labios, queriendo salir todas a la vez.

—Todo se ha previsto... —afirmó con paternal reposo don Benigno—. Calma, calma. No puedo decirte en pocas palabras lo que he hablado con ese buen señor; pero puedo asegurarte que tiene por ti un cariño bastante parecido a la idolatría... Cuando este pensamiento mío empezó a atormentarme el cerebro fui a ver a mi hombre. No sé qué agitación, qué falta de asiento y aplomo encontré en él. Te juro que no me gustó nada, y al salir, dije para mí. «No la merece: no le entregaré yo el ángel de mi casa». Volví poco después y hablamos de varias cosas. Su conversación me encantó. Hallole, como siempre, leal y discreto. Pero se me antojó que se ocupaba demasiado de política, y dije: «Nones, están verdes para ti. No quiero que mi hija viva sobre ascuas, pensando si ahorcan o fusilan a su marido... Guarda, Pablo». En una tercera visita... Estas visitas mías fueron exploraciones habilidosas y tanteos para conocer si era digno o no del tesoro que yo le iba a regalar, y así jamás le revelé mis planes... pues decía que en una tercera entrevista hablamos cordialmente, y él se espontaneó de tal modo conmigo, me abrió su corazón con tanta franqueza, me expuso sus ideas y planes de vida con tanta sinceridad, que al salir me dije para mi sayo: «Sí, es preciso dársela. Le corresponde de hecho y derecho». Después corrieron entre los amigos rumores malévolos respecto a él... Dijeron que se había hecho carlista...

—¡Él!

—Calumnias y simplezas. Fui a verle, charlamos. Aquel día le hice indicaciones de mi proyecto. Él pareció comprenderlo y se puso pálido, muy pálido.

—¡Pálido! —repitió Sola, que tenía sus claros ojos fijos en don Benigno, y no perdía ni la más ligera inflexión de sus labios elocuentes.

—Pues... pareció que se conmovía, y me abrazó, ¿entiendes? me abrazó. Yo le dije que nos volveríamos a ver pronto.

—¿Y eso fue...?

—La semana pasada, hija, en mi último viaje a Madrid. ¿Recuerdas que dije iba a comprar bisagras y fallebas para las puertas nuevas? En efecto, compró mucho hierro; pero el principal móvil de mi viaje fue saber de la propia boca, de ese señor novio tuyo... Démosle este nombre... Saber de su propia boca si era verdad que se había hecho carlista.

—¡Qué asquerosa calumnia! —exclamó Sola con ardor, confundiendo con una frase a los inventores de tan maligno despropósito.

—Él me desengañó quitándome aquel escrúpulo.... porque, a la verdad, hija de mi corazón, si mi yerno sale con la patochada de afiliarse a esa bandera odiosa y se echa al campo a defender la religión a tiros... No lo quiero pensar, ¡barástolis!... ¡Bonito negocio habríamos hecho! Afortunadamente para él, quedé convencido de que no ha pensado nunca ingresar en la orden sacristanesca, y cuando salí de la casa, dije: «¡Tuya es, bribón, te la has ganado, pillo! Dios me manda que te la entregue. Ahora, que San Pedro te la bendiga».

—¿Y tampoco ese día lo dijo usted claramente...? —preguntó Sola, deteniéndose a media pregunta, porque le quemaba un poco los labios la segunda mitad o el rabillo de la pregunta entera.

—No le dije nada claramente, porque no me pareció discreto abrirle de par en par las puertas del cielo sin contar antes contigo. Pero le abrí un resquicio, le di a entender mis intenciones, y el bendito hombre parecía, como vulgarmente se dice, que veía el cielo abierto; de tal modo le brillaban los negros ojos. Quedó envolver a principios de octubre, y cuando me despedí, le dije: «volveré un día de estos. Vendré, y quizás, o sin quizás, le traerá a usted noticias que le contenten mucho».

—Hoy es 1.º de octubre —dijo Sola, con frase rápida, como centella de palabra que de sus labios saliera.

—No, que es mañana —apuntó Cordero riendo—; yo tengo el Calendario en el dedo. No quieras ahora que los días salten unos sobre otros. El tiempo es un señor a quien se ha de tratar con muchísimo respeto. Observa la calma y el método con que anda. A veces parece que va despacio, a veces que corre como un galgo; pero es ilusión nuestra: su señoría no sale nunca de su paso. Mañana, hija querida, iremos a Madrid.

—¡Yo también!

—Pues es claro. Quiero que os veáis, que os habléis. Luego vosotros os entenderéis, y mi papel quedará reducido a preparar algunas cosillas que para la boda sean necesarias...

Dio un suspiro, y estrechando luego entre sus manos las de Sola, que estaban frías, sin duda porque todo el calor se recogió en su corazón alborozado, dijo Cordero estas palabras:

—Te voy a dirigir un ruego. ¿Lo atenderás?

—¡Qué pregunta! —exclamó Sola, echándose a llorar antes de conocer el ruego.

—Pues quiero suplicarte, que después de casada, ya que mis hijos no puedan ser tus hijos, como proyectábamos, les mires como tus hermanos.

Sola le contestó con el río de sus lágrimas, que no permitían palabras. Ni eran necesarias las palabras.

—Si me ves llorar —dijo don Benigno, secándose una lágrima con gesto heroico—, no creas que estoy afligido ni desconsolado. En mi pecho no caben ni envidias de mozalbete ni el duelo de deseos frustrados. Tranquilo estoy y contento, contentísimo. Si lloro es por la atracción de tus lágrimas que hacen correr las mías, sin saber por qué. Tuve un poquillo de pena, sí; pero me consuela el saber que si mis hijos han perdido su segunda madre, buena hermana se llevan, ¿no es verdad?

Principiaba a caer la tarde y se sentía el fresco del Tajo. Don Benigno propuso que se retiraran a casa, y dejando la perla dura, tomaron el camino áspero y tortuoso.

—Ya van creciendo las noches —dijo Sola, dando el brazo a su padre.

—Sí, hija mía —replicó este—, y el mañana tarda un poco más; pero viene, no tengas cuidado.

—Ya no recuerdo cuánto se tarda de aquí a Madrid.

—Pues no es mucho. Tomaremos el coche de Peralvillo, que es el que va más pronto. ¿No sabes la novedad que hay en el mundo? Pues ahora han inventado en Inglaterra unas máquinas para correr, un coche diabólico que va como el viento, y anda, anda... No sé lo que anda; pero si hubiera uno desde Toledo a Madrid, iríamos en dos horas.

—¡En dos horas! Eso es fábula.

—¿Fábula? Me lo ha dicho don Salvador, que lo ha visto.

—¿Él ha visto esa máquina?

—Y ha andado en ella.

—¿Él ha andado en ella? Será cosa magnífica.

—Figúrate...

Don Benigno se detuvo, y con la complacencia que producían en él las maravillas de la naciente industria del siglo, se preparó a dar a su hija explicaciones demostrativas, para lo cual puso horizontal el bastón y deslizó los dedos sobre él.

—Figúrate que hay en el suelo dos barras de hierro donde se ajustan. las ruedas de unos enormes coches... Así como casas. Estos coches van atados unos a otros. A poco que les empujen, como las ruedas se ajustan a las barras de hierro, ¡zás! aquello corre como una exhalación.

—Ya entiendo... las mulas...

—Si no hay mulas, tonta... Ya te lo explicará don Salvador, que ha montado en esos vehículos. Esa diablura la han puesto los ingleses entre un pueblo que llaman Liverpool y otro que nombran Manchester. Dice don Salvador que aquello es volar.

—¡Volar! ¡Soberbia cosa!... —exclamó Sola con entusiasmo—. Decir «quiero ir a tal parte ahora mismo» y...

—Y salirse uno con la suya. Pues, te dirá: no hay caballos. Todo aquel rosario de coches está movido por un endemoniado artificio o mecanismo, que tiene dentro fuego y vapor, y sopla que sopla, va andando. Yo no sé cómo es ello. Me lo ha explicado don Salvador; pero no lo he podido entender.

—¿Y esa manera de ir acá y allá no se pondrá en otras partes?

—Sí, dice nuestro amigo que se va extendiendo; que en Inglaterra están haciendo más de esos benditos caminos de hierro, y que en Francia, van a empezar a ponerlos también.

—¿Y en España, ¿no los pondrán?

Cordero dio un suspiro.

—Ahora va a empezar una guerra, si Dios no lo remedia —dijo con tristeza.

—Cuando concluya...

—Quizás empiece otra... Pero, al fin y al cabo, también tendremos aquí esos caminitos, aunque solo sea para muestra. Don Salvador dice que se extenderán por toda la tierra, y que hasta las regiones más incultas llegará esa máquina que corre a soplos.

—¿Y la veremos por aquí, por este caminejo?

—¿Por qué no?

—Y podremos decir: «A Madrid...».

—Sí; pero ese prodigio no acontecerá mañana, hija querida —dijo Cordero sonriendo—. Por ahora nos contentaremos con las tres mulitas de Peralvillo.

Entraron la casa, donde hallaron a don Primitivo Cordero, sobrino de don Benigno, que venía a pasar unos días en los Cigarrales, y traía estupendas nuevas de la Corte, entre ellas la muerte del Rey. Cenaron todos un poco tristes por la influencia melancólica de tales noticias, de los comentarios lúgubres con que las acompañó el ex-capitán miliciano, y de los presagios fatídicos que hizo.

Cuando don Benigno manifestó su propósito de ir a Madrid el día venidero, Primitivo le anunció con oficioso pesimismo que probablemente encontraría las tropas insurreccionadas en las calles, la anarquía imperante, y la villa entera, la Corte y la monarquía, dadas a todos los demonios.

Al despuntar la aurora del siguiente día Sola se levantó, y abriendo de par en par la ventana de su cuarto, que daba al campo, y a cuyo alféizar subían las ramas más altas de los almendros, aspiró el aire balsámico de la mañana y miró los senderos, el suelo, la torre de la catedral insigne, que a lo lejos y en medio del verdor oscuro del paisaje lucía como un ciprés de piedra, dejó correr luego sus miradas por el suelo adelante hasta el horizonte, término de amarillentas lomas y de azulados pedregales; fue con su espíritu más allá del horizonte mismo; volvió con tristeza. Se podría haber creído que echaba de menos aquellas barras de hierro de que don Benigno hablara la tarde anterior y que, de existir, permitirían a los hombres remedar el maravilloso viajar de los pájaros. Nada vio en los torcidos senderos que indicase que las hadas se habían ocupado la pasada noche en tender aquellas vías metálicas, milagro de la locomoción, increíble camino más propio para ser recorrido con las alas del espíritu, que con los pies de la materia.

Poco después se levantó Cordero. El coche de Peralvillo no podía tardar, y era preciso sustentarse de chocolate y bollos para el largo y molesto viaje. Sola dio punto a las meditaciones para atender a los diversos menesteres de aquella hora, y cuando don Benigno y ella se encontraron solos, el héroe no pudo menos de preguntarle por qué había en sus ojos huellas de lágrimas, siendo las circunstancias más bien propicias que adversas. Sola contestó que no había podido dormir en toda la noche, porque las cosas tremendas que contó Primitivo y los augurios que hizo llenaron de misterioso pavor su espíritu. Verdad era esto que dijo; pero también había influido mucho en su insomnio doloroso la brusca y radical mudanza en su destino, en sus ideas todas por la conversación que ella y su dignísimo protector tuvieron a orillas del río. Sola no quiso ocultar a Cordero todo lo que sentía y pensaba.

—Estoy tan aturdida desde ayer tarde —le dijo—, que no sé lo que me pasa. He pasado toda la noche imaginando catástrofes o soñando tropiezos y caídas. No me puedo convencer de que Dios me lleve ahora por ese camino tan distinto del que antes seguía, sin que sea para ir derecha a una desventura muy grande. Yo nací con mala estrella.

—Patrañas, querida hija; cosas de la imaginación —replicó don Benigno, apurando su chocolate—. No nos entreguemos a cavilaciones hueras y tengamos confianza en Dios. Eso de malas y buenas estrellas no es muy cristiano que digamos.

—Es verdad; pero yo no puedo evitar el sospechar peligros, el tener miedo de todo, y el presentir desgracias. Es una especialidad mía. Si Primitivo no hubiera contado tantos horrores... Ahora, con la muerte del Rey, se va a encender una guerra tal, que España va a ser una Nación de huérfanos y viudas. Sí, así será... Correrán ríos de sangre, ríos caudalosos como los de agua, y los hermanos matarán a los hermanos... todo por saber si ha de reinar la sobrina del tío o el tío de la sobrina. ¡Qué horrorosos disparates! ¡Y estas cosas pasan en reuniones de gente que se llaman países y naciones!... ¡Y esta es la decantada sabiduría de los hombres de Europa que se ríen de los salvajes! Yo, mujer ignorante, digo que esos sabios no tienen sentido común.

—Hija de mi alma —exclamó don Benigno—, estás hablando como el patriarca de la filosofía, como Juan Jacobo Rousseau. Sí, el estado actual de las naciones y el sentido común son incompatibles.

En su entusiasmo, Cordero tremoló la servilleta que acababa de desprender del ojal de su levita. Aquel lienzo era la bandera del sentido común, pabellón sin colores y sin heráldica.

—No he podido apartar de mí en toda la noche —dijo Sola—, una idea que me hace estremecer de pena. ¿Quién nos asegura que el hombre a quien vamos a buscar, no estará ya comprometido en la guerra civil? ¿No será probable que esté disparando tiros en las calles? ¿No puede suceder que está ya muerto?

—Calla, tonta... Un hombre tan juicioso... ¿No comprendes tú...?

—Yo no comprendo nada, yo siento y nada más. El corazón suele tener unas adivinaciones tan raras... A veces, el muy pícaro, se empeña en una cosa, y Dios se encarga después de darle gusto... Ojalá me equivoque. Y ahora Dios no nos manda tan solo el azote de la guerra civil, nos manda también otro, esa terrible enfermedad... ¿no oyó usted hablar a Primitivo de esto? Es un mal muy raro, por el cual se muere la gente en pocas horas, a veces en minutos; es una puñalada invisible que sorprende y mata, y nadie está seguro de vivir dentro de media hora.

—Sí —dijo don Benigno, cayendo en sombría tristeza—, es el *Cólera morbo asiático*.

Al oír este nombre repulsivo y espantoso, Sola sintió correr por su cuerpo un frío displicente. Cordero sintió lo mismo.

—Esa enfermedad —añadió—, ha aparecido en Andalucía. Las personas van muy tranquilas por la calle, y de repente ¡plaf! se caen al suelo y se mueren. Pero esta infección no llegará a Madrid... Vamos, en marcha, ahí está el coche.

Oyeron las alegres campanillas de las mulas de Peralvillo. Sola se despidió de los niños llorando, y les prometió que volvería muy pronto. Al subir al coche, dijo:

—¿Tardaremos mucho?

—Volaremos —afirmó el héroe—. Peralvillo, llévanos a prisa... ¡Oh! ¡qué lástima que no tengamos ya por aquí esos carriles de Satanás!

Y tenía razón. ¡Lástima grande que en aquella ocasión crítica no existieran los carriles de Satanás!

XVII

La mañana del 29 y cuando nadie sospechaba que la muerte del Rey estuviese tan próxima, dejó de ser soltero Pipaón. Los tiernos esposos recibieron la bendición nupcial en la hermosa iglesia de San Cayetano, que hace esquina a la calle del Oso, y el encargado de darla fue el Padre Carantoña, de la orden dominica, grande amigote del desposado. Asistieron personas de calidad, hubo mucha pompa eclesiástica y mundana, se repartieron limosnas, y todo fue dispuesto para que en los barrios del Sur quedara memoria del suceso por dilatados tiempos. La sordidez de don Felicísimo no permitió que el almuerzo de rúbrica se diera, como parecía natural, en la casa de la desposada y diole en la suya Pipaón con mucho rumbo y magnificencia. Pero lo más notable del día fue el altercado que tuvo nuestro cortesano con don Felicísimo. Los recién casados, creyendo que si el vejete no les daba de almorzar, no les negaría su bendición, fueron allá muy gozosos; pero el Demonio, que jamás descansa, hizo que Carnicero tuviese noticias ciertas aquella misma mañana de las traicioncillas de Pipaón y de los soplos infames que había llevado a la antecámara de Su Majestad la reina Cristina. Estaba el buen señor trinando cuando llegaron los cónyuges, y ojalá que no hubieran llegado jamás, porque así como estalla un volcán, reventó la cólera de don Felicísimo, y no quedó dentro de su boca palabra mal sonante ni epíteto quemador. Púsose blanco el bendito agente, como piedra caliza, y su rostro plano causaba terror, porque parecía próximo a descomponerse en piezas, cayendo cada fracción por su lado. En vano quiso disculparse Pipaón, en vano Micaelita intentó disculparle también, llevada del amor que aquel día le tuvo, y hasta Doña María del Sagrario arrojó con timidez una palabra de paz en medio de la ardiente filípica. Aumentábase el furor del terco viejo con las réplicas, y para concluir echó a sus nietos a la calle, ordenándoles que no volviesen a poner los pies en aquella *casa de lealtad*, y conminándoles con desheredarles del mejor modo que pudiese. Los esposos salieron cabizbajos, y cuando se despedían de Doña Sagrario en la puerta, el condenado vejete agarró con su zarpa acerada el brazo de Tablas, que a su lado estaba, y con ardiente anhelo le dijo:

—Tablas, cuatro duros, cuatro duros para ti, si vas ahora y le das un puntapié a ese tunante y le arrojas rodando por la escaleras. No hagas daño a mi nieta, ¿entiendes? a mi nieta no.

El atleta no quiso desempeñar el indigno papel de cachetero que en aquella repugnante contienda doméstica se le designaba, y todo quedó en tal estado. Después riñó don Felicísimo con Doña María del Sagrario, con la criada, con Tablas, y a todos les mandó que se fuesen a la calle y le dejaran solo, pues para vivir entre espías o traidores, prefería estar solo con el leal y desinteresado gato. El buen señor desahogaba su cólera sonándose, sonándose fuerte y repetidamente, y aquel furioso trompeteo resonaba en la casa como las cornetas de un llamamiento militar. No era en verdad ilusión que los frágiles tabiques de la casa temblaran como las murallas de Jericó, porque durante el ir y venir de la gente en el momento del berrinchín, el piso se estremecía de tal modo y con tan amenazadora trepidación, que los expulsados tomaban con gusto la puerta.

Por la tarde, y cuando no se habían aplacado aún los irritados espíritus del agente eclesiástico, entró a verle Salvador Monsalud. Don Felicísimo lo recibió con desabrimiento.

—Le he mandado venir a usted —dijo tomando el pie de cabrón y dando con él fuerte porrazo sobre la mesa—, para comunicarle noticias muy desagradables acerca de nuestro amigo el señor don Carlos Navarro. Usted, jí, jí, se tomó por él tanto interés cuando aquella diablura de su encierro en la cárcel de Villa, que no dudo en acudir a usted, ahora que el insigne guerrero del Altísimo se halla en un trance mucho más peligroso.

Oyó Salvador con notorio interés estas palabras, y después de manifestar que no había favorecido a Navarro por simpatías carlinas, sino por consideraciones de gratitud y de amistad absolutamente personales, rogó a Carnicero no ocultara nada de lo que al digno soldado del Altísimo ocurría. El vejete se revolvía en su asiento. Tomando y dejando con las inquietas manos, este o el otro papel, porque estaban sus nervios en completa anarquía, dijo así:

—Ya llegará la hora de esos canallas, ya llegará, ¡vive Cristo! Ahora, al amparo de esa sombra de Rey, bailan sobre nuestras costillas; pero los papeles se truecan, jí... Figúrese usted que el bravo don Carlos partió hacia Navarra para conferenciar con Santos Ladrón y otros valientes capitanes, la buena gente, la gente sana, la gente de Dios. Pues bien, hubo una algarada de voluntarios realistas en Viana, por impaciencias tontas y celo mal entendido. El Virrey de Navarra mandó contra ellos una columna. La columna no derrotó a nadie... Como siempre; pero cogió a don Carlos, que estaba en el convento de frailes franciscos, jí, jí, y juntamente con un sobrino de Santos Ladrón y un capuchino, a quien sorprendieron haciendo cartuchos, le llevaron a Estella. Se formó sumaria; dieron parte a Madrid, y este Gobierno cobarde y rastrero ha mandado hoy, hoy mismo, jí, ha mandado que sean pasados por las armas el señor don Carlos, el sobrino de Santos Ladrón y el capuchinito de los cartuchos. He sabido todos estos pormenores por un oficial del Ministerio de la Guerra, que nos pertenece en cuerpo y alma, y no hay duda alguna, jí, de que la execrable orden del Ministro irá, lo más tarde, por el correo de mañana.

—Es un deplorable incidente —dijo Salvador meditabundo—; pero no podemos negar al Gobierno el derecho de defensa. Usted, que tanto poder tiene, ¿no podrá evitar esa catástrofe, aunque solo sea en la parte que a nuestro desgraciado amigo corresponde?

—¿Yo?... —chilló Carnicero, en tono de lástima de sí mismo—. ¿Yo? Bueno está el ramo de Guerra en los tiempos que corren para que yo pueda lograr... Usted, usted...

—¿Yo? —dijo Salvador, condoliéndose de su impotencia política y militar—. Apenas tengo relaciones oficiales. ¿Qué caso han de hacer de mí? Para mayor desgracia, he sido tildado de apostólico por algunos necios, y en el ejército corren hoy vientos muy liberales. Yo no puedo nada.

Ambos meditaron breve rato, don Felicísimo con los ojos fósiles puestos en el ensangrentado Cristo de la columna, Salvador leyendo en las rayas de la estera.

—¿En poder de quién está Navarro? ¿Conoce usted al jefe de la columna que lo aprehendió, o al gobernador de Estella?

—Pues, ya... El bribón que le capturó y el jefe militar de Estella son una misma endemoniada persona, jí, jí, y esta persona es el perdido de los perdidos, el gran maestre de los canallas, Seudoquis, más masón que Caifás y más liberal que Caín... ¿Le conoce usted?

—Mucho —replicó Salvador acabando de leer en la estera—. Tanta amistad tenemos, que seguramente lo que Seudoquis no haga por mí no lo hará por nadie.

—¡Qué lástima, Santo Cristo de la Vega! ¡qué lástima, Santísima Señora del Sagrario, que no está Navarra en Móstoles o que las leguas no se trocaran en varas!... porque en este caso la distancia nos mata. Ni valen para este delicado asunto las cartas de recomendación...

—Es verdad que nada de eso vale.

—¡La distancia, la distancia!... Si pudiéramos traer aquí a Navarra...

—Llevaremos allá a Madrid.

—¿Cómo?

—señor don Felicísimo —dijo Salvador levantándose—, me marcho a Navarra.

—¡Usted!... ¿cuándo?

—Lo más pronto que pueda. Depende de los medios que encuentre. Si esta tarde hallo un coche, esta tarde me voy.

—¿Y confía usted sacar partido de su amistad con ese desollado masón?... ¡Pero qué amigos tiene usted!... Estoy asustado.

—Creo que podré conseguir algo.

—Pero ¿de veras va usted?...

—Ya está decidido. Yo soy así —afirmó el caballero dando algunos paseos de un ángulo a otro en la polvorosa estancia.

—¿Quiere usted cartas de recomendación?

—¿Para clérigos, canónigos, guerrilleros, frailes que hacen cartuchos, y abades que organizan partidas? Sí, sí, vengan cartas. Nada de eso es inútil para mi propósito.

—Entérese usted bien de lo que ha pasado —dijo don Felicísimo, entregando a Salvador varias cartas, que este empezó a leer con avidez—. Vea usted lo que me escribe el guardián de franciscos de Estella... Vea usted también la relación detalladísima que del suceso me hace el prior de los descalzos de Viana. Ahí verá usted las lindezas de su amigo Seudoquis, que fuma en las iglesias, insulta a las monjas, y dice públicamente que Dios es *isabelino*.

—No creo que Seudoquis se haya vuelto tonto.

—Lea usted, lea usted.

Leyendo, el caballero se enteró del caso y tuvo anticipado conocimiento de personajes, cosas y lugares que ordenó en su mente con asombrosa presteza. Concluida la lectura, ya había imaginado un plan que no debía sufrir gran variación con la marcha de los sucesos. Para poner en ejecución lo que pensaba, urgía aprovechar el tiempo lo mejor posible. Su temperamento impaciente se adaptaba a las resoluciones rápidas y a un procedimiento ejecutivo y precipitado para realizar pronto la idea, anticipándose a las contrariedades y tomando la delantera a los peligros. Aquella tarde arregló sus cosas, buscó un cochecito y dio cuantos pasos preliminares creía menester para no hallar obstáculos en su largo viaje. Ya anochecía cuando escribió una carta a don Benigno Cordero, manifestándole lo que más adelante sabrá el curioso lector. Esta carta la dejó en poder de don Felicísimo, previa formal promesa de entregarla a Cordero, que vendría pronto de los Cigarrales y se encontraría en su casa de la subida a Santa Cruz. Despidiose del anciano y partió aquella misma noche. La noticia de la muerte del Rey, que ya sabía todo Madrid, lejos de hacerle desistir de su propósito, lo confirmó más en él, porque iba a empezarse el período de crueldades, amenazas y represalias, precursor del desencadenamiento de la hidra, cuyos broncos rugidos resonaban ya en toda la Península. No se nos quedará en el tintero un incidente ocurrido al partir Monsalud de la morada Carniceril. Iba a tientas por el pasillo lóbrego (pues razones económicas habían retrasado aquella noche, como otras muchas del año, la aparición de la luz), cuando del techo se desprendió un pedazo de yeso o cascote, mucho mayor que los que a todas horas caían. Afortunadamente, al chocar con los puntales se partió en dos o tres fragmentos, y Salvador no recibió en su cabeza sino uno de estos, que produjo un mediano porrazo, rozándole después la cara. Cualquier supersticioso habría visto en tan insignificante suceso augurio adverso o quizás favorable; pero Salvador sacudió del hombro el yeso y siguió adelante sin contestar a don Felicísimo, que en la puerta de su cuarto decía:

—¿Qué es eso?... ¿se ha hecho usted daño?... ¿se cae la casa?... ¡luz, luz!

XVIII

«El Rey ha muerto. ¡Viva el Rey!».

Cuando Elías Orejón entró en casa de don Felicísimo y pronunció esta frase con hiperbólico entusiasmo, el famoso Carnicero estuvo a punto de perder el sentido; tan grande fueron su sorpresa y júbilo. Unidos ambos en estrecho abrazo, diéronse palmetadas en las espaldas durante un par de minutos, sosteniéndose el uno al otro para no caer al suelo con la fuerza del contento y la debilidad de las piernas. Esto ocurría poco después del fallecimiento del Monarca y tres horas más tarde del altercado con Pipaón, por donde se ve, que en un mismo día reservaba la Divina Providencia al señor de Carnicero impresiones totalmente contrarias, haciéndole pasar de la ira más atroz a un contento febril y casi rabioso. Los dos viejos expresaron con afán, y quitándose simultáneamente las palabras de la boca, opiniones diversas sobre el suceso, y proclamaron que Dios había concedido a la monarquía el más precioso de los dones, abriendo camino al soberano verdaderamente católico y al Rey de verdad. Orejón se despidió para volver a la noche, trayendo las últimas noticias, y Carnicero se quedó solo, saboreando en deliciosas meditaciones su júbilo apostólico, ideando planes y considerando el triunfo rápido de la España religiosa sobre la España masónica. Después fue Salvador a despedirse y a llevar la carta para Cordero, y otra vez se quedó solo el anciano con la criada que le aprestó la cena. Doña María del Sagrario, que estaba muy a mal con su padre por el sofoco de Pipaón, le acompañó breve rato y fuese después a la casa de su sobrino con intento de no volver hasta las diez de la noche.

Las ocho serían cuando volvió a aparecer Orejón acompañado del conde de Negri, y vieron cenar a don Felicísimo, que entre bocado y bocado había de incrustar una opinión, preguntilla, apóstrofe o interjección apostólica, todo entreverado de hipos que dividían en minúsculas porciones sus conceptos, dando idea de lo que sería un discurso en mosaico o una oración en cañamazo.

—A poco de dar el último suspiro Su Majestad —dijo el conde—, el pobre señor Zea reunió en la Cámara Real a varios militares... He oído hablar de

Quesada, San Martín, Freire y otros muchos que no recuerdo... Recibioles la napolitana llorando y gimiendo, y no de pesadumbre de quedarse viuda, no, sino porque la corona y el trono de su hija van rodando ya como los juguetes de las niñas... Pero vean ustedes lo que ha discurrido ese señor Zea, ese talentazo, ese inventor de la pólvora y de los pasteles... Pues nada: rogó a los militares que juraran defender la sucesión directa y el tronito de la titulada, Isabel II. Tenemos monarquía de muñecas... Y ellos juraron, y tras de aquellos fueron otros y juraron también.

—¡Patarata! —exclamó Orejón— todo eso es música, música. También se han reunido esta tarde muchos locos masones, con Aviraneta a la cabeza, y han deliberado... ¡Deliberado los postes! ¿cuándo se ha visto eso?... Señores, llegó el momento de la gran barrida. España ha resucitado. Ya nuestro Señor no puede tener el escrúpulo de conspirar contra su hermano. El mejor día le veremos aparecer en la raya de Portugal para ponerse al frente de nuestros ejércitos... Pero si no se necesitarán ejércitos. Esto se cae, esto se hunde, esto se desmenuza. Esto no es monarquía, es una tienda de tiroleses. Por nuestra parte ya sabemos lo que nos corresponde hacer, porque tenemos las instrucciones dadas por Doña Francisca en presunción del caso que ya ha ocurrido.

—Aquí están las instrucciones —dijo Carnicero, soltando el tenedor para sacar un papel de su gaveta.

—Las sé de memoria —replicó Orejón—. Ahora, señor conde, no perdamos el tiempo y corramos a ver a los jefes de la guarnición a quienes hemos hablado del negocio, y que no han querido soltar prenda mientras viviera el Rey.

—Esta noche no hay junta.

—Esta noche no —dijo Elías, tomando el vaso de vino que sobre la mesa estaba y acercándolo a sus labios—. Pero, ¿qué aguachirle es este?

—Es lo que yo bebo. Es del propio cosechero de Esquivias.

—Esto es veneno puro... Pero ¿no has de tener en tu despensa ni siquiera dos azumbres de blanquillo para que los amigos brinden por el triunfo de la mejor de las causas?

—¡Tablas, Tablas! —gritó Carnicero, y cuando el atleta apareció en la puerta, le dijo—: Gandul, ¿estás sordo?... Vete a la taberna de la calle del

Burro y trae una botella de Jerez seco o de cosa que lo parezca. Anda pronto. Oye, ¿no hay bizcochos en casa? trae también bizcochos... Jerez seco... pronto.

Tablas era siempre diligente para traer vino, porque la expectativa de las sobras le aligeraba los pies. Así volvió prontamente con la compra, y un instante después los dos furiosos evangelistas de don Carlos mojaban un bizcocho en el dotado licor. Después bebieron con prudencia, por ser ambos como don Felicísimo, varones de mucha sobriedad.

—Por la religión triunfante —dijo Elías, empinando con gravedad.

—Por los buenos principios de gobierno —apuntó Negri—... Pero no bebe usted, señor don Felicísimo.

—¿No bebes, Felicísimo? Eso no se puede consentir —manifestó Orejón con brío, apresurándose a ser Ganimedes del Júpiter de la agencia eclesiástica—. Verdad es que este Jerez quema como pimienta.

—Será viejo como yo —dijo Carnicero tomando la copa—. Pues brindo...

Las tres copas chocaron con alegre campanilleo, debido principalmente al temblor del pulso de don Felicísimo.

—Brindo por la felicidad de España.

—Que ya está segura.

—Otra copa.

—Hombre...

—Otra.

Orejón llenó obra vez las tres copas, con no poco sentimiento de Tablas, que alejado por el respeto, contemplaba las mermas de la botella.

—Es buen vino —indicó Carnicero, en tono de conocedor—. Pero yo no sé si mi cabeza...

—¡Qué cobarde!... Felicísimo, otro trago... Vamos, a la salud de la familia real.

Este brindis fue acogido con tanto entusiasmo, que Carnicero se levantó de su asiento para dar más solemnidad al acto de envasarse en el cuerpo el generoso vino.

—¡Viva Su Majestad el Rey, Su Majestad la reina y los serenísimos señores infantes! —exclamó Negri—. De las ruinas del masonismo se levanta el legítimo trono de España.

127

—Y de Indias... porque se volverán a conquistar las Indias.

—Se volverán a conquistar —dijo Carnicero, que se notó ágil y dio algunos pasos con cierta ligereza relativa—. Adiós, mis queridos amigos. Hasta mañana.

—Hasta mañana.

Orejón y el conde se retiraron. En el pasillo, donde salió a despedirles el dueño de la casa, fueron sorprendidos, como otro visitante anterior, por un gran desprendimiento de cascotes del techo.

—Llueven piedras, ¿o qué es esto? —gruñó Orejón deteniéndose.

—No es nada. Los ratones me tienen minado el techo. Ya os arreglaré, masoncillos.

El conde soltó una carcajada y se limpió la levita manchada de yeso.

—Pero ¿no tienes Inquisición en casa?

El gato saltó de un rincón, bufando, y subió por los maderos.

—Sí, allí veo la Suprema... ¡cómo maya! ¿Qué ruido es este?

Los tres se detuvieron con recelo, poniendo atención a un rumor que se sintió instantáneo, y que no era fácil referir a las paredes, ni al techo, ni al suelo, pues en todas estas partes de la casa parece que sonaba a la vez.

—Hombre, juraría que vi moverse una de estas vigas —dijo Orejón.

—Y yo juraría que he sentido temblar el piso.

Don Felicísimo prorrumpió en risas, diciendo:

—¡Qué cabezas pone un vaso de vino! ¡Vaya un par de camaradas!... El uno ve visiones, y el otro oye terremotos...

—Abur, abur.

—Hasta mañana.

Cuando se fueron, don Felicísimo se quedó solo. Tablas se había retirado a su casa, y la criada, no pudiendo resistir al deseo natural de hablar con su novio, de quien había recibido aquella tarde palabra de próximos desposorios, se fue a la carbonería del número 8. El anciano agente cerró bien la puerta y volvió a su cuarto, único de la casa que tenía luz. Nada de esto merece contarse; pero sí lo merece muy mucho el fenómeno de que don Felicísimo vio las paredes del cuarto dando vueltas en torno suyo, primero con lento giro, después con rapidez mareante. En vano trataremos de dar explicación a este peregrino hecho pidiendo datos a la ciencia de los terremotos, o buscando su origen en la inseguridad del edificio, que era, por desgracia, bastante grande y notoria. Todo cuanto se diga en este sentido será contrario a las reglas de la sana crítica, y así nos resolvemos a explicar lógicamente aquel volteo de paredes por la detestable calidad del vino que bebieron poco antes los tres dignos señores. El vino era tal, que si le hubieran tomado juramento habría declarado francamente no haber visto en toda su vida las bodegas jerezanas. Su padre y creador era el tabernero, un gran artífice de vidueños que habría sido capaz de fabricar agua, si el agua no estuviera ya fabricada para provecho del gremio. El aguardiente disfrazado que Tablas trajo de la taberna, hizo tal efecto en el cuerpo de don Felicísimo y de tal modo se aposentó en su flaco cerebro, que el buen viejo perdió el uso regular de sus perspicaces facultades. Como hacía tanto tiempo que no probaba licores fuertes, su incontinencia de aquella noche (disculpable por el motivo patriótico que la originó) le puso en estado de ver las paredes jugando al corro, y le sugirió extravagancias y puerilidades indignas de persona tan respetable. Dando fuerte golpe en el suelo con su pesado pie, exclamó bruscamente:

—¡Quieta, España, quieta!... ¿Bailas de gusto por la felicidad que te ha caído?... Ten calma, Nación, ten calma y espera tranquila el triunfo de tu Rey sacratísimo.

Carnicero creyó que su valiente exhortación al reino danzante había hecho efecto, porque dejó de ver movimiento en las paredes.

—Así, así te quiero —dijo dando algunos pasos para llegar a su sillón y sentarse— pero en vez de andar hacia la mesa, dirigiose al testero opuesto. No paró hasta tropezar con la pared, y al sentir el choque, llenose de cólera y dijo:

—¿Quién me estorba el paso?... ¿Quién es el atrevido que no me deja llegar al sillón?

Esperó respuesta; puso atento oído a los rumores que creía sentir. Todo, no obstante, era silencio. Pero a don Felicísimo se lo antojó que oía fuertes golpes en la puerta de su casa. «¡Quién!» gritó tres veces poniendo entre cada grito larga pausa de espera. Mas un silencio lúgubre seguía reinando en la mansión desierta. De improviso sintiose por el techo como un aluvión de pisadas tenues, pero en tal número que formaban imponente estrépito.

Eran los ratones que en tropel corrían por aquellas regiones baldías donde habían abierto con su habilidad y paciencia infinitos caminos y derroteros.

—¡Ah! —exclamó Carnicero riendo con lastimosa imbecilidad—. Son los reales ejércitos que van al combate. Adelante, bravos batallones. La hora del triunfo se acerca. Que no quede de masonismo ni el grueso de una uña.

Pasado algún tiempo, oyose reproducida a lo lejos la misma algazara en el techo. Parecía que reñían en la sombra de los pasillos los ejércitos de alimañas y que había retiradas tumultuosas, furibundas embestidas, victorias súbitas, heroicos choques y horribles desmayos. Carnicero dejó de atender a aquel fragor lejano y empujó la pared, queriendo vencer el obstáculo que, según él, le impedía llegar a su cómodo asiento.

—Digo que necesito llegar a mi sillón —repitió—. ¿Quién eres tú?

Alzó los alucinados ojos el anciano y vio lo que en la mitad de la pared había. Era un hermoso cuadro, retrato de Fernando VII, colgado allí treinta años antes, y que don Felicísimo había contemplado desde su asiento muchas veces, recreándose en la perfección de la pintura y en la exactitud del parecido. El cuadro era bueno y representaba a Su Majestad en gran uniforme, de medio cuerpo, con aire y bríos juveniles, nariz luenga, cabellos negros, ojazos llenos de relámpagos y aquella expresión sensual y poco simpática que caracterizó al Deseado Aborrecido. Tan trastornado estaba Carnicero, que le parecía ver por primera vez aquella figura en su gabinete, y retrocedió con cierto espanto. Mas reponiéndose y haciéndole frente, como si también la figura hacia él caminase, se encaró con ella, amenazando con su semblante plano el pintado rostro del Rey, y le dirigió estas arrogantes palabras:

—¿Qué tal le va a Vuestra Majestad en los Infiernos?... ¡Ah! Perfectamente sin duda. Vuestra Majestad lo ha querido. ¿Qué tal saben los tizonazos? Yo me permito decir a Vuestra Majestad con todo respeto que Vuestra Majestad está bien donde está. Las cosas vuelven a su natural ser, y el Reino se ha salvado. España está libre de su monarca impuro y acepta el dulcísimo yugo de ese arcángel a quien Dios hizo nacer hermano de Vuestra Majestad Real.

Calló el viejo y siguió mirando la figura, que de agradable se hizo repentinamente espantosa, porque sus ojos echaron llamas, su nariz tomó las dimensiones de elefantina trompa, y su mano soltó el bastón de mando para echarse fuera del cuadro... La mano, sí, se echó fuera del cuadro, y todo el cuerpo del Rey salió enseguida cual si traspasase el umbral de una puerta. Don Felicísimo retrocedió sintiendo que su valor se extinguía, que sus bríos se aplacaban, que toda su sangre se congestionaba en el corazón. Vio venir la horrenda estampa del Rey cubierto de galones y cruces; vio que el brazo se extendía, que la mano se alargaba y le cogía por la muñeca, a él, el pobre anciano flaco y canijo; sintió que aquella mano pesada como el sueño y más fría, mucho más fría que el mármol apretaba sus huesos hasta deshacerlos, mientras los ojos fulgurantes del Deseado le traspasaban con mortífero rayo. El pobre anciano no podía gritar, ni desprenderse de aquella tenaza, ni siquiera encomendarse a Dios, porque había en su mente una perturbación horrible y se volvía tonto. La imagen infernal no solo le atenazaba sino que se le llevaba consigo, empujándole a profundidades negras abiertas por el delirio y pobladas de feos demonios.

Y así pasó un rato sin que cesasen los efectos del licor que tan alevosamente tomara el nombre y la figura del Jerez. Mientras a don Felicísimo se le antojaba realidad el desvarío que hemos descrito, la realidad era que el retrato estaba en su sitio y don Felicísimo tendido en el suelo en completo trastorno físico y mental, sumergido en las tenebrosas honduras de la embriaguez. El buen señor no oyó, pues, los fúnebres maullidos del gato; no le vio entrar en la estancia con los bigotes tiesos, el lomo erizado, los ojos como esmeraldas atravesadas de rayos de oro, las uñas amenazantes: no le sintió saltar y hacer locuras cual si perdiera el juicio o estuviese tocado de mal de amores; no oyó sus horribles lamentos, seguidos de roncos bramidos, ni presenció la ferocidad con que a la postre se lanzó fuera, escalando la pared, cayendo, levantándose, subiendo por un poste, precipitándose por oscuros agujeros, para reaparecer luego desesperado y jadeante. El infeliz Carnicero no vio nada de esto, librándose así de una impresión horrorosa; no oyó tampoco el estruendo de las alimañas en el techo, retirándose al través de los tabiques y haciendo saltar bajo su paso débil innumerables pedazos de yeso; no pudo ver cómo cayó de pronto enorme porción de cascote en medio del pasillo, ni cómo algunos de los puntales se movieron y otros se rompieron cediendo al fin al peso de la techumbre podrida; no vio la primera oscilación de esta sobre la sala, ni la inclinación del tabique medianero, ni el vacilar de los de carga, ni la pavorosa lentitud con que las vigas del tejado cayeron sobre las del techo plano, aplastando la bohardilla como un bizcocho; ni oyó los crujidos de las maderas resistiendo todo lo posible el peso, ni el quebrantamiento de algunos tabiques, ni el cuartearse de los yesos, salpicando chinitas menudas que luego fueron piedras; ni vio desprenderse polvo de las alturas, precediendo a una lluvia de cal que luego fue pedrisco de guijarros; ni presenció la desviación de la pared maestra, que empezó haciendo una cortesía a la pared frontera por la calle del duque de Alba, y luego se rompió por las ventanas y en la parte más frágil. Don Felicísimo no vio nada de esto, y así, cuando aquella mole podrida se desplomó en una pieza con estruendo más grande que el de cien cañonazos, él se agitó un instante en su sepulcro de ruinas, murmuró estas dos palabras: «suéltame ya», y pasó a la eternidad, no como quien se duerme, sino como quien despierta.

El rico archivo eclesiástico, cuyos legajos asomaban por las rejillas de los estantes excitando la veneración del espectador, estaba tan comido de la polilla, que al desplomarse la casa se desmoronó como seco amasijo de polvo, y parecía que todo entraba en el caos tras la dispersión de tanta materia inútil, de tanta borrosa letra y de tanta ranciedad como se acumulaba en los podridos escritos. Así los siglos y las instituciones caducadas entran como ríos de polvo en el mar de ruinas de lo pasado, que se agita por algún tiempo y se emborrasca, hasta que al fin se asienta y se endurece, se petrifica y queda para siempre muerto. Nada sabríamos de lo que contiene este sepulcro inmenso en que tantas grandezas yacen, si no existiese el epitafio que se llama historia.

La noticia del desastre se extendió rápidamente por todo el barrio. Vino Pipaón temblando de miedo y harto intranquilo por la suerte que en aquel inopinado hundimiento hubiese cabido a las gruesas cantidades que don Felicísimo guardaba en su propia casa. Más tarde se congratulaba en lo íntimo de su pecho de una catástrofe que inutilizó en el díscolo viejo el perverso intento de privar, en lo posible, a su nieta de la herencia que le correspondía. Hasta en aquel deplorable accidente se manifestó la decidida protección que el cielo dispensaba al cortesano de 1815, apartándole de todos los peligros y allanándole los caminos todos para que llegase a donde sin duda alguna debía llegar. Por esto decía Don Rodriguín: *Divisum cum Jove imperium Pipao habet.*

En la tarde del día 1.º de octubre don Benigno Cordero contemplaba, con afligido semblante las ruinas de la casa del absolutismo. Una docena de ganapanes, vigilados por individuos de la policía y de la curia, removía los escombros, sacando cascote, podridas vigas, y muebles hechos astillas. El dinero y el cuerpo de don Felicísimo aparecieron al fin como objetos extraídos de una excavación pompeyana, entre el pasmo y la consternación de los espectadores, movidos quien de curiosidad, quien de codicia. Él de Boteros tenía en aquella tarde ocupaciones que no le permitían estar como un bobo mirando la exhumación, y después de rezar un par de Padrenuestros por el alma del que fue paisano y amigo, y de encomendarle a Dios con devoción, entró en una casa próxima. Recibiole un criado, y aquí fue la sorpresa, aquí la suspensión de don Benigno, que se tuvo por más hundido y aplastado que Carnicero, al oír lo que oía.

—¿Pero se ha ido, se ha ido de Madrid por mucho tiempo? —preguntó el buen señor, después de larga pausa, en que no supo lo que le pasaba.

—Para mucho tiempo, sí señor.

—Luego ha ido lejos.

—Muy lejos, aunque no dijo adonde.

—¿Pero usted está seguro de lo que dice? Usted está trastornado.

—El señor se ha ido y no volverá pronto.

—Entonces habrá dejado algún recado o carta...

—El señor escribió una carta; pero no la dejó en casa.

—¿Pues dónde, hombre de Dios, dónde?

—La dejó a don Felicísimo Carnicero.

—¡Bendito Dios! —exclamó don Benigno, golpeando en el suelo con un pie—. ¿Y a usted no le dejó recado verbal para mí?

—¿Para el señor de Cordero? Sí señor. Me dijo que don Felicísimo enteraría a usted del motivo de su viaje y le daría una carta.

—¡Barástolis!... Hay cosas que parecen obra de Satanás.

Y reproduciendo en su mente el espectáculo de los escombros que había visto a dos pasos de allí, pensó que para encontrar la carta era preciso levantar muchas varas cúbicas de polvo y astillas, un cadáver y el pesadísimo pie de la curia, puesto sobre el tesoro, como el pie del pilluelo que pisa la moneda caída, mientras su dueño la busca paseando los ojos por la tierra. Exhaló Cordero de su pecho un suspiro en que parecía que la mejor parte de su alma se escapaba en busca del fugitivo, y salió abrumado de pena. En la calle el gentío que se agolpaba junto a las ruinas le dio a entender que sacaban aquel precioso fósil que fue agente eclesiástico. Entonces dio un suspiro mayor, diciendo para sí: —También nosotros nos hundimos; también a nosotros se nos ha caído la casa encima.

Acordose entonces de Sola, a quien había dejado en su casa esperando el resultado de aquella visita, y no pudo menos de traer también a la memoria las corazonadas de la huérfana antes de salir de los Cigarrales. No queriendo dar a esta la desagradable noticia sin acompañarla de algún consuelo, hizo averiguaciones prolijas aquella misma tarde, y después de hablar con algunos amigos del fugitivo y de hacer mil preguntas en varios mesones y paradores, se retiró a su casa si no con la certidumbre, con la sospecha fundadísima de que Salvador había ido al Norte. Esto, las voces que habían corrido acerca de las opiniones últimamente adoptadas por su amigo y la circunstancia de haber partido en el mismo día en que murió Su Majestad, llevaron a Cordero de cavilación en cavilación hasta ponerle en el trance de creer lo que el día anterior le parecía increíble.

—No —pensaba andando hacía su casa—, aquel tesoro no puede ser para un aventurero. Mi hija no se casará con un hombre que así juega con los santos principios, con un hombre que ayer fue exaltado liberal y hoy absolutista de trabuco y sobrepelliz. Ella misma apartará de él su espíritu y su corazón, y entonces...

El semblante del de Boteros se animó. Toda idea nueva y feliz produce como una llamarada interior, cuyo reflejo sube al rostro, cuando este no se ha educado en el disimulo y la hipocresía. Cordero avivó el paso y apretó fuertemente el puño del bastón, repitiendo:

—Entonces...

XIX

Como la vista del geógrafo se extiende sobre el mapa, así la imaginación del excelente don Benigno volaba hacia el Norte en seguimiento del prófugo, buscándole por llanos y laderas, sendas y atajos. Veía media Castilla, medio Aragón, el caudaloso Ebro, y luego las estribaciones pirenaicas cubiertas de verdura y plagadas de serpientes que de mil escondrijos salían. Y no será aventurado afirmar también que la imaginación del fugitivo se iba quedando atrás como un hilo desenvuelto del ovillo que rueda. Rodaba nuestro hombre con la prisa que tan cachazudos tiempos permitían, anhelando llegar pronto, y pues todo es relativo en el mundo, su tartana, galera o silla de postas (que en la categoría del vehículo no están conformes las referencias) llevaba un paso que en comparación del de la tortuga habría podido llamarse veloz. Cruzó el llano de Alcalá, la aromosa y pobre Alcarria, hacia donde cae el reino de las abejas; vio a Sigüenza donde hay colmenas de clérigos, y atravesó la estrecha cuenca del Jalón, que corre silbando por la angostura como una espada de agua que se envaina en montañas. La romana Bilblíis lo mostró ya la tierra aragonesa. En la feraz vega de Zaragoza, pasó por entre pilas de melocotones que parecían balas de fuego, y vio las lozanas viñas de uva retinta, cuyo zumo enardece la sangre de los paisanos de Lanuza. Sin detenerse pasó por la ciudad que lleva el nombre más preclaro en las justas militares del siglo, y que tuvo en los harapos de sus tapias rotas mejor defensa que otras en la coraza de sus murallas de piedra. En Tudela pasó el Ebro entrando en franca tierra de Navarra, semillero de gente brava, pues si Rioja fue hecha para criar pimientos, Navarra fue hecha para criar soldados. Halló gran agitación en los pueblos del camino, y la gente detenía el cochecillo para pedir noticias. Era preciso satisfacer a todos, diciendo: «Sí, es cierto que ha muerto el Rey».

«¿Pero es verdad que Madrid ha proclamado ya a don Carlos? ¿Es verdad que Cristina se ha embarcado o va en camino de embarcarse? ¿Es cierto que el Infante ha vuelto de Portugal, y está al frente del ejército?». A estas preguntas no podía contestar el viajero porque nada sabía, pero bien se le alcanzaba que provenían de falsas noticias y embustes, semilla que hábilmente sembrada en tales países había de dar pronto cosecha de tiros. Siguió su camino y al fin entró en Estella. Aunque eran las doce de un hermoso día cuando pisó la plaza mayor, antojósele que las próximas alturas arrojaban sombra muy lúgubre sobre la ciudad y que esta se ahogaba en su cinturón de montañas. A cada paso hallaba pandillas de clérigos con capa de esclavina, paraguas y gorro de borla, charlando en lenguaje vivo sobre el asunto del día, que era la muerte del Rey y el problema de la sucesión.

Dirigiose a uno de aquellos señores para preguntarle por la residencia del coronel Seudoquis, a quien quería ver sin pérdida de tiempo, y el clérigo, hombre gordito y lucio, le contestó de esta manera:

—Nuevo es usted en esta tierra. Si no lo fuera usted, sabría que para encontrar al famoso Seudoquis no hay más que averiguar donde se juega y donde se bebe.

Apuntando con su paraguas a una esquina de la acera de enfrente, añadió el buen hombre lo que sigue: —¿Ve usted aquella casa donde dice en letras muy gordas *Licores*? Pues allí encontrará usted al borracho.

Y se marchó riendo y a prisa para reunirse a la cuadrilla que había seguido andando mientras él se detenía. Todos los demás individuos de paraguas encarnado y gorro negro eran también lucios y gorditos, señal indudable de no ser gente muy dada a la penitencia.

Pronto encontró Salvador a su amigo, y no le encontró embriagado ni jugando, sino en tertulia con otros tres militares y dos paisanos. La sorpresa y alegría del coronel fueron grandes. Después de abrazarse, retiráronse a un desvencijado cuarto del mesón (pues mesón, café, taberna y algo más era la tal casa) y hablaron a solas más de una hora. Cuando Salvador se retiró a descansar en la estancia que allí mismo le destinaron, creía haber ganado la partida y estaba satisfecho de su aventurado viaje, que ya tenía por venturoso. Pero Dios quiso que todos sus planes se trastornasen y que a cada dificultad vencida naciese otra imponente dificultad. Aquella misma tarde recibiose aviso de que don Santos Ladrón, el atrevido guerrillero riojano, venía sobre Estella con quinientos voluntarios, al grito de *España por Carlos V*. Púsose en movimiento la escasa guarnición de la plaza, y Dios sabe lo que hubiera ocurrido si no llegara oportunamente el brigadier Lorenzo, mandado por el Virrey Solá con el regimiento de Córdoba y los provinciales de Sigüenza. Lorenzo no descansó en Estella. Aquella noche vio Salvador las calles mayor y de Santiago atestadas de soldados, que se racionaban con pan y vino; habló con ellos y pudo notar que reinaba en la tropa buen espíritu, si bien su entusiasmo por la causa que empezaban a defender no era muy grande todavía.

136

Lorenzo salió a media noche. Al día siguiente se tuvo noticia del combate de los Arcos, en que fueron destrozados los voluntarios de Ladrón y este hecho prisionero. Salvador vio por segunda vez la tropa de Lorenzo, de regreso a Pamplona, llevando consigo al guerrillero don Santos y a Iribarren. Lo peor del caso para nuestro amigo, fue que Lorenzo se llevó también a Pamplona a los tres prisioneros que en la cárcel de Estella estaban, y con esta determinación vino a tierra el plan construido por Monsalud de concierto con Seudoquis. Contrariedad tan inesperada parecía anunciar malísimo éxito a las tentativas generosas de Salvador, porque los prisioneros de Estella estaban ya condenados a muerte. Pero no desmayó por esto, y se puso en marcha para Pamplona, siguiendo a la brigada vencedora. Fue para él una ventaja relativa que le acompañara Seudoquis, con cuya cooperación humanitaria contaba, si bien lo sería muy difícil ejercerla en la misma residencia del Virrey.

Por el camino pudo Salvador ver a su hermano prisionero y en tal estado de extenuación y abatimiento que inspiraba lástima a cuantos le miraban. En un desvencijado carro de trasportes iba tendido sobre jergones, cuya dureza con la de las piedras competía. Como el carro tenía toldo y unos palitroques laterales al modo de rejas, su semejanza con una jaula era grande, de donde resultaba que el señor Navarro, mirado desde fuera, escuálido, aburrido, entumecido y soñoliento, se pareciese algo a don Quijote cuando le llevaban encantado desde la venta a su aldea. Salvador pudo acercarse, con la venia de la escolta, y cambió algunas palabras con el preso, el cual tardó mucho en reconocerle y le miró despacio con ojos semejantes a los de un demente.

—¿Qué haces tú por aquí? —dijo acercando su rostro a los palos—. ¿Eres tú el que parece o eres otro?

—Soy el que parece —replicó Salvador inclinándose lo más posible sobre el arzón de su cabalgadura—. ¿No esperabas verme por aquí?

—No habrás venido a nada bueno.

—He venido por ti.

—¡Ah!... Eres de los ministriles del Virrey. ¿Te has hecho asesor de Su Excelencia? Mira, oye, acércate más... Di al canalla de Su Excelencia que no tarde en fusilarme. Ya no puedo más.

—¿Te sientes mal? ¿Padeces mucho?

—¿A ti te importa algo que yo padezca o no? ¡Pues sí, padezco mucho, por vida del mismo rábano!... Tengo una lámpara encendida aquí.

Incorporándose dificultosamente, llevose ambas manos a los hijares. Su cara lívida causaba miedo, y cuando dilataba los labios morados con expresión equívoca y asomaban sus dientes blanquísimos, se veía en él clara y patente la sonrisa del dolor, o sea la casi imperceptible burla que el dolor hace de sí mismo cuando han concluido todos los consuelos y aun los sofismas del consuelo.

—Tú estás muy enfermo —le dijo Salvador con profunda pena—, y yo creo que el Virrey te perdonará la vida.

—¡Y al dejarme vivir llamas perdón!... vaya un perdón el tuyo. ¡Indultarme!... No, por muy masón que sea el Virrey, no será tan cruel o inhumano.

—Estás alucinado, y el sufrimiento te enloquece un poco, haciéndote disparatar.

—Yo estoy cuerdo y sé lo que me digo. Tú estás tonto y hablas más de la cuenta.

—Yo solo te diré que no te desesperes. Ta enfermedad puede curarse todavía.

—Con cuatro tiros... ¡Rábanos! no sufrirá que sea por la espalda.

—No serán por ninguna parte. Estás enfermo y exaltado. Yo te juro que se harán esfuerzos grandes por salvarte.

—¿Y quién me salvará, tú? ¿tú? —dijo Garrote con desprecio.

—Podrá ser. No he venido a otra cosa.

—¿Desde Madrid?

—Sí. Y a Pamplona voy.

—¡Salvarme tú!... ¡Conservarme la vida! Veo que también hay verdugos de la vida.

—Yo quiero ser contigo ese verdugo de vidas.

—Mira, mira, ¿quieres dejarme en paz, intruso, y volverte otra vez a tu Madrid?

—Nos iremos

—Yo seré feliz mañana —dijo Navarro con hosca expresión—, en el foso de Pamplona. ¡Qué frío hará allí!

El prisionero temblaba.

—¿Tienes frío? —le preguntó su hermano.

—Hombre, sí, tengo frío. ¿No lo ves? ¿para qué lo preguntas? Tus pesadeces acabarían con la paciencia de un santo.

—Te proporcionaré una manta.

Alejose Salvador y al poco rato volvió con lo que había ofrecido. El prisionero tomó la manta y arrebujose en ella, añadiéndola a la manta y al capote que ya sobre sí tenía; pero ni por esas entraba en calor.

—Veo que sigues tan helado como antes. Sin embargo, el día está bueno. Pica el Sol.

—Mi frío no es el frío de todo el mundo. Cien soles no lo destruirían... Abur.

—No, todavía no. Tengo que hacerte una advertencia. Es indispensable que te vuelvas loco, quiero decir, que mañana, cuando te reconozcan los médicos, hallen en ti síntomas de locura.

—Hallarán el contento de morir —repuso Navarro, dando diente con diente—. ¡Ah! ya te entiendo: me fingiré cuerdo para que me maten más pronto. Me fingiré cuerdo, gritaré: «¡Viva Carlos V, mueran los masones...». Está bien, hombrecillo, adiós. Vete, que quiero echarme a dormir.

Y se tendió, envolviéndose todo y cubriéndose cara y manos, de modo que, si no fuera por el temblor, parecería un muerto a quien llevaban a enterrar.

Salvador se retiró muy desesperanzado. El convoy se detuvo para distribuir raciones. Era la época de la vendimia, y el vino estaba poco menos que de balde, porque necesitaban desalojar las tinajas para dar cabida al mosto, que era aquel año abundantísimo. Así es que el convoy pasaba, según la expresión de Seudoquis, por una calle de borracheras. A cada instante hallaban grupos jaleadores; oíanse dicharachos, cantorrios y pendencias. Bailes y jotas festejaban el pingüe octubre, y los mozos vendimiadores aparecían manchados de mosto, feos y soeces como sacristanes, que no sacerdotes, de un Baco pedestre y envilecido. Con la caída de la tarde se fue amortiguando el escándalo de aquella bacanal campesina; se extinguieron los ruidos de guitarras y panderetas, y al anochecer, las pandillas de clérigos aparecían paseando en el camino a la entrada de las aldeas. Oscura, oscurísima era la noche cuando el convoy entró en la capital de Navarra. Y a pesar de ser tal que todo se veía negro, a Salvador le pareció que no había en ella bastantes tinieblas para ocultar lo que hacer pensaba.

XX

Pero todo fue inútil por falta de elementos. Arrebatar sigilosamente un prisionero a la autoridad militar, dentro de una plaza fuerte y en momentos en que el fanatismo de los partidos redoblaba la vigilancia, era empresa demasiado temeraria y difícil para que saliera bien no contando con altos auxilios. Salvador no tenía amistad con el Virrey, y aunque la tuviera de nada le valdría por ser don Antonio Solá hombre muy inflexible. De los jefes militares importantes trataba a algunos, y con varios de ellos tenía conocimiento que rayaba en amistad, por antiguo compañerismo en el Grande Oriente masónico del 22. Pero no era a propósito la ocasión para corruptelas humanitarias. Seudoquis, con quien siempre contaba, le dio esperanza, asegurándole que si el prisionero perseveraba en sus locas extravagancias, era fácil que el Virrey, en vez de mandarle al foso, le enviase al hospital de orates.

El cuidado de reanudar sus relaciones antiguas, y procurarse otras nuevas ocupaba a Salvador las mejores horas del día y de la noche. Los militares se reunían en una especie de casino, situado junto a la fonda principal, y allí se jugaba, mezclando los entretenimientos lícitos con los prohibidos; se bebía café, se vaciaban botellas y se charlaba de lo lindo. Fuera de aquel círculo halló nuestro amigo algunos que, a pesar de pertenecer a la clase militar, se mantenían retraídos. Una mañana paseaba solo por la Taconera, cuando tropezó con una persona cuyo rostro no era extraño para él. Detúvose, saludó, y el desconocido conocido le contestó fríamente. Era un hombre de alta estatura, moreno, de ojos negros, bigote y patillas. Recortadas estas con esmero por la navaja formaban una curva sobre las mejillas y venían a unirse al bigote, resolviéndose en él, por decirlo así, de lo que resultaba como una carrillera de pelo. Su nariz aguileña de perfecta forma, el mirar penetrante, y un no sé qué de reserva, de seriedad profunda que en él había, indicaban que no era hombre vulgar aquel que en tal hora paseaba envuelto en capa de paisano, y calzado de altas botas, que el buen estado del piso hacía innecesarias. Al soltar el embozo dejó ver su cuerpo, vestido con zamarreta peluda, estrechamente ajustada con cordones negros. Las patillas, las botas, la zamarreta, la aguileña y delgada nariz, los ojos de cuervo y la gravedad taciturna son rasgos suficientes a trazar sobre el lienzo o sobre el papel la inequívoca figura de Zumalacárregui.

El que después fue el más grande de los cabecillas y el genio militar de don Carlos, estaba a la sazón de cuartel en Pamplona, vigilado por la autoridad militar. Varias veces le había amonestado Solá. Se contaban sus pasos y se le había prohibido tener caballo. Vivía con su familia y era hombre muy morigerado. No daba a conocer fácilmente sus opiniones; pero pasaba por ferviente partidario de don Carlos. Iba a misa todos los días y después de misa paseaba dos horas por la Taconera, cualquiera que fuese el tiempo.

Salvador y don Tomás hablaron breve rato. Don Tomás compadeció a su amigo don Carlos Navarro, y después, como el otro sacara a relucir la guerra y el aspecto que tomaba, dijo con aparente candor, verdadera máscara de su marrullería, que, según su opinión, las cosas no pasarían adelante. Por no verse precisado a hablar más, apretó la mano de su amigo y siguió paseando por la muralla.

Al día siguiente fue pasado por las armas en el foso de las fortificaciones don Santos Ladrón, que murió valiente como español y resignado como cristiano. Después sufrió igual suerte Iribarren, cabecilla menos célebre que el primero. Ya estaba señalado el sacrificio de Garrote para el 15, cuando el Virrey, en vista del estado lastimoso del reo, difirió su muerte, mejor dicho, la encomendó a la Naturaleza. Los médicos habían dicho que Navarro no viviría dos semanas, y Solá tuvo ocasión de mostrar su humanidad. El enfermo fue trasladado al hospital, de lo que recibió su hermano mucho contento, porque algo más vale desahuciado que muerto.

Cada día llegaban a la ciudad noticias alarmantes del vuelo que tomaba la insurrección. En Oñate se echaba al campo Alzaá, en Salvatierra Uranga, en Toranzo Bárcena, Balmaseda en Fuentecén, y en Navarra, que era el centro de aquel motín semi-nacional fraguado por el absolutismo con la bandera de Cristo, se habían alzado Goñi y Eraso, Iturraldo y el cura de Irañeta. Eraso tenía por suyo a Roncesvalles, Goñi la Borunda, y el párroco asolaba la parte llana. Era un bravo soldado el de Irañeta y podía ocupar lugar excelso en esos extraños fastos eclesiástico-militares, donde están escritas con horribles letras negras las hazañas de Merino, Antón Coll y el Trapense.

Navarro fue trasladado al hospital, donde su hermano pudo verle con frecuencia. El áspero carácter, los bruscos modos y la amarguísima pena del enfermo no cambiaron nada pasando del poder de los carceleros al de los cirujanos, si bien su dolencia entró en un período de alivio por las ventajas higiénicas del cambio de vivienda. Postrado en la cama, pasaba a veces días enteros sin pronunciar una sola palabra, aunque Salvador hacía los imposibles por sacar una siquiera de aquel pecho que era un mar de melancolías. En cambio, otros días era tal su locuacidad que no podían seguirle la conversación incoherente y exaltada. Salvador y el cirujano procuraban con esfuerzos de gallardo ingenio llevar su charla a los términos de la discreción y del buen razonar; pero mientras más querían ir ellos por el camino del juicio, con más ahínco se arrojaba don Carlos por los despeñaderos del desatino. Si ellos hablaban de las cosechas, del crudo invierno y entremezclaban donosos cuentos en su coloquio, a él no le sacaba nadie de la guerra, del empuje carlista y de la necesidad de que un jefe militar de prestigio y valor se pusiese al frente de las partidas navarras para organizarlas y hacer con ellas un poderoso ejército reglado. Imaginaron hacerlo creer que no había ya tal guerra y que los rebeldes se habían sometido ya al Gobierno; pero esto dio resultado contrario al buen deseo de Salvador, porque oyendo Navarro lo del someterse, poníase furioso, echaba ternos y quería arrojarse del lecho. Más fácil era pacificar a Navarra que introducir en aquel cerebro insurreccionado la idea de la paz.

El sistema más eficaz para calmarle y hacerle tomar las medicinas era contarle las hazañas del cura de Irañeta y del cabecilla Mongelos, dos tipos de la guerra de salteadores. Pero si le decían que todo el furor religioso carlino de tales héroes no era más que una pantalla para encubrir contrabando, entonces el enfermo sacaba los puños de entre las sábanas, llamaba al cirujano *mequetrefe*, y decía a su hermano:

—Tú eres un intrigante forrado en masón. Márchate de aquí y déjame solo. Me estorbas, te juro que me estorbas. Tus cuidados me cargan, porque no quiero agradecerte nada. ¿Lo oyes bien? no quiero agradecerte nada, ni esto. Pesas sobre mí como una montaña, y creo que no tendré salud mientras no estés lejos de mí y pueda yo decir: «no le debo nada, no es mi hermano, es un intruso».

De estas cosas se reía Salvador, y para captarse su voluntad y amansar un poco su arisco genio, hasta ideó afectar simpatías por el Infante y la apostólica insurrección. Una mañana le llevó la noticia que circulaba por la ciudad, dando motivo a infinitos comentarios. Zumalacárregui se había pasado al campo carlista. Según dijo quien le vio, dos días antes había salido muy de mañana, con capote militar, por la puerta del Carmen, y se había encaminado a pie hacia una venta próxima, donde le esperaban tres hombres con un caballo. A escape se dirigió el coronel cabecilla a Huarte Araquil, donde le aguardaban el cura Irañeta y Mongelos. Los tres partieron juntos hacia la sierra en busca de Iturralde, según se creía.

Mucho extrañó a Monsalud el ver que su hermano, en lugar de recibir esta noticia con la alegría que siempre mostraba, tratándose de ventajas carlistas, la oyó con gran asombro, y después de larguísima pausa, se afligió mucho y se dio un golpe en la frente como en señal de abatimiento y desesperación. De pronto extendió una mano. Asiendo el brazo de su hermano, atrájole hacia sí y en voz baja, con el acento más lúgubre que puede imaginarse, le dijo estas palabras:

—¿Ves lo que hace Zumalacárregui? Pues eso debía haberlo hecho yo. ¿No te dije que era necesario que un jefe militar se pusiese al frente de esta sagrada insurrección para organizarla? Pues ese jefe debía ser yo, yo. ¿Qué hace Zumalacárregui? Lo mismo que habría hecho yo. Su papel es el mío, sus laureles los míos, su triunfo mi triunfo. Si yo no estuviera en esta aborrecida cama, estaría donde él está ahora, y lo que él piensa hacer y hará de seguro, ya estaría hecho... ¡Qué desesperación, Dios de Dios!

Dicho esto, puso sus ojos fieros en los de su hermano tristes y serenos; le envolvió en una mirada aterradora y le apretó con más fuerza el brazo, diciendo:

—Oye tú, si me sacas de esta cama, si me sacas de Pamplona y me pones en salvo en Huarte Araquil o en Oricaín y me das un caballo, te juro que se acabará el odio que te tengo y serás mi hermano querido, y daré una interpretación buena a tus cuidados, agradeciéndolos en vez de rechazarlos. Hazlo, hazlo por mí y por nuestro padre, cuya memoria y cuyo nombre pongo hora como lazo de reconciliación entre los dos...

Salvador sintió frío en el corazón. En el primer instante tuvo la idea de aparentar complacer a su hermano, dando cuerda a su demencia; pero consideró al punto que era muy peligroso el sistema de fomentar, siquier fuese momentáneamente, tan descabelladas manías, y tan solo dijo: —Si insistes en esa locura, te abandonaré y entonces sí que llamarás a tu querido hermano.

Navarro gritó: ¡*Intruso*! y al punto su cabeza y sus brazos desaparecieron entre las sábanas. Era aquel el movimiento final de su enfado y su manera genuina de romper con el mando.

Desde aquel día, si halló alivio en su enfermedad, declinó más por la pendiente de la locura, y tales disparates hizo, que el Virrey le absolvió en definitiva como indigno del patíbulo. Estaba incapacitado para morir a manos de los hombres. Una noche le hallaron medio desnudo en un desván del hospital buscando salida para salir al tejado. Dos días después dio de puñadas al cirujano, y frecuentemente se arrojaba del lecho para correr por la sala injuriando a imaginarios enemigos, solo vistos de su extraviado entendimiento. Por último, pasados tres meses de hospital, y cuando mediaba enero del 34, fue declarado baja en el ejército, y el Virrey dispuso que se hiciera cargo de él su familia, si alguna tenía. En tal resolución no tuvieron poca parte las buenas amistades de Salvador. Así vio colmados sus deseos, y llevándose consigo al enfermo, lo instaló en su casa cómodamente, decidido a llevárselo a Madrid cuando su estado lo permitiese y se apaciguaran los rigores de aquel crudo invierno.

El descenso de la temperatura había extendido sobre algunas partes de la nieve planchas de durísimo y resbaladizo cristal. Las fuentes, enmudecidas en su parlero rumor, parecían decoraciones de azúcar por la quietud de sus chorros helados de mil facetas. En las murallas las formidables piezas de gran calibre estaban arrebujadas en la nieve, y por un pliegue del frío capote asomaban sus bostezantes bocas negras amenazando al campo. En los fosos, la inmaculada blancura casi cegaba la vista, y las alegres márgenes del Arga no se conocían de puro vestidas. Los árboles con sus escuetas ramas perfiladas de blanco no parecían árboles, sino urdimbres rotas de un tejido deshecho. Las casas medio sepultadas echaban a duras penas por su chimenea, cubierta de finas cremas y cristalinos picachos, un chorro de humo que subía lentamente a manchar el cielo y se resolvía en el pesado gris de la atmósfera como masas de tinta arrojadas en un inmenso mar de almidón. Dentro de las casas reinaban, por el contrario, la animación y el bullicio, por estar recogidos los habitantes todos al amor de los hogares, donde ardían encinas enteras. Fuera, todo estaba congelado, incluso la guerra, que había dejado de moverse en el campo para latir en el corazón de las viviendas.

Contra lo que Salvador esperaba y temía, Navarro se dejó llevar, y después de instalado en vivienda tan distinta del lóbrego y tristísimo hospital en que antes moraba, su exaltación se trocó en abatimiento y su aspereza en indiferencia, no exenta en algunos instantes de suavidad y aun de discretas y sosegadas razones.

No contribuyó poco a su alivio la soledad en que estaba y el no permitir Salvador que le visitara persona alguna, porque en el hospital los demás enfermos se complacían en calentarle los cascos, contradiciéndole en sus vehemencias o alentándole en sus majaderías. Una mujer de carácter excelente, tan notable por su solicitud como por su paciencia, le asistía, y un clérigo pacífico le acompañaba algunos ratos. Doña Hermenegilda, que así se llamaba la dueña, era viuda de un guarda-montes de la Borunda y había tenido siete hijos, de los cuales, a excepción del más pequeño, que emigró a las Américas, no quedaba ninguno por haberlos absorbido todos sucesivamente las distintas guerras de la Península, desde la famosa de la Independencia hasta la de los agraviados en Cataluña. Tan guerreros eran, que en los pequeños claros o intervalos de paz, ninguno supo hacer cosa de provecho, y la poca hacienda que tenían fue pasando a los prestamistas, disolviéndose toda en comilonas, timbas, inútiles viajes, cacerías y compras de armas para camorras. De esto y del desastroso fin de todos ellos, nació en Doña Hermenegilda un aborrecimiento tan vivo de las guerras, que no se le podía mentar nada de lo tocante al fiero Marte y su culto sangriento. Ella decía que una nación de cobardes sería la más feliz y próspera del mundo, y cuando le objetaban que esa nación no sería dueña de sí misma porque la esclavizaría cualquier conquistador extraño, respondía que su bello ideal era que todas las naciones del mundo fueran igualmente cobardes, para que resultara un globo terráqueo poblado en absoluto de seres prudentes. Doña Hermenegilda no era navarra.

No podía haber escogido Salvador persona más a propósito para cuidar a un hombre tocado, como se sabe, del mal de batallas. No tenía igual seguridad de acierto en la elección del Padre Zorraquín para acompañante y amigo espiritual del enfermo, porque si bien en ocasiones podría tenerse al tal clérigo por la persona más bondadosa y mansa del mundo, en otras parecía un si es no es levantisco y ambicioso. Era Zorraquín capellán de unas monjas pobres y no podía ocultar sus febriles ganas de llegar a otra posición eclesiástica más elevada. Ya no era joven el capellán y había dejado trascurrir lo más florido de su existencia sin hacer valer los méritos que creía poseer. Todas sus peroratas sobre este tema de la vanidad concluían diciendo: «Ya, ya vendrán tiempos de justicia, sí, ya vendrán... Entonces no veremos los coros de las catedrales llenos de masones con sotana, mientras los buenos eclesiásticos perecen».

No pasaba ya Garrote la mayor parte del día en la cama. Había recobrado las fuerzas, y su mal, que antes parecía profundamente arraigado y dueño de la persona, le permitía ya algunas horas de completo bienestar. Muy sensible al frío, se acercaba con frecuencia a la lumbre, la observaba con fijeza, arrojando en medio de las ascuas su mirada, como si quisiera encenderla en ellas, y no se movía hasta que, inflamándose su cara con los rojos reflejos, llegaba a un grado de irritación insoportable. Entonces se retiraba, conservando en su pupila la imagen de las brasas deslumbradoras. Después de dar algunos paseos por la estancia, hasta enfriarse, volvía junto a las llamas y se extasiaba contemplando otra vez las lenguas rojas de azulada punta, las quemadas astillas que caían del consumido leño con murmullo de hojas secas, y languidecían luego en la ceniza durmiéndose.

Comía poco. No leía nada, y su única distracción era tirar al florete con su hermano. Pero este entretenimiento duraba minutos nada más, por la escasa fuerza del convaleciente. Hablaba tan poco, que a veces hasta se privaba de lo necesario por no pedirlo. En el largo espacio de un mes no pasaron de tres las conversaciones tiradas que ambos hermanos sostuvieron. En la primera hablaron de las condiciones de las casas de Pamplona, de la catedral, de la ciudadela, de las fortificaciones, de la Rochapea y de otros temas locales, en que Navarro mostró su prolijo conocimiento de la ciudad. En la segunda, Salvador le habló de la guerra, procurando poner a prueba el juicio de su hermano, y no tuvo poca sorpresa al observar que Garrote trató el asunto con un aplomo y una serenidad de ideas admirable. El tercer coloquio fue todo él expresión de sentimientos personales, y habría podido servir de base de concordia entre dos hombres que tanto se habían aborrecido. Por esto debe ser puesto entre lo más precioso que han hablado nuestros personajes, y reproducido con integridad para que sea edificación de nuestros lectores, como lo fue de Doña Hermenegilda, que tuvo el honor de hallarse presente en aquel palique.

XXI

Una tarde, después de comer, hicieron ambos elogios muy ardientes de un exquisito guisado de palomas silvestres que les puso Doña Hermenegilda. Después Navarro se acercó a la chimenea, cual si fuera a arrojarse dentro de ella, y como Salvador le amonestara por aquel singular gusto de achicharrarse, Navarro se retiró, miró a su hermano sin el acostumbrado fruncimiento de cejas, y le dijo estas blandas palabras:

—Acabarás por manejarme como a un chiquillo. ¿Qué más quieres? Poco a poco me has ido haciendo tu prisionero sin combatir, y con medicinas primero, con cuidados después, has ido venciéndome. Si no hay en todo esto una intención desconocida, desde ahora declaro que estoy agradecido del bien que me has hecho.

—Una intención y un plan hay en mí —replicó Salvador— pero ambos son harto claros. He querido vencerte con las armas del bien y dominarte por la fuerza de la caridad, emanada de un parentesco que no querías reconocer. ¿Lo reconocerás ahora? ¿Se hace por un extraño lo que yo he hecho?

—No —dijo con noble decisión Garrote—. No se hace por un extraño lo que has hecho por mí. He tenido días de gran oscurecimiento en mi cabeza; pero ya veo claro, y aunque imagino sofismas y sutilezas para desvirtuar tu comportamiento conmigo, no puedo. La verdad es más fuerte que mis cavilaciones. Te me has ido imponiendo, imponiendo, y ahora estás encima de mí con un doble carácter, pues no puedo separar completamente en ti el hermano cariñoso del hombre aborrecido, ni creo que separarlos pueda mientras los dos vivamos.

—He sido más afortunado que tú —dijo Salvador, apartándole otra vez del fuego, que le atraía como a mariposa—, porque yo hace tiempo que he olvidado todas las ofensas; hace tiempo que he cogido todos los rencores y arrancándolos de mí los he echado fuera, como se echa este papel al fuego.

Salvador arrojó al fuego un papel que ardió instantáneamente con llamarada juguetona. Instintivamente Navarro se acercó a la chimenea y quiso sacar el papel que ardía; pero retrocedió quemándose los dedos. Esto, que parecía un chispazo de locura, inspiró a Salvador lo siguiente:

—No metas tu mano en el fuego para sacar lo que ha caído en él. Tú, como yo, necesitas hacerte perdonar para ser perdonado, necesitas comprar la generosidad con generosidad y el olvido con el olvido.

—Si pudiera olvidar... —murmuró Navarro, embelesado siempre en la contemplación de la llama—. Si pudiera borrar todo lo que no fuera presente... ¡Qué tranquilo viviría!... Porque el presente me agrada, y esta serenidad que ahora disfruto es un bien muy precioso. Fáltame saber si lo debo a la casualidad, a la Providencia o a ti.

—A los tres —replicó el otro—. La Providencia y el hombre, ya amigo ya enemigo, suelen obrar de acuerdo para salvarnos o perdernos. Tu memoria se ha aclarado lo bastante para recordarte, lo que has pasado, la ruina de tus descabellados planes de guerrillero, tu prisión, tu enfermedad gravísima, tu condenación a muerte. Pero hay cosas que no puedes saber por tu memoria, y son la curiosidad interesada con que yo observaba tus pasos desde Madrid, y mí resuelto propósito de socorrerte cuando caíste en el mayor peligro en que puede caer un hombre. Yo dejé mi casa, comodidades de esas que empiezan a valer mucho cuando se nos va acabando la juventud, y quehaceres importantes; yo corrí a este país de Navarra decidido a emplear todo lo que en mí hubiera de actividad, de celo y de ingenio para salvarte. He vivido algunos meses consagrado a ti, velando por ti, y luchando contra tu mal, contra tu genio, contra tu locura, contra los enemigos, contra la ley y contra todo, sin desmayar nunca, sin fatigarme un punto hasta conseguir mi objeto. Sobre todos los enemigos me han resistido siempre tu carácter y tu antipatía. Pero esto, lejos de desanimarme, me encendía más, y más me estimulaba a pretender una victoria completa. Estoy satisfecho, te he salvado de la muerte, te he cazado, te he domado, y ahora te tengo en mi poder, no como enemigo prisionero, sino como podría tener un padre a su hijo débil y pecador, sojuzgado y no sé si arrepentido. Yo conceptuaba como la mayor gloria apetecible esta victoria mía por la fraternidad cristiana, y esa sumisión tuya por la gratitud. Ahora, cuando parece que recobras tu salud perdida y tu libertad, ¿qué harás? Desde el momento en que yo me aleje, tu soledad será espantosa. ¿Irás a la guerra? No lo creo. Si te retiras a alguna parte a vivir pacífica y honradamente, ¿a quién volverás los ojos para decir: «tú eres mío»? ¿Los volverás a tu mujer? No. ¿Buscarás algún pariente en la Puebla? No los tienes. ¿Buscarás amigos? Tu carácter rechaza las amistades nuevas. Abre los ojos y ve claro, desgraciado; no niegues la evidencia. Por más que busques no hallarás más familia que yo. Yo soy el único que puedo llenar tu vacío y hacer a tu lado un bulto, una sombra que indique la presencia de un amigo.

—Cállate —dijo Navarro, ya lejos de la chimenea— cállate, que me haces daño. Insensiblemente te has atado a mí y has soldado la cadena. Está bien, te arrastraré conmigo. ¿Podrá separar algún día el hermano cuidadoso del hombre aborrecido? No lo sé. Deja que pase el tiempo, que pasen días. Yo tengo ahora ocupaciones graves, muy graves.

Esto de las ocupaciones graves hizo en Monsalud el efecto de un golpe. Tembló por el juicio de su hermano, que poco antes había visto manifestarse claro y hermoso, y que de repente se oscurecía. Como pasa una nube por delante del Sol, así pasó aquella frase por encima de la discreción del enfermo, ocultándola.

—Ocupaciones graves, gravísimas —repitió Navarro, frotándose las manos—. Por ahora solo te diré que, si es verdad lo que me has dicho, resultará que eres digno de admiración. Yo no te la niego, y en cuanto a tenerte cariño. Yo me entenderé. El cariño no es cosa de quita y pon. Ya creo que siento un cierto interés por ti y que no me gustaría verte desgraciado. Pórtate bien, y veremos.

Este tono de protección, tan impropio del estado de ambos, chocó extraordinariamente a Salvador; pero su asombro y alarma subieron de punto cuando Navarro, después de tener un rato las palmas de las manos sobre la lumbre, fue hacia su hermano, y poniéndole sobre el rostro una de aquellas manos que quemaban como plancha de hierro, le dijo pausadamente:

—Deja que acabe esta gran campaña, y luego veremos.

Salvador no dijo nada. Sospechaba que en la cabeza de su hermano había una idea monstruosa, y no quiso perseguir aquella idea, temiendo ver confirmada la triste sospecha. Dejándole que se achicharrase otra vez las manos, se acercó a la ventana para ver la nevada, que aquel día era abundantísima. Parecía que el mundo navegaba por un piélago infinito de plumas de cisne.

Entró a la sazón el padre Zorraquín muerto de frío y se sentó a horcajadas en una silla, frente a la chimenea, extendiendo sus pies hacia el fuego. Poco después el vivo calor de la llama le obligó a apartarse. Empezó a oscurecer, por ser en aquella estación las tardes más cortas que la esperanza del pobre, y Doña Hermenegilda dio luz a un esplendoroso quinqué, competidor del Sol de invierno. Cerradas las maderas, se prepararon los cuatro a echarse a pechos la larguísima velada, que parecía un siglo, cuando no era conllevada de interesantes y variados entretenimientos. Doña Hermenegilda hacía media con ligereza suma. Aquella noche necesitó devanar madejas de hilo, y como no tenía devanadera, prestose, como otras veces, a suplirla el bendito Padre Zorraquín. Era hombre amabilísimo. El cura charla que charla, y la dueña devana que devana, parecía que de los labios de aquel salía la palabra, como de la madeja de sus manos el hilo, y que Doña Hermenegilda iba envolviendo el interminable discurso, haciendo de él un corpulento ovillo, que bien podría pasar por abultado libro. El cura hablaba, moviendo brazos y manos con lenta oscilación para que saliese la hebra, el ovillo crecía, pasando de nuez a manzana, de manzana a calabaza, y los dos hermanos oían y callaban, el uno inmóvil, el otro marcando cada vuelta de la madeja con un golpecito dado con las tenazas en el borde de la chimenea. Cada vez que el hilo se deslizaba, rozando con el dedo gordo de la mano derecha del cura, Navarro daba un golpe. Era como el ritmo de un reló, pues su cara no expresaba nada, a no ser la inmutable tristeza de un horario.

¿Qué contaba Zorraquín? Las hazañas de Zumalacárregui, que era el asunto obligado en Pamplona y en toda Navarra. La prolijidad del buen cura no es para imitada aquí, pues él se había propuesto ser en lo futuro historiador de aquella gran guerra, y apuntaba todas las noticias para reunir materiales.

Aprovechándolo todo, lo mismo lo cierto que lo dudoso, y utilizando lo histórico así como lo anecdótico, allegaba elementos para un colosal almacén literario que, por fortuna, pereció en un incendio años adelante.

Zorraquín refería las acciones, describía los lugares, reproducía las palabras, dando a las alocuciones el tono y tamaño de discursos a lo Tito Livio. Hasta imitaba los gestos de los guerreros, y al llegar un punto en que hubiese aclamaciones de la muchedumbre, lo hacía tan al vivo, que era preciso suplicarle que bajase la voz para no alarmar a la vecindad.

Abreviando todo lo posible la empalagosa narración, solo diremos que Zumalacárregui había tropezado con el antagonismo de los díscolos jefes que se sublevaron antes que él. Aclamado por algunos como jefe de todos los voluntarios navarros, halló resistencia en Iturralde. El cura de Irañeta, y Mongelos no vacilaron en ponerse a sus órdenes. Dividiéronse los carlinos; pero una insurrección pequeña nacida dentro de la insurrección grande resolvió el problema. El cabecilla Sarasa se sublevó una mañana, y haciendo prisionero a Iturralde, proclamó a Zumalacárregui comandante general de Navarra. Por este procedimiento, que más que navarro era español puro, se unificó la insurrección, y los voluntarios carlistas no tuvieron ya sino un solo jefe. Este desplegó desde el primer momento energía colosal. Rebajó a un real la soldada de dos reales que percibían los voluntarios, y empezó a combatir con gran fortuna. Dictó aquellas célebres disposiciones que tan extraordinario vigor infundieron a las armas carlistas, y en todo mostró ser insigne guerrillero, digno sucesor de los Viriatos, Empecinados y Merinos, con más saber militar que todos ellos. Sus terribles castigos revelaron un carácter de hierro tal como se necesitaba en aquella sangrienta ocasión. Condenó a muerte en un bando que hacía cumplir estrictamente, a todo el que volviera la espalda al enemigo durante el combate, a todo el que sin vacilar no se dirigiese al puesto designado por su jefe, aun cuando viese en él una muerte segura, y a todo el que pronunciase voces alarmantes, como *que nos cortan*, *que viene la caballería*, etc.

Todo esto lo oía Navarro sin decir nada, cejijunto y torvo, hasta que al fin rompió la palabra:

—Basta ya de charla, señor Zorraquín. Si eso ha de escribirse que se escriba; pero conste que no es por mandato mío, pues no tengo vanidad en ello.

Salvador y Doña Hermenegilda se miraron a las diez de la noche, cuando los dos hermanos se quedaron solos, después de cenar, Salvador rogó a Navarro que se acostase.

—No será malo —dijo este con mucha naturalidad—, pues fatiga sobre fatiga, se llega a un punto en que no hay cuerpo que resista. Sigo tu consejo, pues no ha sido mala la jornada de este día.

Salvador le acompañó a su alcoba. Acostose Navarro, y sumergido en el lecho con el rebozo de las sábanas en la boca, sin mostrar de su persona más que media cara y tres dedos de una mano, habló a su hermano de este modo:

—Natural era que se supiese ya en Navarra y aun en toda España la resistencia que hallé en Iturralde, la sublevación de Sarasa, y por último, la concentración de todas las fuerzas de este país bajo mi mando. Lo que extraño mucho es que se sepa ya, y aun que ande escrita y parlada, la orden del día que di en la Amezcoa, mandando fusilar a los que vuelvan la espalda, a los que pronuncien voces subversivas y a los que no acudan a los puestos de peligro... Esta idea, que hace tiempo tenía yo y que acabo de poner en ejecución, será la clave de esta gran guerra y la base sobre que se forme el más temido y belicoso ejército que han visto las naciones.

Salvador no pudo contenerse.

—No eres tú —le dijo—, quien ha hecho esas cosas, sino Zumalacárregui.

Sonrió con desdén Navarro, y como si su hermano hubiese dicho una gran necedad, le contestó de este modo:

—¿Pero no sabes, pobre hombre, que ese infeliz Zumalacárregui fue hecho prisionero en la Rioja, conducido a Estella, en cuya cárcel se agravó su enfermedad del hígado, y después trasportado en un carro a Pamplona? ¿No sabes que está en el hospital con un mal gravísimo, que algunos tienen por hepatitis y otros por locura? ¡Lástima de hombre! le aprecio mucho y deseo que sane.

Dijo, y volviéndose del otro lado se fue aletargando. Poco después dormía profundamente. Después de contemplarle un rato, considerando que era cosa perdida, Salvador se retiró con el alma llena de tristeza.

Pasaron tres días. Una mañana entró Salvador en su casa y halló a Doña Hermenegilda consternada, llorosa. La buena señora no se atrevía a darle la tristísima nueva del suceso ocurrido durante la ausencia del amo de la casa. Salvador creyó comprenderlo, corrió a la habitación de su hermano, pasó de una estancia a otra... No estaba.

—Se escapó, sí señor, se escapó no hace media hora... En un momento que me descuidé... Salí a comprar varias cosas... Le dejé paseando en el comedor con el capote puesto y la espada ceñida. Como otras veces andaba en el mismo empaque, no sospeché... Todavía no habrá salido de la ciudad. Todavía se le podrá detener... ¡Qué desgracia!... Cuando parecía curado... ¡Esta mañana me hablaba con tan buen juicio!...

XXII

Sin perder un instante se empezaron las indagaciones. Algunos vecinos de la calle le vieron, y según la dirección que llevaba, debió de salir por la puerta de la Rochapea. Salvador preguntaba a todo el mundo, y como el pobre enfermo era bastante conocido en Pamplona, no tardó en tener noticias del rumbo que había tomado. En compañía del Padre Zorraquín, que se le unió desde que tuvo noticia del suceso, recorrió inmediatamente todo el arrabal de la Rochapea. Al principio las indicaciones que recibió eran vagas y contradictorias; pero al fin supo que Carlos había comprado un caballo y había partido a escape en dirección de Villaba. La circunstancia de estar el pobre Navarro en posesión de su dinero fue causa de esta fuga, porque si no tuviera oro no habría encontrado caballo, y a pie no hubiera podido alejarse mucho. En el acto trató Salvador de adquirir dos cabalgaduras, una para sí y otra para Zorraquín, que se brindó a acompañarle en la humanitaria empresa que iba a acometer; pero la escasez de caballería era tal con motivo de la guerra, que en toda aquella noche y en parte del siguiente día no pudieron obtener nada de provecho. Por fin, después de recorrer todos los arrabales exteriores y las cuadras de la ciudad, lograron obtener a precio muy alto dos cuartagos de desecho, veteranos del trabajo de arrastre, cuya presencia infundía veneración y un vivo deseo de andar a pie. Al verse dueño de aquellas dos piezas, Salvador no pudo tener la risa; pero, pues no había otras mejores, forzoso era tomarlas, y dispuso que antes de emprender la primera jornada se les diera una copiosa ración de cebada, a ver si de este modo recordaban su mocedad. Hartáronse de tal manera, que después fue preciso darles igual ración de palos para hacerles abandonar la cuadra y el desusado sibaritismo que les permitió su nuevo dueño. Al fin aquellas desvencijadas máquinas se pusieron en movimiento, llevando a nuestros dos jinetes por el camino de Villaba. Era de noche y la helada dejábase sentir con intensidad. Iba Salvador en trajo de camino y Zorraquín en un pergenio mixto de viajero y eclesiástico, sin sotana, con botas negras, capa de cura y un gorro de terciopelo negro, cuyo borlón bailaba al duro compás de la caballería.

Durante las primeras horas de su expedición hablaron del objeto de ella, discutiendo las probabilidades de éxito. Zorraquín opinaba que Navarro no había tomado el camino del Baztán, sino el de las Amezcuas, donde a la sazón estaba empeñada la guerra, a lo que objetó Salvador que, siendo esta dirección la razonable, no debía creerse que la había tomado el fugitivo, pues lo lógico parecía que este caminara siempre en contra del sentido común. Con todo, las noticias que adquirieron en la madrugada confirmaron la sospecha del buen cura. Antes de llegar a Villaba dijéronles que el demente había retrocedido y vuelto hasta cerca de Pamplona, tomando después, al parecer, el camino de Lecumberri. Volvieron grupas los dos jinetes y se encaminaron a la Amezcua, sin hallar noticia alguna en seis días de molestísimo viaje, entre sustos y contrariedades. Frecuentemente tenían que apartarse del camino por no tropezar con una guerrilla que apostada en las alturas hacía fuego sobre todo viajante sospechoso, y las columnas isabelinas inspiraban tanto recelo al capellán, que no pasara cerca de ellas por nada de este mundo, temiendo infundir sospechas con su empaque de cura jinete. Los hospedajes eran infernales, pero los suplía con ventaja la caridad de los aldeanos, excitada por el señor Zorraquín. En algunas partes les trataron tan a cuerpo de rey, como si fueran familiares del Infante, y el astuto sacerdote no disimulaba sus opiniones para verse de este modo mejor agasajado y atendido.

Un día perdió Zorraquín su gorro negro, no se sabe cómo (aunque hay opiniones diversas sobre este suceso, sosteniendo algunos que el mismo cura lo arrojó a un muladar). Los dueños de la casa en que ambos amigos se habían hospedado le ofrecieron una boina blanca, también de borla, ancha, redonda, con aro de madera para sostener la forma de plato. Púsosela el cura historiador, mirose al espejo, echose a reír, y dijo que no se la había de quitar más, pues le caía que ni pintada. Partieron, y admitidos en el campo carlista corrieron toda la áspera sierra sin encontrar al individuo que buscaban, ni siquiera indicios de que hubiera estado por allí en ninguna época.

En todas estas andaduras y averiguaciones pasaron el mes de febrero y parte de marzo, Salvador muy contrariado y melancólico, Zorraquín contento y satisfecho de verse entre aquella gente. Una mañana, regresando de visitar el caserío donde los carlistas tenían sus hospitales, se le enredó la capa en un espino y quedó en dos mitades como la de San Martín. Un oficial carlista le ofreció al punto una zamarreta de piel; púsosela nuestro cura y se encontró tan bien, tan ágil, tan a gusto con aquella prenda, propia para abrigar sin impedir los movimientos, que gustosísimo la tuvo por suya y prometió llevarla siempre de allí en adelante. Como le crecía la barba, y no había querido afeitarse, ya no parecía tal cura sino un capitán de malhechores, jefe de guerrilla o cosa así. Él se reía, se reía y estaba cada vez más contento.

Con la certidumbre de que Navarro no estaba en la Amezcua, partieron para Levante. Pero el temor de encontrar alguna columna del ejército de Saarsfield les obligó a tomar precauciones. «Aunque son impropias de mí —dijo el cura—, no será malo que llevemos algún arma». Un guerrillero que les acompañaba, por ser amigo o hijo espiritual de Zorraquín, dio a este un sable. Al ponérselo ¡cómo se reía el buen cura!... Salvador le regaló un cinto con dos pistolas que no necesitaba. Cuando se vio con tales arreos el capellán, a quien ya no conocería ni la Iglesia su madre ni la madre que le parió, soltó tan gran carcajada, que las gentes salían al camino para verle. El mismo Salvador, que había asistido a su lenta trasformación, casi no le reconocía bien.

—señor don Salvador amigo —dijo el cura—. Según asegura un buen hombre que ayer llegó de Pamplona, allí corre la voz de que yo me he pasado a las facciones y estoy al frente de una compañía de escopeteros. Podrá ser mentira, ¿eh? pero parece que es verdad. El Señor ha guiado mis pasos, trayendome insensiblemente hasta aquí; ha mudado mi figura, me ha puesto en una vía de la que no puedo apartarme ya. Usted, como incrédulo, dirá que la casualidad es quien me ha dado esta guerrera facha, y yo digo que es Dios, el mismísimo Dios quien se ha servido dármela... Por tanto, amigo, es llegado el momento de que nos separemos. Usted se irá tras su humanitario objeto, y yo me quedo aquí en cumplimiento de la voluntad de Dios, que de seguro no me destina a soldado de combate, sino a otras funciones modestas, tales como a la intendencia militar, a la sanidad, a cuidar la impedimenta o a cualquier otro empleo modesto. Dígolo, porque, si bien siento en mí cierto ardorcillo, no puedo menos de asustarme cuando oigo muy de cerca los tiros... Pero eso pasará; que a todo se hacen los hombres... Voy a presentarme al general, para que disponga de mí. Adiós... buena suerte y cuente usted con un amigo. Venga un abrazo.

Salvador le abrazó riendo. Después de augurarle un brillante porvenir en la nueva carrera que emprendía, se despidió para tomar la senda de Pamplona. Por el camino iba pensando que debía dar por suficientemente apurados los medios de investigar el paradero del pobre enfermo fugitivo, pues no daban noticias de él en todo el territorio de la Amezcua. De seguirlo buscando, era preciso recorrer minuciosamente la Navarra entera, para lo que no bastarían dos ni tres años. Pero Dios que lo había dispuesto de otra manera, hizo que cuando había perdido la esperanza de tener noticias del desgraciado Navarro, las tuviese auténticas por un testigo de vista. Loado sea Dios. El señor Garrote vivía, aunque en estado deplorable, pues había llegado a servir de diversión a los chicos. Hallábase cerca de Elizondo en un caserío, al cual bajó desde los Alduides a mediados de marzo. Era ya evidente que el fugitivo al escaparse de Pamplona había salido a Villaba, y tomando el valle del Arga había subido a la sierra, en cuyos riscos y espesuras pasó, no se sabe cómo, la mayor parte del tiempo de su misteriosa peregrinación.

Saber el otro estas noticias y ponerse en camino para el Baztán fue todo uno. Las facciones de Eraso, que operaban por aquella parte, le impidieron la marcha muchas veces, deteniéndole días y más días, a veces no sin riesgo de su vida; pero al fin, a principios de mayo vio las casas de Elizondo. Hallábase en tierra carlista, absolutamente dominada por las facciones.

La casa en que le dijeron hallarse su hermano estaba a tres cuartos de legua de Elizondo por el camino de Urdax. Presentose en ella y su asombro fue grande al ver que el demente, lejos de servir de diversión a los chicos, pasaba en el país por un hombre pacífico y hasta razonable. La casa era viejísima y ruinosa, de esas que después de haber sido palacio de ricos pasan a ser morada de labradores miserables. Habitábala una mujer con cuatro chicos menores. El esposo y dos hijos adolescentes estaban en la acción. Personas, vivienda, mueblaje, animales domésticos, todo allí tenía un triste sello de abandono, indigencia y atraso. Cuando Salvador preguntó por su hermano, la mujer refirió que el señor Navarro había sido hallado una noche sobre la nieve, como muerto; que le habían conducido en hombros a aquella casa, donde aún seguía por no poder moverse, a causa de la perlesía que le cogía medio cuerpo. Salvador subió, y vio a su hermano arrojado en el más desigual y abominable jergón que ha sostenido cuerpos en el mundo. El cuarto correspondía a la cama y el enfermo no desmerecía de tan atroz conjunto. Tendido a lo largo, don Carlos se apoyaba en el codo izquierdo. Delante tenía una silla, sobre la cual había un papel, y en aquel papel fijaba los ojos y la mano vacilante, trazando, al parecer líneas o puntos. Aquello, que tenía aspecto de mapa, absorbía tan profundamente su atención, que no alzó los ojos de la silla cuando sintió los pasos de su hermano cerca de sí:

—¿Quién es? ¿quién me interrumpe? —dijo sin apartar la mirada del papel—. No quiero que me interrumpa nadie ahora. No he encontrado todavía el sitio más a propósito para dar la batalla; pero ya me parece que le tengo, ya le tengo... ¿señor Eraso, ve usted esta línea?

Como no recibiera contestación volvió a decir:

—¿Ve usted esta línea? Pues las fuerzas de usted no me han de pasar de esta línea... Aquí.

Alzando entonces los ojos vio a su hermano, y fue tal su sorpresa que se le cayó el lápiz de la mano y estuvo como lelo bastante tiempo.

—¿Ya estás aquí otra vez? —dijo con ahogada voz.

Parecía tener miedo. Salvador observaba en la fisonomía de su hermano los estragos de la enfermedad. Estaba cadavérico. Solo la mitad de su cuerpo se movía difícil y temblorosamente, y a veces la lengua no le obedecía bien y trituraba las palabras.

—Sí —dijo Salvador—. Me dijeron que estabas muy solo, y he venido a hacerte compañía.

—No la necesito —replicó Carlos con desprecio—. Yo creía estar ya libre de tus beneficios, y vienes otra vez con ellos.

—No los aceptes si no quieres. Cuando me lo mandes me marcharé.

Diciendo esto Salvador buscó con sus ojos una silla; pero como no era fácil que la encontrase aunque la buscase con los ojos de todo el género humano, sentose a los pies de la cama.

—Bueno, pues ahora mismo. Temo que tu presencia me estorbe para encontrar el sitio más a propósito para la batalla... Vete, ya estoy turbado, ya se me han ido las ideas, ya no sé lo que pasa en mí. Tú tienes la culpa, tú, que hace tiempo te has propuesto trastornar todas mis ideas.

—¿Sabes —dijo Salvador— que estás muy mal alojado?

—Me encuentro bien aquí. Cuando mejore de mi herida...

—¿Estás herido?

—Sí... El lado izquierdo... poca cosa... Cuando mejore, seguiré mi camino, y hallado el sitio más a propósito...

—Ven conmigo, y yo te aseguro que encontraremos juntos el mejor sitio para esa batalla.

Esto decía cuando empezó a llover. El agua entraba por el techo, que tenía más agujeros que una criba, y después que las gotas salpicaron de agua el suelo polvoroso, siguieron menudos chorros que formaban charcos en diversos puntos.

—Esto es vivir en campo raso —dijo Salvador con escalofrío—. ¿Sabes que me parece has encontrado el sitio de la batalla?

—¿Cuál?

—Este páramo... Es indispensable que salgas de aquí.

—Choza o palacio —dijo el enfermo en tono solemne y sentencioso— son iguales para mí.

—Es que estás muy enfermo.

—No importa.

—Y estarás peor cada día.

—No importa.

—Y en este sitio no podrás restablecerte.

—Te digo que no importa —gritó Navarro exaltándose—. Harías bien en dejarme solo.

Salvador pensó que no había más remedio que recurrir a la fuerza. Sin embargo, trató de apurar todos los recursos de su ingenio para dominarle.

—¡Estábamos tan bien en nuestra casa de Pamplona!... —dijo con pena—. Nada faltaba allí.

—Pero sobraban muchas cosas.

—¿Qué?

—¡Tus beneficios tus cuidados, tu... tú!... —gritó agrandando la voz a cada palabra—. Como me llamo Zumalacárregui, así es verdad que me incomodan tus beneficios. No quiero nada tuyo.

Salvador calló. Un hilo de agua que cayó del techo sobre su cabeza, obligole a apartarse de allí. El viento entraba por distintos lados formando pequeñas tempestades que arrebataron de la silla el papel en que Navarro trazaba sus garabatos, llevándolo al otro extremo de la titulada habitación.

—¡Mi plano...! —dijo Carlos extendiendo su brazo.

Salvador se lo alcanzó.

En la desvencijada escalera de la casa hacían tal ruido los cuatro chicos, hijos de la aldeana propietaria de tan singular edificio, que bastara aquella música para volver loco a cualquiera que en tales regiones habitase.

XXIII

Monsalud decidió buscar inmediatamente mejor albergue. Salió, recorrió todo Elizondo. Al fin tuvo la bondad de proporcionarle alojamiento en su propio domicilio el cura del pueblo, anciano muy respetable y sencillo. Por la noche, aprovechando la ocasión en que el enfermo dormía profundamente, tomáronle en brazos cuatro robustas mujeres y le condujeron a la nueva vivienda, no sin que se resistiese en el camino, aunque sin lograr soltarse, por haber sido fuertemente sujeto. El motivo de ser llevado por manos femeninas fue que en Elizondo, como en todo el territorio del Baztán, escaseaban los hombres, hasta el punto de que las faenas más rudas eran desempeñadas por niños y mujeres. Durante los cuarenta días que pasaron ambos hermanos en casa del cura de Elizondo, nada ocurrió de memorable, si no es un ligero alivio de Carlos y la constante humanidad de Salvador, que preparaba lo necesario para sacar al enfermo de aquel país y conducirle a un asilo de orates. Necesitaba un buen coche, dos o tres personas, que le acompañaran y sirvieran, y un permiso de las autoridades carlistas para recorrer toda Navarra sin ser molestados ni detenidos. Todo esto era de dificilísima adquisición; pero al fin, con paciencia, actividad y repetidos desembolsos, venció las contrariedades y se dispuso a partir.

Una noche del mes de julio las facciones se presentaron en Elizondo. Bajaban por aquellos cerros, como bestias hambrientas, y sus gestos, sus pisadas, la viveza de su andar, el estrépito de las armas ponían miedo en el corazón más esforzado. Por todas las entradas del valle aparecían cuadrillas de facciosos, vestidos de zamarra, cubiertos con la boina blanca o azul y calzados con alpargatas o zapatos rotos. Al anochecer, Elizondo estaba lleno, y aún entraban más. La ferocidad pintada en los semblantes no excluía la expresión de sufrimiento por las privaciones y trabajos; pero estaban alegres, cantaban, reían y se las prometían muy felices. En las filas se codeaban los muchachos con los viejos, y al lado del niño, precoz guerrero lleno de ilusiones de gloria, estaba el veterano que se había batido en las campañas heroicas del año 8. Las estaturas eran tan desacordes, que la bayoneta del enano tocaba los doblados hombros del gigante. Por la desigualdad, por la irregularidad, por el valor ciego y salvaje, por la fe estúpida y la sobriedad casi inverosímil, a ningún ejército conocido podrían compararse, como no fuera a los ejércitos de Mahoma.

A la mañana siguiente salieron muchos para Urdax. Los demás tomaron posiciones en las alturas. Se les veía subir como gatos, escalando los empinados cerros con agilidad increíble. El calor les hacía tan poca impresión como les había hecho el frío. Tenían cara de pergamino, músculos de acero, corazón de piedra y sesos de algodón, que ni el Sol derretía ni el pensamiento inflamaba jamás. La guerra había llegado a ser en ellos fenómeno de costumbre, un estado normal, admirablemente conformado con su naturaleza agreste, dura, sufrida, refractaria a las fatigas como a las ideas, y con especialidad inclinada al movimiento. Si no hubiera habido montañas, las habrían hecho para subir y esconderse en ellas.

Por la noche, tres jinetes llegaron a casa del cura. Seguíales numerosa escolta. Se apearon y los tres entraron. Uno de ellos era de buena estatura y a todos infundía un respeto que más bien parecía miedo o superstición. El cura se arrodilló delante de él y le besó la mano. Su Majestad (pues no era otro) manifestó deseos de descansar. Tenía mucha jaqueca y ningún apetito. Subió, encerrose en la habitación que se lo tenía preparada. Ordenose el mayor silencio para no molestar a Su Majestad, que no quiso tomar más que un huevo cocido y un poco de chocolate claro. Pidió agua helada; pero en esto no le podían complacer. Quedose solo, y al poco rato llamó pidiendo le llevaran una venda y un poco de sebo para ponérselo en la frente. Uno de los que le habían acompañado entró a darle lo que pedía, y después Su Real Majestad se acostó y apagó la luz. Durante dos horas reinó el más profundo silencio, y el cura andaba casi a gatas por no hacer ruido que pudiera turbar el sueño del primero de los facciosos. Pero de repente sonó en las calles de Elizondo estrépito de caballería; llegaron muchos jinetes a la casa del párroco; se apearon y el jefe de ellos entró en la casa sin pedir permiso ni hacer caso del cura, que salió trinando y bufando a pedir cuenta de tan irreverentes ruidos. A pesar de esto, la calidad del personaje exigía que se pasase recado a Su Majestad. Hiciéronlo así y el Soberano mandó que entrase al momento Zumalacárregui. Oyose la voz del Rey que decía:

—Traigan una luz.

Zumalacárregui estaba en el pasillo, boina en mano.

—Venga la luz —dijo, cogiéndola de las manos del cura que con ella venía presuroso.

Era una vela, puesta no muy gallardamente en un candelero de barro. Se acercó Zumalacárregui y entró en el cuarto oscuro. Su Majestad se había incorporado en el lecho. Aún tenía puesta la venda. El general avanzó lentamente, con respeto y cortedad. Extendió la mano con el candelero. La luz iluminó de lleno el semblante de don Carlos, en el cual no resplandecía ningún destello ni aun chispa leve de inteligencia. Con la venda, la palidez, el bigote afeitado (a causa del disfraz del viaje), si no era una cara estúpida estaba muy cerca de serlo. Zumalacárregui dijo con voz ahogada por la emoción:

—«Señor»: y se inclinó. Parecía un pino que se dobla.

—Acércate —dijo el Rey alargando su mano.

El general dejó el candelero de barro sobre la mesa, y acercándose al lecho puso una rodilla en tierra. Seguía conmovido. El Rey recibió, con júbilo que no podría definirse, aquel primer homenaje tributado a su reciente majestad por el más ilustre y más poderoso de sus vasallos.

Zumalacárregui encendió después en la vela que había traído la que apagada estaba en la real estancia. Las dos luces, a pesar de aumentar la claridad, hacían más lúgubre el desmantelado recinto. El Rey y el general hablaron.

En tanto dos hombres que en un apartado y estrecho cuarto del piso bajo de la casa parroquial estaban, entretenían el insomnio charlando acerca del suceso que motivaba tanto ruido y tan extremosas entradas y salidas de gente.

—¿Quién anda por ahí, que tanto ruido hace? —preguntó Navarro a su hermano.

—No es cosa que deba desvelarte, porque ni a ti ni a mí nos interesa. Esta noche duerme en casa del señor cura un desgraciado loco que va de paso.

—¿Para donde?... ¿Y cuál es su manía?

—La más extraña y disparatada que puedes imaginar. Ha dado en creer y sostener que es Rey de España.

—¿Y quién lo conduce?

—Otros tan locos como él.

—Eso no puede ser —dijo Navarro prontamente—, porque los locos no conducen a los locos... Alguien habrá entre ellos que tenga razón.

Aquella tarde había hablado el anciano cura de la probable entrada de don Carlos en el Baztán y de la aproximación de las tropas de Zumala-cárregui y Eraso para proteger la entrada del Rey y hacerle los primeros honores. Recordándolo, dijo Navarro con cierta exaltación que encandilaba sus extraviados ojos.

—Este ruido, este ir y venir, este pisar de caballos, no pueden ser otra cosa más que la entrada de Su Majestad, y como yo he venido aquí con mi ejército para esperarle, conferenciar con él y recibir sus reales órdenes, voy a vestirme al momento y a subir, porque no conviene que aguarde nuestro señor.

Arrojose del lecho, y no poco trabajo costó a Salvador detenerle. Empleando argumentos ingeniosos, y a ratos la fuerza, pudo calmarle repitiendo lo del loco conducido por locos.

—Su Majestad no vendrá todavía —añadió—. Yo te juro por el nombre que llevas que serás el primero que sepa su llegada.

Poco después Navarro dormía, y en su febril sueño recibió a Su Majestad, le rindió pleito homenaje; oídas sus órdenes, le llevó consigo al teatro de la guerra. Al despertar, su decaimiento era tan grande como si acabara de ganar treinta batallas y de recorrer a caballo sin descanso toda Navarra. Ardiente fiebre le consumía, y la inercia de la mitad de su cuerpo era casi absoluta. Salvador tenía ya dispuesto todo lo necesario para llevárselo. No le faltaba más que un salvo-conducto para recorrer sin tropiezo el territorio dominado por los carlistas, y Zumalacárregui se lo dio aquella noche de muy buena voluntad. Pero un médico que acompañaba al General en jefe vio a Navarro y examinándole cuidadosamente, aseguró que, si bien el cambio de clima le sería de grandísima ventaja, no estaba en situación de emprender un viaje. Sus días estaban contados. La parálisis haría pronto nuevas invasiones y los centros nerviosos no tenían poder para defenderse. En vista de esto resolvió Salvador esperar allí el triste desenlace, aunque tardara algún tiempo; pero no quiso Dios que el martirio del uno y la dolorosa expectación del otro se prolongasen mucho, porque a la tarde siguiente Navarro fue acometido de un accidente convulsivo, después del cual quedó sin conocimiento. Toda la noche la pasó así, de lo que Salvador y el cura coligieron que entregaba su alma al Señor, sin decir ni hacer más locuras. Pero por la mañana volvió en su acuerdo, y dando una gran voz llamó a su hermano y le rogó que se sentara junto a la cama para responder a las preguntas que a hacerle iba. Garrote empezó por desperezarse, estirándose tanto que cada remo parecía dispuesto a arrancarse por sí mismo del tronco y a caer al suelo por los lados de la cama. Las contracciones de la cara y el crujir de huesos eran como si el hombre despertase, más que del sueño de una noche, de un encantamiento de siglos. Luego clavó los ojos en su hermano y le dijo:

—Vas a hablarme con franqueza. ¿He hecho muchos disparates? ¿he dicho muchas necedades?

—Ni una cosa ni otra —replicó caritativamente Monsalud—. Todos están acordes en juzgarte bien y es cosa indudable que diriges admirablemente la guerra, llevando la bandera absolutista de victoria en victoria.

—No, no, no —dijo Navarro demostrando grandísimo dolor—, yo no soy Zumalacárregui, yo no soy lo que mi cerebro abrasado y enfermo me fingió. De repente, lo mismo que se rasga un velo, se ha roto en mi cerebro no sé qué cortina de telarañas, y aquí me tienes con una claridad en el pensar y un tino en el discurrir cual creo no los he tenido en mi vida. Pasmado estoy de que un hombre como yo, jamás inclinado a fantasías ni figuraciones, haya estado por tanto tiempo... y a propósito de tiempo... ¿en qué día vivimos? Vuelvo del país de la necedad, donde no rigen almanaques.

Salvador le dijo la fecha, y Navarro prosiguió:

—No se han borrado de mi mente estos días tristes, pero la noción que tengo de ellos es muy oscura. Sé que he creído ser Zumalacárregui, aunque si he de decirte verdad, aún en los momentos de más exaltada demencia había en el fondo de mi alma ciertas dudas... quiero decir, que no estaba yo completamente seguro de ser lo que decía, y mis dos personas, la verídica y la falsa se confundían y se separaban por momentos... La manía de ser Zumalacárregui nació en mí del deseo de emularle. Yo vine al Norte convencido de mi valer y seguro de formar con las facciones de este país un ejército irresistible. En suma, yo pensaba hacer todo lo que hace Zumalacárregui, y dicho sea sin jactancia ni locura, creo firmemente que lo habría hecho lo mismo y quizás mejor, si Dios no hubiera dispuesto que se trocaran los papeles; que todas mis ideas las pusiese él en práctica y mis planes todos pasasen a ser obra y provecho suyo... Ya es tarde; pasa el tiempo y yo me muero, porque seguramente esta vuelta mía a la razón, es como en don Quijote, señal de muerte próxima.

No lo creyó así Salvador, viéndole con tan buenas explicaderas, sereno de aspecto y fácil de palabra. Contento de este cambio que parecía milagro, le reanimó con palabras cariñosas y le hizo un resumen del estado de la guerra y de la política. Pero Navarro no pareció interesarse mucho en estas cosas profanas, y dando un gran suspiro, dijo así:

—La salvación de mi alma es lo que me interesa; que lo demás, como cosa del mundo, acabó para mí. Venga un cura, que me quiero confesar.

Salvador pensó en el cura de Elizondo, a cuya generosidad debían su asilo; pero como Navarro se enterase de que había venido con las tropas el padre Zorraquín, su antiguo amigo, quiso verle y que fuese él quien le ayudara a bien morir oyendo la confesión sincera de sus culpas. Salvador le buscó por todo el pueblo y al fin halló al cura historiador y guerrero en una taberna, escanciando con marcial donaire una azumbre de vino, ganada al juego de las damas la noche antes.

Acudió Zorraquín al llamamiento de su amigo. Cuando este salía del segundo desmayo, que fue más profundo y grave que el primero, vio entrar en la alcoba, anunciándose antes con rechinar de espuelas y resoplidos de cansancio, un figurón inverosímil y que en otras circunstancias habría traído al moribundo, en vez de consuelo, una agonía mayor que la de la misma muerte. También vinieron a verle Oricaín y Zugarramurdi, que le habían abandonado cuando cayó prisionero. Recibioles con indiferencia, y ellos se retiraron pronto.

La cara de Zorraquín, que rapada era bondadosa, desaparecía ya entre un vellón áspero, negro y erizado, como bala de lana sin cardar. Los ojos pequeños, la nariz agarbanzada y la desabrida sonrisa del capellán apenas se abrían paso por tan enmarañado bosque de pelos. La boina blanca caída de un lado parecía impedir con su peso que el cabello, no menos áspero que la barba, tomase la dirección del techo, como un escobillón que se cree ciprés. En la zamarreta del cura veíanse diversos cintajos que manifestaban sus grados y condecoraciones. El sable le arrastraba por el suelo, sonando a pandereta rota. Las botas desaparecían bajo salpicaduras de fango; las pistolas eran negras como la zamarra, y las manos de color de hierro viejo. Por donde quiera que iba el guerrero, difundía en torno suyo un complejo olor a pólvora, a cuadra y a vino.

—Vamos, vamos, señor don Carlos —dijo Zorraquín abrazando al enfermo—. Ahora que los dedos se nos hacen triunfos, y tenemos a nuestro Rey con nosotros, y nos preparamos para ir sobre Madrid ¿se le antoja a usted morirse? Eso no se puede consentir.

Navarro se acongojó mucho y dijo que la voluntad de Dios no le permitía guerrear en aquella grande y sublime campaña. Hablaron un momento del alma y de la bondad de Dios. Zorraquín halló en su espíritu cierta dificultad para retrotraerse a su antiguo oficio, tan distinto del que entonces tenía; pero al fin pudo vencer su desgana de oír pecados. Quitose la boina, sentose, apoyó el codo izquierdo en la cama, y acariciando con la derecha mano el sable, preparose a escuchar la confesión de su infeliz amigo.

Navarro no fue breve en aquella ocasión, y los escrúpulos sucedían a los escrúpulos, las consultas a las consultas. Al principio le oyó con paciencia y bondad Zorraquín, dirigiendo al penitente los más edificantes consuelos; pero tanto y tanto machacaba Navarro, y dimensiones tales daba al acto de limpiar su conciencia, que el buen clérigo no pudo menos de considerar cuán incompatibles eran en aquel caso las funciones de comandante de armas y las de pastor de almas. Empezó a sonar en el pueblo ruido de tambores tocando llamada. El ejército se iba a poner en marcha, y héteme aquí a uno de los más importantes jefes clavado al lecho de un moribundo. Abandonar a este cuando más contrito parecía y más necesitado de consuelos, era imposible, y dejar de acudir a donde el honor militar y el deber le llamaban también era imposible para Zorraquín. Colocado él entre estos dos imposibles, padeció horriblemente en breves instantes. Los toques de clarín y tambor arreciaban y se sentían pasar las tropas por la calle con algazara y gritos. Las pisadas de tantos hombres producían hondo rumor, como mugido lejanísimo de la tierra por tantos pies herida. Cuando Zorraquín oyó el piafar de los caballos, no supo lo que por sí pasaba y un sudor se le iba y otro se le venía, mientras don Carlos Garrote, charla que charla, no se contentaba con hablar de sí y de su conciencia, sino que se entraba en ciertos laberintos de teologías. No le hacía ya maldito caso Zorraquín, y acariciaba el sable, como si fuera aquella arma necesaria para encaminar almas al cielo; movía alternativamente una y otra pierna, resollaba fuerte, se acariciaba la cerdosa barba, hasta que una destemplada voz sonó en la calle, gritando... «¡Zorraquín!» y tras esta palabra otra no muy edificante ni culta. Como si estallara dentro de su cuerpo un petardo, se levantó el confesor. No se había podido contener.

—Usted me... Dispensará, señor don Carlos —dijo con torpe lengua—, pero mis deberes militares... No se pertenece uno desde que se mete en ciertos trotes.

—Sí, sí... vaya usted... ¿Cuántos hombres hay en Elizondo?

—Doce mil y ochenta caballos. Con permiso de usted...

Y extendiendo su brazo, murmuró muy a prisa latines que más bien parecían escupidos que hablados. Desde la puerta dijo *ego te absolvo*; hizo la señal de la cruz como quien da bofetadas en el aire, y echó a correr, arrastrando el sable y tropezando contra todo lo que se hallaba a su paso. Parecía una bestia recién escapada de la jaula, que busca su libertad entre la muchedumbre. Navarro, al verle salir, dio un gran suspiro. ¿Era porque su conciencia estaba aún algo turbada o por desconsuelo de que sus amigos guerrearan mientras él se moría?

Dejemos a Zorraquín subiendo a su caballo, cosa para él bien distinta de subir al púlpito. La tropa carlista salía de Elizondo. En el centro iba don Carlos con su Estado mayor de clérigos y generales, y a la cola algunos carros con vituallas y coches con damas y palaciegos de la corte que empezaba a formarse. El reino apócrifo no se habría creído con visos de verdadero, si no tuviera su cola de rabillos de lagartija.

Navarro empezó a decaer después de la confesión, y se aplanó tanto aquella noche, que no podía moverse y hablaba con mucha dificultad. Su hermano no se movía de su lado.

—Tengo que hablarte —le dijo Carlos, esforzándose en sacar del pecho la voz—. Yo me muero y no quiero morirme sin confesar que te debo inmensos beneficios, que te has conducido cristianamente conmigo. Si viviera más, ¿podría llegar a quererte?

—Si vives (y no debemos perder la esperanza de ello), nos separaremos, y no tendrás tú el enojo de agradecerme ni yo la necesidad de servirte.

—Pues bien, por más que se empeñen en unirnos la Naturaleza y el mundo, tienes unas cosas... Dame agua...

Salvador le dio agua. El beber reanimó un tanto al enfermo, que pudo decir esto:

—¡Qué habría sido de mí sin tu ayuda, sin tu generosidad en estos meses de locura y abandono!... Mucho te debo, mucho. Se me viene a la boca la palabra hermano, las palabras hermano querido, y sin embargo... Dame más agua.

—No te sofoques. Tiempo tendrás de decirme lo que quieras... No necesitas darme satisfacción de nada. Lo que he hecho contigo, por deber lo hice, no por jactancia, por impulso de mi conciencia, no por humillarte con beneficios que contrastaran con tus crueldades. Si vives, no quiero de ti más que olvido, olvido de todo.

—Sé que debo perdón a todos los que me han ofendido; pero hay ofensas que no se pueden perdonar. No está en nuestro poder perdonar, por más que lo digan Zorraquín y todos los clérigos juntos... Yo me muero —añadió haciendo un esfuerzo para detener la palabra que se iba, abriendo paso a la vida que se iba también—, yo me acabo. Tú vivirás, volverás a Madrid, verás a la que fue tormento y bochorno de mi vida. Dile... Dile que no la perdono, que no la puedo perdonar.

Salvador le dio la mano. Navarro, tomándola, la apretó en la suya fuertemente. Le miró con espanto. En aquel momento postrero parecía que se reproducían en su alma todas las amarguras de su vida y que espantosas imágenes le turbaban la vista. Con voz que parecía un suspiro, pronunció estas palabras, aflojando los músculos de la mano con que estrechaba la de su hermano:

—¡Ni a ti tampoco!

Y dejando caer la cabeza sobre el pecho, dejó de existir.

¡Extraña cosa! Cuando llegó el momento de dar sepultura al valiente soldado, víctima de una dolencia nacida de sus propias melancolías y de su irritable carácter, no se encontraron hombres que cargaran aquel desfigurado y un tiempo hermoso cuerpo. Todos los hombres de Elizondo estaban en la facción. Las mujeres prestáronse gustosas a conducir el cadáver; pero como el cementerio estaba muy cerca de la casa del cura, Salvador tomó en sus brazos el cuerpo frío, y acompañado del cura y sacristán, precedido de una turba de chiquillos y seguido de dos docenas de mujeres curiosas, le depositó junto al hoyo. Con ayuda de femeninas manos fue bajado a lo profundo y se le echó mucha tierra encima. El día estaba húmedo, la tierra blanda, el cielo triste y lacrimoso.

Aquella misma tarde partió Salvador de Elizondo, deseando huir de un país que le infundía repugnancia y miedo, a causa de las muchas locuras que en él había visto; y así como el que visita una casa de orates se siente tocado de enajenación y con cierto misterioso impulso de imitar los disparates que ve, sentía nuestro hombre en sí cierta levadura recóndita de demencia, por lo cual se echó fuera a toda prisa. Un hombre que se cree Zumalacárregui, un Zumalacárregui auténtico que sacrifica su genio y su dignidad militar a ambicioso príncipe sin más talento que su fatuidad ni más idea que su ambición; un país que abandona en masa hogares, trabajo, campo y familia por conquistar una soberanía que no es la suya y una corona que no ha de aumentar sus derechos; ríos de sangre derramados diariamente entre hombres de una misma Nación; clérigos que esgrimen espadas, moribundos que se confiesan con capitanes, villas pobladas por mujeres y chiquillos; cerros erizados de frailes y poblados de hombres lobos, que deliran con la matanza y el pillaje, son incongruencias que repetidas y condensadas en un solo día y lugar pueden hacer perder el juicio a la mejor templada cabeza y hacer dudar de que habitamos un país cristiano y de que el Rey de la civilización es el hombre. Así lo pensaba Salvador, huyendo de Elizondo y de Navarra, como el que huye de una epidemia, Deseando perder de vista pronto a la gente facciosa y el sangriento teatro de sus hazañas, tomó el camino de Urdax con ánimo de salir de Navarra por los Pirineos y entrar en la España Isabelina por la Francia Orleanista.

XXIV

Rodfriquine, ¿vidiste hodie ceremoniam in capella Dolorosæ?
—¡Eheu! amice. Vidi (et invideo) satisfactionem Agni Benedictinei (vel Benigni Corderi) in desposorium suum cum puella.
—¿Quid tibi videtur?
—Ille senex, superlative frescachona illa. ¡Matrimonius slultus! Acababerit sicut rosarium albæ matutinæ.
—¡Oh fortunate senex!
—¡Oh terque quaterque beatus! Ille lætificat senectutem suam cum moza matrimoniale (vel uxore) dum nobis nulla res amatoria licet. ¡Miserere nobis, Domine, miserere nobis, qui Thesaurum Calepinum et horridos mamotretos desposamus. Gramatica muchacha nostra est.
—¡Eheu!... ipergaminosa et frigidissima uxor semper nobiscum in aula, in mensa, in thoro!...

Al oír este diálogo se comprenderá que anda por aquí el maligno y siempre macarrónico don Rodriguín. En efecto, él era quien sostenía esta conversación latina con otro colegial no menos travieso, valiéndose para ello de una especie de comunicación postal establecida debajo de las carpetas por medio de un hilo corredizo que funcionaba de un puesto a otro a escondidas de los demás colegiales y de los padres. Ambos amigos afectaban hallarse muy ocupados en sus tareas estudiantiles. Ni con rumor, ni con miradas, turbaban el silencio plácido de la sala de estudio. Los asientos de uno y otro estaban cerca. El hilo corría suavemente por debajo de las mesas, llevando y trayendo un papelito, en el cual cada uno escribía su macarrón, referente por lo común a los sucesos del día, y así pasaban las horas dulcemente entretenidos con gran detrimento de la lección señalada. A veces funcionaba el telégrafo sub-carpetano tan solo para observar que al padre Fernández se le caía la baba o que al padre Solís se le rodaba el bonete. Por poco versado que el lector esté en humanidades macarrónicas, habrá deducido del diálogo trascrito que aquella mañana se había casado don Benigno Cordero en la capilla de los Dolores de San Isidro. Este gran suceso se verificó a fines de junio.

Estuvo don Benigno en aquella ocasión sereno y grave, como hombre que da cumplimiento al más importante de los deberes. Sola parecía contenta sin afectación, los muchachos estaban alegres y Crucita renegando. La bendición fue dada por el padre Gracián, con quien celebró Cordero larga conferencia en la tarde de aquel día cien veces fausto.

Dejemos ahora a esta digna familia, para quien parecerán siempre pocas todas las bendiciones del cielo, y sigamos al venerable jesuita, cuyos pasos son ahora del mayor interés. Acompañado del joven que solía pasear con él, salió del Colegio Imperial, tomó por la calle de los Estudios, y entrando en la de las Maldonadas, detuvo sus pasos en la puerta de un llamado establecimiento, cuyo nombre más propio fuera tenducho. Miró adentro, no vio a nadie, volvió a mirar, llamando, y al conjuro de la voz, moviose un enorme tinajón de hacer buñuelos que arrinconado estaba. Cayó de él una estera vieja, apartáronse dos escobas, y por el hueco que del movimiento de estas piezas resultara, viose aparecer una figura de mujercilla raquítica, que se adelantó cojeando.

—Romualda, ¿qué hacías ahí?

La muchacha se restregó los ojos.

—Estaba durmiendo —replicó.

—¿Y así cuidas tú la tienda?

¡La tienda! Solo por prurito de hacer hipérboles podía darse este nombre al mezquino aguaducho, consistente en media docena de botellas, un gran tarro de cerezas en aguardiente, caja de latón con delantera de vidrio, medio llena de bollos y azucarillos, y un par de botijos de agua de la Arganzuela.

—Tenía mucho sueño —dijo Romualda—. Anoche me tuvieron en vela esperando a padre López, que vino entre dos luces.

—Embriagado tal vez... ¡Bendito Dios!... ¿Y ahora está tu padre en casa?

—No lo sé... Subirá. Mi madrastra está en la cama.

—Sube, y si está tu padre, dile que baje al momento. Necesito darle un recado.

Mientras Romualda sube, dejando al buen clérigo y su acompañante en la puerta del establecimiento, digamos cómo de la opulencia y desahogo de la carnecería pasó aquella desmoralizada familia a la estrechez de un miserable comercio de agua y vino. En casa donde no existen ni los vínculos ni los afectos que constituyen la familia, donde la paz deja su puesto a la discordia y los vicios ocupan el lugar de la economía y la sobriedad, no pueden de modo alguno afincar las prosperidades. La actividad de Nazaria y su inteligencia no bastaban a atenuar los malos efectos de la holgazanería de López, el cual no solo derrochaba en torpes fraucachelas lo adquirido con sus malas artes y conexiones políticas, sino que también sabía apurar, dejándolos en las puras tablas, los cajones del mostrador, llenos del pingüe esquilmo de la mañana. Nazaria no gastaba en liviandades, pero sí en lujo y ruinosos caprichos. Empeñaba una joya para comprar otra, y a ninguna prendera dejaba salir de su casa sin quitarle de las manos, a cambio de buen dinero, el rico mantón de Manila, la peineta de concha, el abanico de marfil, los soberbios encajes flamencos y otras prendas valiosas que las casas ricas de Madrid arrojan diariamente al oscuro mercado de lance. La carnecería producía mucho; pero el género de Mortanchez y Candelario no cae llovido del cielo, por lo que pronto empezó a declinar la casa, y dando tumbos y traspiés cayó, a la vuelta de un año, en el abismo del descrédito. Los acreedores se repartieron el botín y hubo una desbandada de chorizos y una dispersión de jamones, que dieron mucho que hablar a todo el barrio de San

Millán. Los muebles de la casa fueron embargados, y salieron en busca de más seguro domicilio las imágenes y santicos, juntamente con los toreros. Tres o cuatro puestos del Rastro lucieron durante una semana parte muy principal del ajuar de la Pimentosa, que solo pudo retener lo indispensable para no pedir un hueco en San Bernardino, fundado por Pontejos en aquel mismo año. Ciertos dineros no muy lucidos que se salvaron del desastre casi por milagro sirvieron a la viuda de Peralvillo para poner la tienda acuática antes descrita; y entre aquellos cuatro fementidos trastos la infeliz mujer se mecía otra vez en locas ilusiones, pensando en volver a ser favorecida de la fortuna, para sacar del comercio pequeñito un tráfico grande y rico. Ella tenía genio, sabía comprar, sabía vender, pero ignoraba el arte de guardar, que es el arte de enriquecer. Su mala estrella o su naturaleza física y moral (que esto no está bien averiguado) le agravaron el mal que ha tiempo padecía, llegando al extremo de no tener hora de completo sosiego; y si los duelos con pan son menos, la enfermedad acompañada de duelos y quebrantos cierra la puerta a todo remedio. A la escasez se unían las continuas reyertas domésticas para abatir más el espíritu de la pobre viuda de Peralvillo y poner su estómago más dolorido. Un hecho importante ocurrió poco después de la ruina. No lo pasemos en silencio por lo mucho que a ambos favorece. Se casaron; pero la legalización de aquella inmoral alianza no la hizo más pacífica, y después de los desposorios llevó López más arañazos en su rostro y ella mayor número de cardenales en su hermoso cuerpo.

El desastroso acabamiento de don Felicísimo y el desplome de la casa en que vivía pusieron a Tablas en gran desesperación, porque él creía segura una buena manda en el testamento de su protector. Como el testamento no se encontró entre los escombros, o si se encontró lo inutilizaron hábilmente Bragas y los de la curia, quedáronse en ayunas López y los señores eclesiásticos, que también tenían sus cinco sentidos en las mandas de misas y legados piadosos. Del abintestato del señor de Carnicero se había aprovechado a sus anchas, sin el estorbo de repartir, el siempre venturosísimo Pipaón, a quien el cielo deparó un vástago a los nueve meses (día más día menos) de su matrimonio.

Chasqueado por aquella parte, Tablas se obstinó más y más en apretar los lazos que le unían a las sociedades secretas y al conventículo formado por

Aviraneta, Rufete y comparsa. Bien se comprende que López, hombre sin letras ni palabra, incapaz de formular discretamente un juicio ni de aposentar una idea en la espesura de su cerebro, no podía ser en el club populachero más que un instrumento brutal para funcionar en días de escándalo y griterío. Todos cuantos han tenido la desgracia de trabajar en conspiraciones burdas saben perfectamente que los despabilados y parlanchines forman a sus espaldas una guardia de hombres soeces y brutales, que sirven para dar a la idea, en la ocasión precisa, su voz estentórea, su brazo salvaje y su representación apasionadamente popular. Tablas era de esta guardia, mejor dicho, era el jefe de ella, y había conseguido llevar al club a otros mocetones, que ni desmerecían de él en fuerzas corporales, ni le ganaban un ardite en talento.

Pero, desgraciadamente para él, las conspiraciones de aquel tiempo carecían de fondos. Eran conspiraciones pobres, no por esto honradas. Se esperaban auxilios; pero los auxilios no venían, porque los destinados a darlos no habían llegado aún a ese grado de candidez en que la ambición cierra los ojos y abre la mano.

Para atender a sus gastos, que no había sabido disminuir después de la miseria, Tablas se colocó en el establecimiento de coches de la posada del Dragón, con cuyo dueño tenía amistad antigua. Pero su holgazanería le vedaba siempre entrar en faenas duras, y solo se ocupaba de cuidar el almacén de equipajes y encargos. En destino tan poco brillante aguardaba el imaginario triunfo de aquellos buenos señores del club, tan sabios, según él, o la señal de armar camorra a las autoridades. El majadero de López estaba dispuesto a todo, apretado por la miseria, la envidia y los apetitos que devoraban su alma.

XXV

Ya se cansaba de esperar el venerable Gracián, cuando apareció Romualda, jadeante y sofocada. Por su conducto la señora Nazaria suplicaba al Padre tuviera la bondad de subir, porque se encontraba muy mala. No desoía jamás esta clase de ruegos Gracián, que además de eclesiástico bondadoso era médico hábil, y precedido de la coja, llevando tras sí al cleriguito joven que le acompañaba, acometidos cien escalones que conducían a la morada del infeliz matrimonio. Esta era muy humilde; pero Nazaria, que tenía instintos de embellecimiento doméstico, la había arreglado de modo que pareciese menos fea de lo que realmente era. Estaba la Pimentosa postrada en desvencijado sofá. Había desmerecido tanto su persona desde el año anterior que no parecía la misma. Aquel continente de matrona, aquel aire simpático, aquel rostro lleno de atractivos no eran ya sino sombra de sí mismos. Gordura fofa en su cuerpo, languidez en su semblante y un decaimiento general en su persona toda anunciaban que la maja no volvería a ser lo que fue. A su lado estaba la mujer demacrada, pálida y huesuda que vimos en la buñolería algunos meses antes, y que había permanecido al lado de su ama, como uno de esos cortesanos de la desgracia que con menos mérito alardean de fidelidad en esferas más altas. A primera vista la mujer aquella parecía imagen de la Muerte esperando su presa. Su brazo, que no debía de tener más que el hueso seco, se extendía oscilando con lúgubre cadencia. Su mano empuñaba una rama de acacia, para espantar con ella las moscas que molestaban a Nazaria.

Gracián y el otro clérigo se sentaron después de saludar a la enferma con mucho interés. Nazaria agradeció mucho la visita y estuvo quejándose durante diez minutos, dando cuenta prolija de los distintos dolores que sentía, en partes diversas, los unos afilados como cuchillos, los otros duros como pedradas, y algunos múltiples y horripilantes como el rasgar de una sierra. Después calló. Gracián dijo solemnemente que más, mucho más había padecido Cristo por nosotros, y luego reinó un silencio tristísimo, durante el cual no se oía más que el rumor de las hojuelas de acacia, batiendo el aire y desconcertando las bandadas de moscas. Al punto que estas vieron a los dos clérigos, se fueron derechas a ellos, manifestando singular preferencia por el joven acompañante.

—Lo pasaría menos mal —dijo Nazaria—, si no tuviera miedo, muchísimo miedo a esa enfermedad que ha entrado ahora, y que, según dicen, mata a la gente en un abrir y cerrar de ojos.

—Se llama el *Cólera* —dijo la flaca con vocecilla ronca que hizo estremecer al curita.

Al decir esto Maricadalso (que así la llamaban) se asemejó más que nunca a la madre Muerte, nombrando a una de las más fúnebres herramientas de su oficio.

—El cólera, sí —dijo Gracián—. Esta epidemia viene del Ganges, de donde saca su apellido de *asiática*. Ha empezado a hacer grandes estragos en Europa, y Dios no ha querido librar a España de tan tremendo azote. Tengamos paciencia. Hasta ahora Madrid va librando bien. Las invasiones no son muchas. Empezó en Vallecas y parece como que va pasando de Norte a Sur.

Nazaria le preguntó por los remedios que para tan atroz dolencia habían descubierto las facultades, y Gracián, con apariencias de no creer mucho en ellos, habló de varios, tales como friegas, infusiones teínas y revulsivos. El mejor antídoto contra el mal era, a su juicio, el valor y el desprecio del mal mismo.

—Entonces —dijo Nazaria con temblor y abatimiento—, esa maldita *cólera de Dios* no me perdonará a mí, porque le tengo más miedo que a una centella, y si miro a la puerta me parece que entra en figura de gente, si miro a la ventana me parece que entra con el aire, con el Sol y con el polvo de la calle. No como, por miedo a que entre en mi cuerpo con la comida, ni duermo temiendo que me coja en sueños y me lleve antes de despertar.

Gracián se rió de estos pueriles temores, y también se habría reído el subdiácono si no estuviera muy ocupado en ahuyentar las moscas que invadían su cara. Maricadalso le vio dando manotadas. Alargando la rama, diole un escobazo en el rostro para librarle de la ferocidad insectil.

—Confianza en Dios y no dar a esta miserable existencia mundana más valor del que tiene, son los más eficaces remedios —afirmó Gracián con autorizada voz.

La vocecilla ronca de Maricadalso se dejó oír. Parecía una corneja que cantaba en la propia rama de acacia. Moviendo su cabeza con aire de incredulidad, cantó estas palabras:

—A mí no me emboban. Esto no es epidemia que venga de las Asias, sino *malos quereres*.

—¿Y a qué llama malos quereres, buena mujer? —preguntó Gracián riendo, no tan fuerte como el subdiácono, que soltó una carcajada.

—Al mal tercio que hacen algunos, los malos... los pillos que quieren que se acabe medio mundo para quedarse ellos solos.

—¿Y qué pillos son esos?

—Yo me lo sé —dijo la imagen de la Muerte, cuyos ojos lucían en el amarillo casco como agujeros de calavera—. ¡Llaman cólera al mal querer!... ya, ya... Más vale que nos lleven a la horca que no acabarnos de esta manera.

Estas misteriosas apreciaciones sobre cosa tan notoria como la existencia de la epidemia no llamó la atención de Gracián, porque su trato frecuente con el pueblo bajo de Madrid le había acostumbrado a oír sin sorpresa los despropósitos del vulgo. Todo lo que es razonable y conforme al sentido común se resiste a la mente del vulgo. Para que en él halle resonancia y acogida una idea es necesario que sea perfectamente absurda.

—Señora Cadahalso —manifestó con bondad el jesuita—, usted es de las que ponen en duda que vuelan los pájaros, y creerá que los bueyes se pasean por los aires. Muy bien, con su pan se lo coma.

—Otros se comen nuestro pan, que no yo —dijo la espantosa mujer, enseñando sus dos filas de dientes iguales y puntiagudos—. Yo me sé lo que creo, y creo lo que yo me sé... Y toque su paternidad a otra puerta, que ya vamos abriendo el ojo.

—Todo sea por Dios...

—Más respeto, canalla, más respeto —añadió Nazaria, tomando a su vez la rama y azotando suavemente a la estampa de la Muerte—... Señor cura, no haga su merced caso, y dígame si para mi mal debo tomar una medicina que me han recomendado.

—¿Cuál es?...

—No es cosa de la botica, sino del cielo.

—No entiendo.

—Es cosa santa. Es un polvillo que dicen se saca de la cueva en que hizo oración San Ignacio.

—¡Ave María Purísima! —dijo Gracián llevándose las manos a la cabeza.

—¿Se espanta su merced?... Ese polvillo lo tiene, como gran reliquia, mi señora Doña Josefa, la mujer de don Pedro Rey. Dice que su niña Perfectita sanó con él.

—¡Sacrilegio, profanación! —exclamó el jesuita—. ¡Abuso nefando de las cosas piadosas! Esa tierra bendita es un objeto de piedad que debe venerarse como recuerdo de uno de los varones más insignes que ha habido en el mundo. Las cosas santas han de ser tratadas con mucho respeto y puestas a tanta altura que no pueda llegar a ellas el charlatanismo. Dad a Dios lo que es de Dios, y a la botica lo que a la botica pertenece, y no mezcléis berzas con capachos, o sea santidades con vomitivos.

Más, mucho más hubiera dicho el discreto clérigo, si en lo mejor de su perorata no entrase Tablas, sorprendiendo a todos con los *buenos días* que dio desde la puerta. Detenido en ella estuvo un buen rato mirando el cuadro que las dos mujeres y los dos eclesiásticos ofrecían. Entró al fin; limpiose el sudor que mojaba su frente, y tomando una silla la colocó con fuerte golpazo en el punto en que quería sentarse. Después, gesticulando con recia manotada, echó de sí las moscas y dijo:

—Se ha muerto el boticario de la calle de Rodas y el carbonero de la calle de las Velas. En la casa del tío Caro no ha quedado más que el gato. Anoche no había novedad, y esta mañana la casa era un cementerio.

—No exagere usted —dijo amostazado el Padre Gracián, observando el mal efecto que aquellas nuevas hacían en Nazaria—. Defunciones hay; pero no en tal número.

—No se llaman defunciones; se llaman *casos* —replicó con estúpida risa Tablas—. Y podrá ser verdad lo que vuestra Paternidad dice; pero yo sé que anoche Gregorio Tinajas y yo, bebimos juntos una copa al salir de cierta parte, y sé también que le he visto hace un momento tieso y frío.

—¡Se ha muerto! —exclamó Maricadalso con espanto.

—Como mi abuelo. ¿Lo sientes tú?

—Dígolo porque ya las pagó todas juntas.

—También se ha muerto la *Fraila*.

Nazaria cerró los ojos, no pudiendo cerrar los oídos. Pero el atleta se volvió a Maricadalso, y a boca de jarro le disparó estas palabras:

—Y tu hija, Maricadalso, tu hija Ildefonsa, iba ahora con un cántaro de agua por la calle de la Paloma, y se cayó en la calle, diciendo que se moría...

—¡Mi hija!... Tú mientes... Corro a ver...

Diciendo esto con entrecortados rugidos, Maricadalso saltó de su asiento, como azorado gato, y salió a escape. Oyéronse sus violentos pasos extinguiéndose en la escalera, como se apaga el ruido de la piedra que chocando y rebotando se precipita en el abismo.

—Rumalda —dijo Tablas mirando a la cojuela que acababa de subir después de cerrada la tienda—; baja y tráeme tabaco.

—Romualda bajó, y sus pasos lentos y fatigados resonaron por largo rato en la escalera. Después Tablas siguió enumerando muertos y enfermos, y volvió a limpiarse el sudor. El calor era sofocante. La habitación, no bien templada por la oscuridad, parecía un horno por la proximidad del tejado, donde caía como lluvia de fuego el ardiente Sol de julio. Empezaba a caer la tarde, y el calor parecía aumentar en aquella hora a causa de los vapores que del suelo se desprendían. El aire en calma no daba ningún consuelo a los pulmones, y solo las moscas parecían regocijarse en la pesada y miasmática atmósfera, como sibaritas viviendo en medio de todas las delicias que puede apetecer su naturaleza.

Gracián reprendió con cierta aspereza a Pedro López su afán de dar noticias fúnebres que afligían y apocaban a la pobre enferma. Echose a reír el bárbaro, diciendo que él no tenía miedo a *los cóleras* ni a muertes de ninguna clase. Después hablaron de lo que motivó la visita de Gracián.

—Tengo aviso de Cataluña de la remisión de un encargo que me interesa mucho —dijo este sacando una carta—. Me dicen que recoja el bulto... porque es un costal como de media fanega, señor López... En la posada del Dragón. He pasado varios avisos, y mi encargo no parece. Señor López, ¿me hará usted el favor de buscar bien en el almacén, de preguntar a los ordinarios y arrieros, de hacer, en fin, cuanto de su parte esté para que parezca ese bulto?

—¿Es fruta?

—No señor.

—¿Jamones?

—Tampoco. Es cosa de poco valor en sí; pero que yo estimo en mucho. Es un saco lleno de tierra. Debe venir perfectamente dispuesto y liado en esteras.

—¡Ah!... Será tierra de limpiar metales.

—Pagaré dos veces el porte si parece y está intacto —dijo el reverendo levantándose.

—¿No recibió vuestra Paternidad el año pasado otro saco como ese por conducto de don Felicísimo?

—Justamente. Los padres de Manresa lo consignaron a don Felicísimo. Y usted mismo, señor López, me lo llevó a mi casa.

—Pues este lo llevaré también.

—Gracias. Vámonos, Sancho.

Este nombre, aplicado al subdiácono, dio por un momento al padre Gracián cierta apariencia quijotesca. Pero no es aquel nombre capricho del narrador. Llamábase en efecto el subdiácono José Sancho; era natural de Palma de Mallorca, y tenía veinticuatro años de edad y siete de Compañía.

Gracián procuró animar con palabras consoladoras a Nazaria, exhortándola a desechar su infundado temor, y después de reiterar a Tablas la súplica que le hizo poco antes, salió de la casa escoltado por las moscas.

Aproximábase al Colegio Imperial, cuando un vil pillete que rasguñaba una destemplada guitarra se le puso delante, cortándole el paso, y con voz que más tenía de infernal que de humana, cantó esta copla:

¡Muera Cristo,
viva Luzbel!
¡Muera don Carlos,
viva Isabel!

Apartó suavemente el jesuita al cantor y siguió adelante. Pero Sancho fue más expresivo, y empujó al pillastre, expulsándole con violencia de la acera. Instantáneamente recibió en el hombro un golpe dado con la guitarra. Los dos se hallaron frente a frente mirándose con ojos de ira. Quizás habría seguido adelante la contienda, si Gracián no dijera con voz reposada: — Sancho, ¿qué es eso?

Ambos entraron en el Colegio. En la puerta oíase un rugidillo que no por ser infantil dejaba de ser insolente. Parecía el rumor de un poco de plebe menuda de esa que suele encresparse en las plazuelas de verdura, y que la autoridad sabe contener sin más artillería que las escobas municipales.

XXVI

En el claustro halló Gracián al Padre Francisco Sauri, buen sujeto, catalán, ministro y procurador del seminario. Tenía 39 años y llevaba ya 17 de Compañía. Su celo por el esplendor de la casa era extraordinario. Refiriole Gracián lo que había oído cantar en la puerta, y Sauri le dijo que aquel día había recibido el rector diferentes avisos misteriosos, unos amenazando, otros recomendando precauciones. El profesor de Ética no dio importancia al hecho, porque otras veces habían llegado a la casa anónimos espeluznantes, sin que ocurriese después de ellos nada de particular. En su celda le visitó más tarde el Padre Artigas, bibliotecario, y hablaron de la guerra, leyendo luego muchas cartas y papeles. Después del refectorio se habló mucho de los anónimos, de las voces que corrían, poco lisonjeras para los regulares, del cólera reciente y de otras zarandajas. Algo más tarde los colegiales dormían con la dulce tranquilidad de la infancia, y los Padres o dormían o hacían penitencia en sus celdas.

Sin temor de equivocación se habría podido asegurar que Gracián pasó la noche en austeridades atroces solo de él acometidas. La *inescobata cellula*, había perdido cantidad no pequeña del *humus manresianus* que cubría su suelo; pero Gracián tuvo el gusto de recibir la nueva y abundante remesa de aquel polvo al día siguiente de hacer al señor Tablas la recomendación que nuestros lectores conocen. Ocupábase aquella mañana, después de la clase de Ética, en extender por el suelo parte de la tierra, cuando lo anunciaron la visita de don Benigno Cordero. Hízole entrar suspendiendo su tarea. El héroe popular y el jesuita se apretaron afectuosamente las manos.

—Vamos —dijo Cordero sonriendo—, que bien podría entrar el arado en la celda de usted... Esto es un campo.

—Los árboles que nacen aquí no se ven —replicó gravemente el jesuita cortando las bromas—. Vamos a otra cosa. Ya sé a lo que viene usted... Siento decirle que no hay nada.

—¿No hay noticias?

—Ninguna.

Cordero cerró el pico y apretó los labios.

—Es particular —dijo—. Desde que me mandó el poder para casarse... (y fue con fecha 15 de abril), no hemos tenido más noticias suyas... Aquí me tiene usted en la mayor zozobra. Me he casado por otro... Soy un marido de fórmula, un marido de procedimientos, y tengo que ocuparme del marido verdadero más de lo que yo quisiera. La esposa de mi amigo... la que me dio su mano, casándose conmigo como se podría casar con un documento... Está también en gran zozobra.

—Pues no hay más noticias —dijo Gracián—, que las del otro día. Zorraquín me escribe con fecha del 14 y dice que se había separado del amigo, porque él (Zorraquín) fue solicitado por el carlismo militante para ocupar una plaza que hacía mucha falta en las filas de Zumalacárregui, la plaza de capellán o director espiritual. Es posible que después de separarse Zorraquín, no haya tenido ese señor medio seguro para enviar a Madrid sus cartas, que antes venían por conducto de aquel dignísimo sacerdote. Esperemos.

Cordero dio un suspiro, diciendo:

—Tranquilizaré como pueda a la señora de mi amigo. Y ya que estoy aquí no quiero marcharme sin advertir a usted de ciertos rumores...

—¡Ah! Hemos recibido anónimos y cartas amenazadoras. Es la vigésima vez.

—No creo yo que esto sea cosa de gran importancia —dijo el héroe dándosela a sí mismo en grado sumo—. Con todo, no está de más el prevenirse, porque las bromas populares se sabe donde empiezan... pero no se sabe nunca donde ni como acaban.

El clérigo hizo un mohín desdeñoso, manifestando ocuparse poco de lo que Cordero decía. Este prosiguió así:

—Yo tengo un primo a quien llaman Primitivo Cordero, el cual si en el tratado de la honradez no tiene pero, en el de la tontería tiene manzanas, quiero decir que es un politicastro de estos que con cuatro palabras pescadas en un mal libro, media idea que se les pegó de cualquiera de nuestros grandes hombres, porción no pequeña de envidia y algunos granos de patriotismo mal entendido, se entretienen en fabricar castillos de viento, fundando instituciones, dictando leyes, mudando personas. Yo siempre he creído a mi primo tan inofensivo como una paloma; pero los que le rodean no lo son. Como la mariposa es impulsada al fuego por un secreto anhelo de quemarse, mi primo Primitivo es arrastrado a los clubs por un desdichado prurito de bullanga que puede en él más que la razón, si es que razón hay dentro de aquella cabeza. Pues bien, amigo y Padre: por mi bendito primo y por un tal Rufete que sería igual a mi primo si no fuera más exagerado, más vacío de mollera y de peores intenciones, sé que en una reunión semi-secreta que varios patriotas tienen en la plaza de San Javier han acordado dar un susto a Vuestras Paternidades.

Al decir esto, Cordero le miró atentamente, por sorprender en su cara el efecto que aquella declaración le causaba; pero la cara del jesuita no expresó nada. Era una cara de palo.

—Llevaremos el susto con paciencia —dijo el Padre Gracián, ofreciendo al héroe un polvo, que por no ser de Manresa, aceptó gustoso don Benigno.

—Según mi informe —añadió este— y son informes verdaderos, proce-dentes del horno mismo donde se cuecen tales pasteles, la broma, susto o como queramos llamarlo, no pasará a mayores. Los patriotas solo quieren manifestar su antipatía a Vuestras Reverencias y protestar de la protección que Vuestras Reverencias dan al carlismo. Es cierto que esa protección existe por la misma naturaleza de las cosas y los antecedentes de las per-sonas. ¡Hecho lógico, imprescindible, abrumador! Es cierto también que el régimen liberal no puede coexistir con el carlismo, de donde resulta un anta-gonismo imponente entro dos hechos, entre dos verdades, entre...

—Y usted no cuenta para nada con Dios —dijo Gracián, siempre con desdén.

—Sí, cuento con él, y en él espero que lo que se anuncia no será nada, en provecho de todos. Pero algún día, Señor y Padre, ha de haber una como la de San Quintín, porque o Vuestras Reverencias dejan de amparar a los carlistas, o los carlistas absorben al liberalismo, o el liberalismo se los traga a ellos y a Vuestras reverendísimas Paternidades.

—Grandes fauces ha menester... pero por falta de apetito no lo dejará — indicó Gracián dignándose sonreír un poco.

Cordero dio un suspiro y dijo:

—Veremos quien traga a quien... Repito que las noticias que me han dado mi primo y Rufetillo... yo siempre le llamo Rufetillo... No son espeluznantes. Gritos y bulla nada más... Puede ser que haya algunos palos, pero esos no caerán sobre las costillas de ningún eclesiástico. Siempre se los encontrará algún desdichado que no lo coma ni lo beba. En esa reunión secreta no hay hombres de gran empuje, ni conspiradores temibles, ni jacobinos de tente tieso. El más enredador de todos ellos, el viborezno don Eugenio Aviraneta ha desaparecido misteriosamente, cuando más enfrascado parecía en sus intrigas. Y ahora dicen que está con los carlistas.

Gracián levantó un pisa-papeles que en la mesa de su escritorio oprimía varias cartas. Tenía aquel objeto la forma de un pie de cabrón, y habiendo salido ileso de los escombros de la casa de don Felicísimo, Pipaón lo regaló al padre Gracián como recuerdo de su amantísimo suegro, que era amigo íntimo del jesuita. Este miró la carta que bajo el pie de cabrón estaba y dijo:

—Aviraneta llegó a Tolosa de Francia. Me escribe con fecha del 13. Ya ve usted que le confío mis secretos.

—Y ya sabe Vuestra Reverencia que soy un sepulcro —replicó Cordero levantándose—. Muchas felicidades y pocos sustos.

Despidiose y fue a ver a Genara, esperando hallar en su casa las noticias que no pudo o no quiso darle Gracián. La dama estaba preparando sus maletas para huir de Madrid y de la epidemia que empezaba a difundir horroroso pánico en los habitantes de la Villa. De los informes que Cordero buscaba, nada podía darle Genara, porque nada había sabido después de la salida de su esposo enfermo y demente del hospital militar de Pamplona.

La señora no pensaba más que en huir, huir de aquel azote de Dios que había empezado hiriendo a los pobres y pronto descargaría sobre los ricos. Ya había casos, sí, ya había casos de gente acomodada. Un consejero jubilado, la señora de un Alcalde de Corte, un exento de guardias, un oficial de correos y un poeta habían caído el día anterior... ¡Bendito Dios! los que no eran pobres tenían al menos el recurso de la fuga, siempre que el cólera no fuera con ellos, invisible, en la zaga del coche, como solía acontecer. Genara tenía mucho miedo a la muerte, señal de turbada conciencia; pero ella se esforzaba en aparecer serena y animábase con sus propias sonrisas, como el soldado cobarde con sus propias bravatas. Iba, venía, recogiendo ropas, llenando baúles, haciendo y deshaciendo paquetes, dictando órdenes; contando su dinero y apuntando encargos. Contestaba breve y fríamente a don

Benigno; pero cuando este le habló de su matrimonio de fórmula, mediante poder de un novio ausente, volviose a él con brusco impulso y le dijo:

—¿Por qué no me buscó usted para madrina?... No, no guardo yo rencor. Deseo perdonar y que me perdonen... Eso de darse las manos con cien leguas de por medio no está en mis libros... ¡Qué matrimonio tan desgraciado, don Benigno! Dios quiera que el cólera no separe más a marido y mujer.

—¡Señora, por amor de Dios!...

—No crea usted que es mala intención. Es lo contrario... Les deseo toda clase de felicidades. No crea usted que soy mala... ¡Y ahora que el hallarse en pecado mortal es tan peligroso!... No, no, reconciliación, piedad, perdón, amor a todos, conciencia limpia, ese es mi tema. ¿Es cierto que ha muerto anoche mucha gente?

—Mucha, replicó Cordero observando la palidez que el miedo pintaba en el agraciado rostro de Genara.

No me lo diga usted... Esta tarde me voy. Me confesaré primero. ¿No creo usted que es buena idea?

—Me parece muy acertada.

—Vivimos casi de milagro.

—Es verdad. Ya que nos coja, que nos coja confesados —dijo Cordero con algo de sorna.

—Sí, sí... Paz con todo el mundo, paz con Dios...

Pronunció estas palabras con gran zozobra, y siguió ocupándose con febril actividad en sus preparativos de viaje. Los objetos se le caían de las manos; equivocaba una cosa con otra; empaquetaba ropas que debían quedar en la casa, y ponía bajo llaves lo más indispensable para el viaje.

Fueron llegando unos tras otros los amigos, noticiosos de su viaje. La veían partir con sentimiento, y ella por su parte les abandonaba con tristeza, porque la tertulia era el encanto de su vida, y el charlar de cosas de gobierno la más regalada comidilla de su travieso espíritu. ¿Nombraremos a aquellos señores? Más vale que no, porque algunos han vivido hasta hace poco; la mayor parte han ocupado altísimos puestos, y todos llevaron, cual más cual menos, piedra y cascote al edificio de un partido tan poderoso como impopular. Como nada es duradero en el mundo, el cielo quiso que a aquel edificio le llegase como a la casa de don Felicísimo, su día final, y hoy crece en sus rotos muros el *amarillo jaramago*, y sus huecos *son ¡ay! de lagartos vil morada*.

Entonces, en los tiempos verdes del gran Martínez de la Rosa, daba gozo ver la juventud lozana de un partido que hoy es vejete decrépito con lastimosas pretensiones de andar derecho, de alzar la voz y aun de infundir algo de miedo. Entonces se nutría de hábiles retóricas, de erudición doctrinaria carlista, y hacía esgrima de sable con el brazo valentón y pendenciero de jóvenes oficiales granadinos. En el seno de este partido, que en un tiempo se llamó de *los sabios* y en sus albores se llamó de los *anilleros*, había gente de gran mérito, aleccionados los unos en la práctica estéril de liberalismo, otros algo amaestrados en el arte político que faltaba a los liberales. Ellos fueron los primeros maquiavélicos ante quienes sucumbió la inocencia angélica de aquellos candorosos doceañistas que principiaban a no servir para nada. A falta de principios tenían un sistema, compuesto de engaño y energía. Su credo político fue una comedia de cuarenta años. Su éxito debiose a haber vigorizado el principio de autoridad, y su descrédito o impopularidad a haber impedido el desarrollo progresivo de las ideas. En religión eran volterianos, y en sus costumbres privadas enemigos de la templanza; pero tenían un *coram vobis* de santurronería que hacía el efecto de ver la silueta de Satanás en la sombra de un confesonario. Uno de los primeros elementos de fuerza que allegaron fue el clero, a quien adulaban, disponiéndose, no obstante, a comprar por poco dinero sus bienes, cuando los progresistas los arrancaron de las manos que llamaban muertas. A excepción de dos o tres individualidades de intachable pureza, eran gente de economías, y andando el tiempo, con las compras de bienes desamortizados, formaron una aristocracia que poco a poco se hizo respetable, y en la cual hay muchos marqueses y un formidable elemento de orden. En lo militar fueron poco escrupulosos, y se les ha visto pronunciarse con naturalidad y hasta con gracia.

En los días de nuestra narración presentaban el grato aspecto de un ejército joven, lleno de bríos y de valor. Su programa de moderación contrariaba a mucha gente. Aquel habilidoso sistema de ser y no ser, de equilibrarse entre el absolutismo y los liberales, valiéndose de los unos contra los otros, de prometer y no cumplir, de encubrir con fórmulas, retóricas y dicharachos hoy desacreditados, pero entonces muy en boga, el lazo de la arbitrariedad y el espadón de la fuerza, dio resultados en época de tanta inocencia política, cuando la libertad era como un niño generoso y no exento de mimos, más fácil de engañar que de convencer.

La tertulia de Genara fue el centro donde las aspiraciones de aquella gente lista empezaron a tomar cuerpo. Allí fue precisándose el sistema y haciéndose práctico. Allí se establecieron relaciones que no habían de romperse sino con la muerte y se conocieron y se escogieron, digámoslo así, los hombres. Los jóvenes tomaron de los viejos el saber astuto y estos de aquellos el desenfado y el vigor. Humanamente considerada, aquella gente tenía una superioridad especial que ha sido la causa de su dominio durante un tercio de siglo: era la superioridad de los modales, cosa importantísima en nuestra edad. Había en aquellos tiempos como una línea divisoria clara y precisa que separaba en dos grandes mitades el inmenso personal político, creado por las revoluciones. En el trazado de esta línea tenían alguna parte las tijeras de los sastres. No había término medio, y fue lástima grande que tantas ideas generosas y salvadoras no pudieran por fatal destino, emanciparse de la grosería, del mal vestir y peor hablar.

Por esto el advenimiento de la clase media fue laborioso y pesado. Aquella clase, frailunamente educada, no supo echar de sí ciertas asperezas, por lo que solo prevalecieron en la vida pública los pocos que supieron ponerse el frac.

Despidieron a Genara aquel día, 16 de julio de 1834, y se retiraron todos, los unos a su oficina, pues casi todos eran empleados, los otros a dormir la siesta. Todavía en aquellos tiempos se dormía la siesta, y al día siguiente de aquel 16 da julio fue cuando la Providencia dispuso que el Gobierno durmiera una siesta célebre.

La dama partió llena de pena y miedo, de miedo porque ignoraba si alejándose de Madrid se alejaría del aire ponzoñoso; de pena, porque dejaba su vida dulce y regalada, sus tertulias llenas de amenidad o interés, su influencia en el partido dominante, y quizás, quizás algo que más vivamente interesaba a su corazón. Renunciar al brillo de su ingenio y hermosura, a las adulaciones de la pequeña corte masculina que la festejaba un día y otro día; abdicar esta corona y huir de la capital de su reino de galanterías para sepultarse en un rústico lugarón donde no había de tener más solaz que lecturas insípidas y donde había de recibir la noticia del fin tristísimo de su marido, era fuerte cosa para un corazón amigo de impresiones lisonjeras, para una fantasía siempre joven y siempre soñadora, para una conciencia alarmada.

Esta mujer acabó ya para nosotros. Dentro de los límites señalados a estas historias, no cabe ya el resto de su vida llena de accidentes, y que no tomarán por modelo los cenobitas ni los que se propongan ser santos o algo que a santos se parezca. Solo diremos, que vivió muchos años y que a los sesenta todavía era guapa. Ingeniosa, amable y algo intrigante, lo fue hasta los setenta, y durante dos años más fue un modelo de devoción cristiana y de edificante trato con clérigos y cofradías, hasta que Dios quiso llevársela de este mundo. No se le cayó la casa encima como a don Felicísimo, sino que murió de repente hacia el último tercio del 68, si no están equivocadas las crónicas.

Aquel día (volvemos a nuestro 16 de julio del 34), don Benigno fue el último que le apretó la mano. Después el héroe dio una vuelta por la calle de Toledo y plazuela de la Cebada, porque oyó decir que había agitación en aquellos barrios y gustaba de curiosear. Un espectáculo horrible le detuvo en su excursión. Vio asesinar cruelmente a un chico por echar tierra en las cubas de los aguadores. Esta travesura frecuente entonces, se castigaba comúnmente a pescozones. Las cosas habían variado, y los ángeles traviesos eran tratados como los mis grandes criminales. Cordero retrocedió para entrar en la calle del duque de Alba, y en la de los Estudios recibió un testarazo que le hizo saltar de la acera al arroyo. El duro objeto que le embistió era un ataúd. Un hombre le llevaba sobre su cabeza, dando porrazos a cuantos transeúntes hallaba en su camino.

—¡Bestia! —gritó Cordero.

Al punto reconoció a Tablas, y suavizando la voz le preguntó:

—¿Para quién es, hermano?

—Para aquella, para aquella —replicó López sin detener el paso. Cordero vio algunas mujeres que lloraban.

XXVII

Desgreñada, lívida, con los ojos chispeando furia, las manos temblorosas, los dedos tiesos y esgrimidos al modo de cuchillos, la boca seca, por ser las voces que de ella salían más bien ascuas que palabras; más parecida a demonio hembra que a mujer, estaba Maricadalso en la puerta de una casa humildísima de la calle del Peñón. Sus gritos pusieron en alarma a la calle toda, como las campanadas de un incendio, y por ventanas y puertas aparecieron los vecinos. ¡Qué caras y qué fachas! El gritar de Maricadalso era por momentos lastimero y dolorido, a veces amenazador y delirante. Sus cláusulas sueltas, saliendo de la boca en chispazos violentos, no entran en la jurisdicción del lenguaje escrito, porque lo característico de ellas dejaría de serlo al separarse de lo grosero. Palabras eran de esas que matizan y salpimentan las disputas populares; equivalen al siniestro brillo de la navaja en el aire y al salpicar de sangre soez entre las inmundicias que de un corazón rudo salen a una boca sedienta de injuria. Entre lo que no puede reproducirse se destacaban estas frases. —¡Mi hija muerta!... ¡Cosas malas en el agua!... ¡Esos pillos!...

Muchas damas de candil, vestigio envilecido de las que inmortalizó don Ramón de la Cruz, rodearon a Maricadalso. Una harpía que grita en medio de la calle del Peñón o de otra cualquiera de aquellos barrios, tiene la seguridad de llevar el convencimiento más profundo al ánimo de su auditorio, sobre todo si lo que dice es un disparate de esos que no entran jamás en cabeza discreta. Con mágica rapidez, todas las mujeres qua rodearon a Maricadalso se asimilaron las opiniones y sentimientos de esta. El pueblo es conductor admirable de las buenas como de las malas ideas, y cuando una de estas cae bien en él, le gana por completo y le invade en masa. Bien pronto la harpía individual fue una harpía colectiva, un monstruo horripilante que ocupaba media calle y tenía cuatrocientas manos para amenazar y doscientas bocas para decir: *¡Cosas malas en el agua!*

Quien no piensa nunca, acepta con júbilo el pensamiento extraño, mayormente si es un pensamiento grande por lo terrorífico, nuevo por lo absurdo. Aquel día habían ocurrido muchas defunciones. Varias familias tenían en su casa un muerto o agonizante. En presencia de una catástrofe o desventura enorme, al pueblo no le ocurren las razones naturales de lo que ve y padece. Su ignorancia no lo permite saber lo que es contagio, infección morbosa, desarrollo miasmático. ¿Y cómo lo ha de saber la ignorancia, si aún lo sabe apenas la ciencia? El pueblo se ve morir con síntomas y caracteres espantosos, y no puede pensar en causas patológicas. Cristiano de rutina, tampoco puede pensar en rigores de Dios. Bestial y grosero en todo, no sabe decir sino: *¡Cosas malas en el agua!*

Esta idea de las *cosas malas* arrojadas infamemente en la riquísima agua de Madrid, con el objeto puro y simple de *matar a la gente*, cayó en el magín del populacho como la llama en la paja. No ha habido idea que más pronto se propagase ni que más velozmente corriese, ni que más presto fuera elevada a artículo de fe. ¿Cómo no, si era el absurdo mismo?

Algunas mujeres subieron a ver el cadáver de la hija de Maricadalso, cuyo ataúd acababa de traer López. Era una muchacha bonita, cigarrera, con opinión de honrada. Maricadalso subía a su casa, lloraba junto al cuerpo de su hija, bajaba a gritar de nuevo, blasfemando, volvía a subir y a llorar... Ya no parecía la Muerte sino la Locura cantando a su modo el *Dies iræ*. En tanto veinte, treinta, cuarenta hombres subían hacia la plaza de la Cebada propagando aquel satánico evangelio de las *cosas malas en el agua*. Encontraron a Timoteo Pelumbres, esposo de Maricadalso y padre de la muerta. Oyó este el griterío y soltando las herramientas que llevaba, corrió presuroso a una taberna donde varios hombres disputaban.

—¿Veis? —gritó mostrando el puño—. Todo el mundo lo dice... ¡Han envenenado las aguas!

Inquieto, feroz y pequeño, Timoteo tenía todas las apariencias del chacal, la mirada baja y traidora, los músculos ágiles, el golpe certero. Atacaba de salto. Era el mismo a quien vimos haciendo buñuelos en la tienda inmediata a la gran carnecería de la Pimentosa, de quien era protegido, lo mismo que su mujer. Era el mismo a quien vimos hace mucho tiempo, acaudillando la fiera cáfila que asesinó a martillazos al cura Vinuesa[2] en la cárcel de la calle de la Cabeza. Aquel tigre pequeño vivió mucho. Alcanzó los tiempos de Chico.

En la taberna hacía falta un orador para electrizar el selecto concurso. Aquel orador fue Pelumbres, que hablaba mostrando el puño y frunciendo

---

2   Véase *El Grande Oriente*. (N. del A.)

las cejas. Las mujeres pasaron gritando. Entre ellas se divulgó una de esas noticias que electrizan, que redoblan el entusiasmo y aguzan el soez pensamiento. La noticia era esta: De los dos chicos a quienes se había sorprendido poco más arriba echando *unas tierras amarillas* en las cubas de los aguadores, el uno fue muerto al instante, el otro logró escaparse y se refugió... ¿dónde? en el mismo San Isidro.

—Como que de allí ha salido todo... —dijo una voz que se esforzaba en ser autorizada y convincente a pesar de ser la voz de un salvaje.

—¿Qué ha salido de allí?

—Los polvos.

—¡Los polvos!

El que esto aseguraba era un hombrón, un animal de esos que aparecen en las tempestades populares, sin que se sepa bien quien los trajo, y en todas ellas dejan señal sangrienta de su paso. Seguíale una docena de individuos de esos que al mirarnos muestran cara humana, si bien es muy dudoso que sean hombres.

—Sí, señores, todo está averiguado —añadió el desaliñado orador, que era Tablas en persona—. Y si faltase testimonio, aquí estoy yo para darlo.

Dos mujeres se le colgaron de cada brazo. En torno suyo hízose un corrillo. Formábalo esa curiosidad de lo horrible que reúne gente en derredor de los patíbulos, del charco de sangre, señal de un crimen, o junto a la oscura agonía de un perro. Tablas se enorgulleció de su papel. Aquel día era un día suyo, un día en que iba a mostrar su poder con pretensiones de poder político, ¡oh! ¡qué gran momento! Dos docenas de perdidos le obedecían, como obedece la piedra a la honda. Tablas era la honda; pero distaba mucho de ser la mano.

—Pues, sí señores —añadió López—. ¡Yo mismo les he llevado ayer un saco con media fanega de veneno!

—¡Media fanega de veneno!

—¿Y tú se lo has llevado?

—Sí, porque no sabía lo que era. No es la primera vez que esos malvados reciben remesas de veneno. El saco que les llevé ayer vino de Cataluña para ese... No le quiero nombrar.

—Di tú, parlanchín —gritó una voz detrás del corrillo—. ¿Se ha muerto también la Pimentosa?

—Para eso va. Esta mañana despertó con el mal.

—¿Ha bebido agua?

—Ha tomado los mismos polvos como medicina.

Una exclamación de horror acogió esta terrorífica aseveración.

—¿Quién se los ha dado?

—Curas y frailes que todos son unos. Diéronselos como medicina santa, y tomarlos y empezar a sentir las arcadas del cólera, fue todo una misma cosa.

Esto era demasiado espantoso para que el digno concurso pudiera hacer comentarios. El silencio torvo con que lo oyó probaba su escasez de ideas ante aquel hecho y el alarmante recogimiento de sus pasiones, que se concentraron para brotar enseguida con más fuerza. Tablas puso cara afligida. Deseaba excitar en favor suyo la compasión de la multitud y pasar por una víctima de las malas artes de cierta gente. Pero en su rudeza no acertaba a ingerir la idea política en aquella serie de locos desatinos. Tratándose de difundir un disparate y de darle la inverosimilitud que le hace más asequible a la mente del vulgo, Tablas no carecía de habilidad, porque así como el búho ve en las tinieblas, ciertos entendimientos tienen la aptitud del absurdo. Pero él quería razonar, emitir un fundamento, más que por justificar la asonada, por darse satisfacción a sí mismo, como hombre de opiniones políticas. Necesitaba una fórmula que le diese prestigio entre sus oyentes adjudicándole cierta iniciativa con asomos de jefatura.

Frunció el ceño, bajó la cabeza, recogió su pensamiento para buscar la fórmula que necesitaba. Como en ocasiones parecidas, en aquella su frente semejaba el duro testuz del toro, previniendo la acometida. La chispa brotó entre las nieblas de aquel caletre, pues no hay cerebro por tenebroso que sea, que no tenga sus rehendijas por donde entre a veces algo de luz.

—¿No sabéis lo que es esto? —dijo con gran animación—, sintiendo vislumbres de genio—. ¿No sabéis lo que esto significa? Envenenar por gusto de envenenar no es...

Buscaba la palabra *lógico*, que había oído muchas veces en el club: pero no daba con ella. La palabra se le atarugaba sin querer pasar, como una moneda grande que no puede entrar por la pequeña hendidura de una hucha.

—No es, no es... —añadió forcejeando con el vocablo y echándole fuera al fin, aunque desfigurado, no es *ilógico*. ¿Por qué envenenan a la gente? Para acabar con los liberales. Ellos dicen: «No podemos aniquilar a nuestros enemigos uno a uno, pues acabemos con todo el género humano». (Sensación profundísima.)

Comprendió que le vendría muy bien en aquel caso un recuerdo histórico, y volvió a fruncir el ceño. Esto era difícil en extremo y su cerebro no tenía capacidad para contener un suceso histórico. Equivalía a querer meter, no ya una moneda, sino un camello dentro de la hucha. Pensó mucho y se rascó la frente. Había oído en el club multitud de menciones y referencias de acontecimientos pretéritos; pero a él ninguna se le venía a las mientes. De pronto una mujer, ¡oh genio de la mujer! dijo esto:

—Es como lo de Herodes.

Tablas se estremeció de júbilo. Tenía lo que necesitaba. Ahuecando la voz y marcando con su manaza un compasillo oratorio, prosiguió su discurso así:

—Sí, señores; así como el tirano Herodes, para ver de perder al niño Jesús, mandó matar a todos los niños, según rezan los Evangelistas, estos canallas, para ver de acabar con un partido, con el partido liberal, quieren matar a todos los españoles, a todo el género humano, a todo el globo terráqueo.

Describió con el brazo extendido un vasto y rapidísimo círculo. Sabe Dios hasta donde habrían llegado las retóricas del antiguo tablajero, si en aquel momento no permitiese Dios una repentina tragedia. Era el primer hecho terrible, brotando de la última palabra de López. En el populacho las palabras ardientes tienen una propagación pasmosa, y pasma también la rapidez con que de estas flores de la barbarie salen frutos de sangre. Un lego atravesó por delante de la Latina, dobló la esquina de la plazuela siguiendo en dirección a Puerta de Moros. Iba presuroso y acobardado, llevando un paquete de papel en la mano, algo como dos libras de azúcar, recién compradas en la tienda.

—¡Aquel lleva veneno! —gritaron varias mujeres corriendo hacia él.

El lego fue rodeado por un grupo y desapareció en él. No se vio más que un estremecimiento de brazos y cabezas, un enjambre de cuerpos que forcejearon entre gritos. Algunos ayes lastimeros se deslizaron entre el vocerío. Después solo se veía una masa de gente en lúgubre cerco silencioso mirando al suelo.

Tablas había tomado otra dirección. Por un momento el populacho se dividió. Los girones de aquella nube negra vagaron un rato por las calles de los Estudios, Toledo, plazuelas de San Millán y de la Cebada. Gran confusión reinaba. El atleta, con su media docena de facinerosos caminó hacia la calle de las Maldonadas. Cerca de la puerta de su casa vio a Romualda que salía presurosa, y la llamó:

—¿Y Nazaria?

—Lo mismo.

—¿Hay alguien arriba?

—Nadie, yo sola; digo, yo he bajado.

—Sube y tráeme mi navaja grande que está sobre la cómoda.

—Madre Nazaria me ha mandado por agua. Tiene sed.

—Ve primero por la navaja.

Romualda subió, mientras Tablas y sus amigos conferenciaban gravemente en la puerta. Era un consejo de guerra de caníbales en la expectativa de una gran batalla-merienda. Cuando Romualda bajó con la navaja, López dijo a los amigos:

—El Gobierno mandará tropas a defenderles. Bueno es estar prevenido. Mira, Rumalda...

Romualda había pasado ya a la otra acera, y desde allí les miraba con espanto. Su cara de hambre y miseria, su aspecto de cansancio no excitaban la compasión de aquellos caballeros andantes de la plebe.

—Rumalda.

—Señor.

—Sube y tráeme las dos pistolas que están colgadas junto a la cama... Después llevarás el agua a Nazaria.

—Madre Nazaria no me ha mandado por agua. Ya no tiene sed. Me ha mandado por un cura. Dice que se muere.

—¿Por un cura?... ¿Y dónde están los curas, mentecata?... Di a Nazaria que no se muera, que volveré pronto... Corre y tráeme las pistolas.

—Voy por el cura.

—Sube y trae las pistolas —gritó López.

La coja entró en el portal, y emprendió su lucha con la escalera. Esto empezaba a ser para ella como beberse el mar. Y se lo bebía.

Poco después el atleta y sus amigos volvían a la calle de los Estudios. Un reloj dio la hora. Eran las tres de la tarde. Ya en la puerta que el Seminario tiene por la calle del duque de Alba, los sicarios del lego formaban un grupo imponente, montón de humanidad digno de un basurero, en el cual brillaban aceros de navajas y burbujeaban blasfemias. Gritaron, golpeando la puerta. Tablas se presentó, quiso mandar; pero no le hicieron caso. Abriose la puerta, o franqueada por dentro o rota desde fuera, que esto no se sabe bien. El populacho entró. Detúvose en el vestíbulo ante una figura que estaba allí sola, imponente, inmóvil, como imagen bajada de los altares. Era el Padre Sauri, joven, flaco, pálido, valiente. La palidez, la energía de las facciones del jesuita, sus ropas negras, su valor quizás contuvieron un instante al populacho. Aquella repentina quietud parecía la perplejidad del arrepentimiento. El jesuita dijo con voz sonora y conmovida: *¿qué queréis?*

Difícil era contestar a esta pregunta con palabras. Los sicarios no sabían bien lo que querían. De entre ellos salió una voz que gritó: *Queremos tu sangre, perro.* No fue preciso más. El Padre Sauri desapareció. No puede describirse su horroroso martirio. De manos de los monstruos pasó a las de unas cuantas harpías que le arrastraron hasta la plazuela de San Millán, mutilando su cadáver en el sangriento camino.

En tanto los asesinos se difundieron por los inmensos claustros del vasto edificio. Oíanse pasos precipitados y ayes lastimeros en lo alto violentos golpes de puertas que se cerraban. Era jueves, y los colegiales externos estaban en sus casas. Muchos jovenzuelos internos fueron acometidos. Para saber si eran realmente colegiales o Padres disfrazados de alumnos, los sicarios les quitaban el bonete buscando la corona sacerdotal.

XXVIII

Aquella mañana había funcionado con mayor actividad que otros días el aparato de trasmisión, establecido por don Rodriguín entre su carpeta y la de su amigo.

—*Amice,¿exaudisti hodie susurrationes trapisondarum?*

—*Utique; videte carátulam Gratiani. ¡Quantum est ille canguelatus!*

—*Ecce Ferdinandez, vel a Ferdinando. Ille ahorcabitur cum capillo.*

¡Quién le había de decir al juguetón estudiante que a las pocas horas de estas bromas había de ver morir trágicamente al infeliz Fernández, maestro dulce, tolerante amigo de los buenos alumnos y docto humanista! Rodriguín le vio sorprendido por los sicarios al salir de su celda. Espantado el jesuita ante el horrendo aspecto de la multitud, permaneció un instante perplejo o inmóvil sin acertar a huir, ni a defenderse, ni siquiera a traducir su terror en palabras. La plebe aprovechó aquel momento. Fue devorado en un soplo como seca arista en el fuego.

Rodriguín bajó la escalera. Su temor le daba alas. En el patio vio matar al Padre Artigas, bibliotecario, y al hermano Elola, ambos cazados ferozmente a lo largo de los claustros, y siguiendo la dirección de algunos escolares que huían, refugiose en la capilla doméstica. Allí estaba el Padre Carasa con algunos colegiales rezando el rosario. Rodriguín les vio a todos arrodillados pidiendo a Dios misericordia, y quiso imitarles; pero sus piernas no podían doblarse y eran incapaces de todo lo que no fuera correr, huir, desaparecer. Salió de la capilla. Era todo pies. Bajó, volvió a subir, y en aquel viaje anheloso, semejante al de la liebre perseguida, vio morir al Hermano Sancho, el que acompañaba a Gracián en sus paseos y excursiones, y al Hermano coadjutor Ostolazo, que pereció en el patio y fue arrastrado a la calle por las mujeres. El pánico horrible redoblaba las fuerzas del macarrónico para correr. Subió a los desvanes, pasó por el sitio a que él y los de su pandilla nombraban *chupatorium* por ser el escondrijo donde fumaban, y al fin se encontró solo. Los rugidos de la plebe sonaban lejos abajo. Rodriguín, al sentirse en salvo, perdió súbitamente las milagrosas fuerzas que le habían hecho volar, y cayó sin sentido. La colosal energía contractil que desplegara se concentró en su cerebro, haciéndole delirar. La fiebre reprodújole los mismos peligros de que ya parecía libre, y vio los puñales corriendo tras sí. Imaginose que corría con sobrehumana presteza, sin poder apartarse de los ensangrentados aceros; imaginose que subía a los tejados, seguido tan cerca por los sicarios que sentía su abrasador aliento. Soñaba (pues como sueño eran sus figuraciones) que se arrojaba de cabeza al patio, y que los sayones se arrojaban también detrás de él. Después subía como desesperado gato por la cuerda de las campanas, y por la misma vía subían también los puñales terribles. Luego se lanzaba por el interior angosto y húmedo de las cañerías que recibían el agua de los tejados, y la turba se precipitaba también por el interior del tubo, haciendo un ruido semejante al del agua. Seguido siempre y nunca alcanzado, pero tampoco en salvo, se precipitaba en la iglesia, subía por las paredes, bajaba por los empolvados altares, y la plebe subía y bajaba con él. Se metía al fin entre las hojas de los misales, como una cinta de marcar, y allí, en aquel doblez seguro, le seguían también las manos armadas de puñales. Las navajas brillaban entre las doradas letras.

Refugiábase luego entre los vestidos de la Virgen, en el aceite de la lámpara, en el recinto sagrado del copón; y en los vestidos, en el aceite, en el copón, los tigres no se apartaban de él, siguiéndole sin descanso y tocándolo sin llegar a cogerle... Al fin acabó este espantoso delirio y quedó el escolar en inacción parecida a la de la muerte. Cuando terminó aquel estado y cobró el conocimiento, hallose tendido boca abajo en el suelo del oscuro desván. Puso atención a los ruidos de abajo y le pareció que se alejaban. Arrastrándose trató de subir al tejado y salió al fin aunque con dificultades, porque le dolía una rodilla y movía muy mal el brazo derecho. Desde el tejado que daba a la calle del duque de Alba, vio la multitud que parecía abandonar el edificio; pero él ni por todos los tesoros del orbe, fuera capaz de descender al Colegio... Dos o tres gatos le salieron al encuentro, y con tan buena compañía avanzó un buen trecho. El espacio vacío donde un año antes estuviera la casa de don Felicísimo, le detuvo en su penoso viaje aéreo; pero dando algunos saltos llegó a una casa que parecía brindar al pobre fugitivo seguro y cómodo asilo. Por una de las ventanas de las bohardillas veíase ropa tendida; en obra había dos chicuelos que se entretenían en izar banderas de toallas y servilletas a un asta de caña, que muy bien amarrada en el antepecho estaba. Alrededor de este cuadro revoloteaban pardas palomas que no lejos de allí tenían su vivienda. Don Rodriguín indicó por señas a los chicos que iba a entrar por el hueco de la bohardilla, con lo que ambos se asustaron y huyeron adentro. Mas sin arredrarse por esto el atrevido estudiante escurriose tejas abajo. Trepando gatunamente con los cuatro remos, penetró en la casa. Una mujer y un señor mayor le salieron al encuentro; pero don Rodriguín no supo darse cuenta de lo que le dijeron, porque extenuado de fatiga y perdidas las fuerzas, se arrojó sobre un montón de ropa blanca. Dejémosle allí.

El Padre Gracián estaba tranquilo en su celda escribiendo algunas cartas, cuando sintió el tumulto. Sin creer que este tuviera la importancia que realmente tenía, pensó que la Casa y sus pacíficos habitantes corrían peligro. Saliendo a la galería miró al patio, y lo primero que vieron sus ojos aterrados fue el cadáver del Hermano Artigas, bárbaramente acribillado. Retrocedió con espanto al interior de su celda; sacó precipitadamente cartas y papeles, encendió lumbre, y en poco más tiempo del necesario para contarlo, hizo un auto de fe que redujo a cenizas preciosos documentos, cartas elocuentes fechadas en el Carrascal, en la Amezcua, en la Borunda y en los Alduides, curiosísimas notas y apuntes. Con el humo que se levantó en la celda llenándola toda, sintió picor en los ojos y salió como quien llora. El santo varón quiso revestir su fisonomía y su persona de las apariencias de severidad y estoicismo que tan propias eran del momento, y aunque la proximidad y el aullido de los asesinos hicieron palpitar de temor su corazón fuerte, se sobrepuso a la angustia del momento y avanzó con paso seguro por la galería. Encomendándose mentalmente a Dios, hizo propósito firme de no perderse con una exhibición imprudente ni envilecerse con cobarde fuga. A su lado pasó despavorido el Hermano Fermín Barba, que huía de los sicarios. Gracián no se animó a seguirle ni se atrevió a detenerle.

Aturdido el infeliz Hermano, que había logrado ponerse a salvo de los primeros perseguidores, cayó en manos de otro grupo no menos feroz, mientras Gracián, sin salir de su paso acertó a encontrarse junto a la puerta que conducía al coro de la Iglesia. Entró... Dos o tres, estancias oscuras llenas de muebles viejos y de objetos de culto, de esos que bien podrían llamarse decoraciones, tales como cortinas, escalinatas, templetes, pabellones, piezas de monumento, etc., separaban el coro del claustro alto. Los asesinos no habían penetrado aún allí.

Gracián llegó al coro, y arrodillándose junto a la barandilla, oró en silencio, con las manos sobre los hierros y la frente en las coyunturas. ¿Se creía ya salvo y seguro? ¿Daba gracias o le pedía misericordia? ¿Le ofrecía su vida, aceptando gustoso su martirio, que ni buscaba ni rehuía para que fuese más meritorio? Imposible será sondear aquella alma en momentos de tanta turbación. Pero si la apariencia y el rostro, el gesto reposado y la lengua muda son señales de un espíritu fuerte y sereno, Gracián tenía serenidad y fortaleza. O más bien sofocaba los estímulos de ese instinto invencible que es quizás el sello de humanidad puesto a las criaturas, instinto que nos encarece con elocuente modo las ventajas de vivir, contrapesando los alientos del espíritu, ansioso a veces de la muerte.

Así, cuando llegaron al coro, donde Gracián estaba solo con su forta-leza, los bramidos de la plebe; cuando se oyó distintamente una voz que dijo *por aquí*; cuando las pisadas de los asesinos sonaron en las baldosas mismas del coro, Gracián no abandonó su recogida postura. Fue preciso, para hacerlo mover, que una mano descortés y ensangrentada le tocase en el hombro. Volvió la cabeza, vio a Tablas con aires de capitán matón, armado de pistolas y cuchillo... Entonces el hombre se sobrepuso bruscamente al asceta. Dentro de Gracián estalló una mina de indignación. No supo lo que hacía, y sus fuerzas hercúleas asumieron todas sus facultades, oscureciendo al filósofo, al místico, al clérigo, para revelar el gigante.

En el coro había, junto al facistol grande, otro pequeño, pero suficien-temente pesado para que no lo levantase con facilidad un solo hombre. Gracián lo cogió con formidable y rápido movimiento. Parecía que arrancaba un árbol del suelo, y al levantarlo asemejose a San Cristóbal apoyado en su palma. Estrépito de carcajadas acogió este movimiento. Fulminando ira de sus ojos, Gracián gritó: *¡Canallas!... ¡Masones!* y alzando el mueble apuntó a la cabeza del capitán de la vil tropa... Pero en mitad de su movimiento fue herido en el costado con golpe certero, instantáneo. Vaciló en el aire el facistol. El mueble y el cuerpo enorme del clérigo cayeron de un golpe. Estremeciose el piso. Inmóviles y espantados los asesinos, contemplaron el cuerpo a la distancia del terror.

—Era el peor de todos —murmuró sordamente López, apartando sus ojos de a víctima.

Salieron. Un instante después reinaba en el coro y en la Iglesia, en torno a lo que fue Padre Gracián, el silencio del olvido.

XXIX

Tan turbado estaba don Rodriguín, que las primeras palabras salidas de su boca fueron un latinajo incomprensible. No acertaba a pedir socorro en castellano ni a expresarse tampoco en vulgar latín.

—Ya, ya sabemos lo que usted desea —dijo cariñosamente el señor mayor, poniéndole la mano en el hombro—. Usted viene huyendo de la degollina de San Isidro... Aquí no hay que temer... Sola, querida hija, a este caballerito le vendrá bien una taza de caldo.

—*Utique... gratias agere...*

—O un vasito de vino blanco con bizcochos.

—Mejor vino que caldo —dijo entonces en claro español el estudiante.

Y no se saciaba de mirar al señor de los espejuelos de oro, y a la joven, y a los chicos, que no menos espantados que él le rodeaban.

Sola (pues no era otra la señora de aquella casa) salió en busca del reconfortante, y don Rodriguín, ya completamente recobrado el sentido, pudo reconocer a don Benigno.

—Ya sé donde estoy —dijo—. Ya sé que debo esta hospitalidad a don Benigno Cordero y a su digna esposa.

—No es esta señora mi mujer —replicó el de Boteros algo amostazado—, aunque sí lo fuera nada tendría de particular... Esta casa, no es mi casa, es de un amigo que está ausente, es del esposo de esa dignísima señora, ¿entiende usted?... Vamos a otra cosa... Podrían verlo a usted desde el tejado, si a los sicarios se les antoja subir para que no queden vivos ni los gatos... ¡qué horrible día, Virgen del Sagrario!... Bajemos, señor subdiácono...

—No soy subdiácono, sino colegial —dijo Rodriguín, siguiendo a don Benigno por la escalera abajo—. *Suum cuique.*

La casa no era de vecindad. Tenía dos pisos altos, ocupados por un solo inquilino. Demasiado grande para un soltero, era tal que para un casado sin hijos, sobraba más de la mitad. Sola se instaló en ella desde el día de su boda para limpiarla y tenerla en tal disposición que todo lo hallase a punto su marido cuando viniese. Una criada elegida por ella, Juanito Jacobo y el criado que Salvador había dejado en la casa, daban compañía y custodia a Sola por la noche, y por el día don Benigno, su hermana y sus hijos mayores apenas salían de allí. Todos ayudaban a la grande obra de la limpieza y buena distribución de los muebles, al adorno y arreglo de la casa, que estaba primorosa. No faltaba en ella más que una cosa, el amo. Esperábanle cada semana, cada día, cada hora. Se habían recibido cartas suyas. Su esposa no cesaba de cavilar y de calentarse el cerebro, ya contando horas y minutos, ya imaginando obstáculos, o bien discurriendo el modo de ir al encuentro de su cara mitad, cosa harto difícil ciertamente por no saber qué camino traía.

El cólera había llenado de consternación y luto el alma de la señora, afectando también a sus leales amigos. Más que por sí mismos, temían ella y ellos por el ausente. ¡Santo Dios, si la epidemia le atacara en el camino!... ¿Tendría Dios dispuesto que no llegara a disfrutar el bien por tanto tiempo esperado?

—Lo peor de todo —decía Cordero, constante en su entrañable afecto—, sería que Dios te llevase a ti antes o después de que tu marido viniese, porque entonces... Y... yo pregunto: «¿dónde se encontrará otra Sola?»

Y añadía para sí:

—Si esta idea no implicara la pérdida de un ser tan querido, me regocijaría con ella... ¡Qué chasco para el amiguito! ¿eh?... ¡Pero no, Señor Dios Poderoso! ¡Barástolis, no! Antes de matarla a ella, mátame tres veces a mí, y que mi salvación me consuele de su felicidad.

El tremendo día 16 fue para todos los que en aquella casa habitaban, día de grandísima angustia, por la proximidad de la catástrofe. Reproducir aquí los apóstrofes que de su venerable boca echó don Benigno al ver la matanza, las observaciones atinadísimas que hizo acerca de las justicias populares y del aborrecido imperio del vulgo, fuera imposible, sin dar a este relato dimensiones desproporcionadas. Puede ser que todos estos dichos sean recogidos escrupulosamente por algún cachazudo historiador que los perpetúe, como sin duda merecen.

Por la noche, cuando el barrio quedó tranquilo y se supo la verdad de lo ocurrido, viendo el hecho en todo su horror, el héroe no daba paz a la lengua para maldecir a aquel indolente Gobierno, que tales crímenes había permitido, si no por expreso consentimiento, por pereza y descuido casi tan execrables como el consentimiento mismo. Y aquí tenía el compadecer a la libertad, deplorando que su causa estuviese en tales manos, y el sacar a relucir ejemplos de Grecia y de Roma para sentar el principio de que las manos bárbaras y sucias del vulgo envilecen cuanto tocan y destrozan aquello mismo que quieren defender.

Don Rodriguín oía esto y callaba, admirando la elocuencia del buen señor; pero como las palabras carlista y liberal saliesen a relucir, tal vez impensadamente, en la perorata de Cordero, encrespose el colegial, cambiáronse serias réplicas y reticencias, y trabose al fin una disputilla que no se sabe a dónde habría parado, si Sola no ordenase el silencio para restablecer la paz. Al día siguiente, don Benigno dijo a su amiga con mucho misterio:

—Es preciso mandar a su casa a este subdiácono. Es un espía carlista... ¡Barástolis! tan bueno es Juan como Pedro, y entre las chaquetas de los desalmados y las sotanas de estas culebrillas no se sabe qué escoger.

Dicho y hecho. Avisose a la familia del colegial, y vestido este de seglar abandonó la casa, aunque ningún peligro había ya de que saliera en traje eclesiástico. Despidiose chuscamente hasta las *kalendas carolinas*, a lo que contestó el héroe con disparates latini-parlantes, que también se le alcanzaba algo de macarronismo.

Al ver Sola que pasaba un día y otro, que arreciaba la epidemia, que se cometían asesinatos horrorosos a ciencia y paciencia de las autoridades, pareciole que el Universo se descuajaba, que la máquina social y física del mundo se hacía pedazos, y que por jamás de los jamases se vería al lado de su legítimo dueño y consorte. Amarga tristeza se apoderó de ella, y no se le ocurría pensamiento alguno que no fuese de muerte o duelo. Pensó salir de Madrid, corriendo a la ventura en busca del esposo que Dios y la ley le habían dado; pero Cordero le quitó de la cabeza esta atrevida idea, impropia de persona tan razonable. Durante tres días el héroe no se ocupaba más que de reunir datos para escribir una memoria sobre el sangriento acontecimiento del día 16, y buscaba referencias, interrogaba a los testigos oculares, bebía en las mismas fuentes de la verdad histórica, perseguía detalles, frases, accidentes mil, y esas pequeñeces de que tanto jugo suele sacar la diligente Clío. Escudriñando tan escandalosos sucesos, vio que a los horrores del colegio Imperial y de Santo Tomás habían excedido los de San Francisco el Grande, donde perecieron a navajazos cincuenta individuos. En la Merced Calzada también fue grande el estrago. De los de San Francisco dio noticias prolijas el menguado Rufete, que estaba de guardia aquel día y adquirió cierta fama no envidiable, por haber dado seguridades al general de la Orden de que nada ocurriría en la casa, y haber poco después permitido el libre paso de los viles asesinos. Rufete desfiguraba los hechos para velar su cobardía, que quizás, o sin quizás, más que cobardía, fue complicidad con los infames asesinos. El oficialete declaraba haber salvado de la muerte a muchos franciscanos; pero los que lograron salir vivos de la infame jornada aseguraban que en el momento del conflicto no se vio al señor oficial por ninguna parte. Había razones sobradas para afirmar que el señor Rufete hubo de esconderse en los sótanos del edificio, no dando señales de vida hasta que, muerta ya media comunidad, apareció muy fiero, echando ternos y venablos contra la *pillería*. Todos estos datos, noticias y versiones las iba recogiendo Cordero de los mismos héroes de la tragedia, para poner luego a cada cual en el lugar que le correspondía. Es indudable que el exaltado Rufete ocupó el que por sí mismo eligiera en lo más crudo del degüello, es a saber, la alcantarilla.

Faltara a todas las exigencias de la Historia el buen Cordero, si omitiera lo que se dijo de envenenamiento de aguas, y la parte que tuvo en esta brutal creencia la bendita y entonces malhadada *tierra de San Ignacio*. Este ingrediente desempeñó en aquellos sucesos terribles un papel de primer orden. Fue arma odiosa de la mala fe, de la ignorancia, y absurdo pretexto, ya que no causa, de uno de los más feos crímenes políticos que se han cometido en España. Conocemos la víctima y el grosero instrumento. La mano, ¿qué mano era y dónde estaba? ¿Creeremos en el espontáneo error del populacho y en un movimiento instintivo y ciego de su barbarie?... Difícil es creer esto. Pero el aguijón que inquietó al bruto, haciéndole morder y cocear, quedó escondido en el misterio. ¿Fue el degüello cosa resuelta y ordenada en círculos oscuros, ávidos de maldad y escándalo? También es difícil asegurar esto, que por su enormidad se resiste a la razón humana. La Fatalidad, causa cómoda de los hechos oscuros, y luz mentirosa de lo que no puede alumbrarse, se presenta aquí reclamando su página, la página a que le dan derecho las perplejidades del narrador y el convencionalismo de la Historia... Bienvenida sea esa madrastra Fatalidad, que tan bondadosamente se presta a adoptar todo hijo abandonado, por lo general feo y enclenque, a quien rechaza la misma Lógica que en las tinieblas lo engendró.

Rumores corrieron de que el bondadoso Padre Alelí había perecido en las ferocidades del 16. Esto no resultó cierto por fortuna. Hallábase el anciano en la enfermería de su convento, ya completamente perturbado y sin juicio, cuando acaecieron los asesinatos. De nada se dio cuenta. Cordero le acompañaba un buen rato todos los días, hasta el de su muerte, la cual fue por lo tranquila y suave, casi inadvertida. Una siesta más larga que las de costumbre ocultó el momento de su tránsito, ocurrido a fines de julio.

Nazaria murió del colera al siguiente día de la matanza. Heredó Tablas su mal; pero por aquel don de inmunidad que acompaña, según un viejo refrán, a la mala hierba, el animal venció a la epidemia asiática, o esta quizás asustose de él, dejándole libre, aunque muy bien recomendado a un cáncer que le tomó por su cuenta algunos años adelante. Por Romualda, a quien hallamos una mañana subiendo casi a gatas la empinada escalera de una casa de la calle de la Ruda, supimos que López llevaba con poca resignación su desgracia. Romualda subió tanto y tanto, que una noche la hallaron detenida en el peldaño octogésimo. Estaba prosternada, como besando la escalera. Tanto subió que sin pensarlo había llegado al cielo. López fue al hospital. Que murió no puede dudarse, por la índole incurable de su mal, pero nadie sabe cuándo ni cómo se extinguió aquella miserable vida, ni hay noticias del lugar de su sepultura. Acabó en el misterio, enteramente a solas si no le acompañaran el dolor y su conciencia, única compañía que le cuadraba.

XXX

Era sábado. Habían pasado seis días desde el nunca bastante execrado 16 de julio, y Sola, desesperanzada ya y sin sosiego, incapaz de encontrar un consuelo en su propio pensamiento, convocó a los amigos en familiar consejo. Crucita opinó que no debía pensarse ya en que aquel endiablado hombre viniese; los chicos mayores se ofrecieron a salir y recorrer toda la Península para buscarle, y don Benigno propuso que se fueran todos a los Cigarrales donde le aguardarían más tranquilos, libres de la zozobra que embargaba el espíritu de todos en la Corte y Villa.

Sola se resistió a ir a los Cigarrales mientras no tuviese noticias de su marido o no le viese entrar sano y salvo. Aquel día pasó en soledades y suspiros, en mirar al suelo y al cielo, en interrogarse con los ojos, sin atreverse a formular verbalmente el triste pensamiento. Pero si agitada estaba el alma de la señora, no lo estaba menos la del bendito héroe del Arco famoso, pues al paso que ganaba terreno en ella la idea de que no parecería jamás el *marido de su mujer*, se iba apoderando traidoramente de aquel mismo espíritu suyo un sentimiento expansivo, un no sé qué, una cosa semejante a la alegría... El pobre señor, cuya rectitud, aún sometida a las mayores pruebas, era siempre grande y firme, padeció muchísimo con esto que llamaba *caricia del Demonio*, con esta tentación o asomos de pecado grave. Pero como podía tanto en él la voluntad, se sobrepuso a todo, arrojó de su pecho la culebrilla que se deslizara en él furtivamente, o invocando a Dios primero y al Ginebrino después, exclamó con enérgico arrebato de cristiano y filósofo: «Lejos de mí esa infame alegría por la desaparición del que triunfó de mí. Si Dios le mata y paso a heredar su dicha, enhorabuena; pero maldito sea yo si deseo su muerte, y antes me vea comido de gusanos que envidioso. Bien dijo aquel gran pensador en el libro V del *Emilio*, que *la virtud que solo se funda en las acciones es virtud falsa y postiza*».

Por la noche se retiró a su casa lleno de congoja, por no poder ya aliviar con palabras y ficciones la de su infeliz amiga. Esta acostó a Juanito Jacobo, que no había querido separarse de ella y dormía junto a su cuarto; mandó a los criados que se acostaran también, y sola en su alcoba estuvo rezando hasta muy avanzada la noche. Durmiose al fin en su lecho, y en sueños creyó sentir desusado estrépito en la calle y en la casa. Era una pesadilla. Parecíale que la casa se hundía, o que un ejército entraba en ella o que un gigante la hacía pedazos con su pesado pie. Despertose sobresaltada. El corazón le palpitaba tanto que por la mucha viveza estuvo a punto de producirse la inercia cardíaca y por consiguiente el síncope. Pero al reconocerse bien despierta y al observar que continuaba el ruido, se incorporó en el lecho, puso atención... Se oían pasos en la casa... tocaron suavemente a la puerta de su alcoba... Sonó una voz...

Sola saltó instintivamente de su lecho. Empezó a vestirse a toda prisa... No acertaba a vestirse...

—Soy yo...

—Espera... un momento... Espera que me vista...

Y a medio vestir corrió a la puerta y abrió a su esposo.

—Pero no te veo... —le dijo dejándose abrazar.

El criado se acercó con luz, a punto que él soltaba capa y sombrero.

Cuando don Benigno llegó a la mañana siguiente, se quedó pasmado, y absorto en la mitad del pasillo al saber que el *marido de la señora* estaba sano y salvo en Madrid y en su casa. El héroe dio un gran suspiro. Mirando después al cielo, lanzó un piadoso apóstrofe y dijo así:

—¡Barástolis! Por Dios trino y uno, por la Virgen del Sagrario, por Rousseau, por mi vida honrada y por mi conciencia de cristiano juro y rejuro que me alegro con toda el alma.

Cuando Salvador salió de su alcoba, abrazáronse estrechamente ambos señores y juraron ser amigos fieles en lo que les quedara de vida. Muchos conocidos visitaron al recién llegado, y aquel mismo día tuvo éste ocasión de hacer una obra de caridad, mejor dicho, de aprobarla y sancionarla, pues ya estaba hecha condicionalmente por su esposa. Sola había cedido gratuitamente la bohardilla de la casa a las señoras de Porreño, en quienes la rancia nobleza no fue parte a poner un dique a la invasora miseria. Muerto Fernando VII, faltoles la modesta pensión qué este les daba. Su dignidad no les permitía implorar la caridad pública. Su arreglo, las distintas aptitudes de Doña María de la Paz les permitían aspirar a sostenerse, aunque mal, de su honrado trabajo. Sola les ayudó en trances tan aflictivos, dándoles la casa y encargándoles no se sabe cuanta obra de ropa blanca. La gratitud de las dos dignísimas cuanto infelices damas era extraordinaria. Doña Salomé bajó de punta en blanco a dar las gracias al generoso dueño de la casa. Presentose envuelta en ajadísimos tafetanes, adornada de podridas pieles y plumas pulverulentas. Con toda la finura y dignidad de su carácter, con toda la cortesía de su educación y toda la tiesura de su embalsamado cuerpo expresó sus sentimientos, diciendo que aquel caso de liberalidad debía agradecerse más en una época funesta ¡ay! en que habían desaparecido, por completo los caballeros.

Partieron a los Cigarrales. Allí trascurrían dulces y lentas las horas. El sosiego era completo, el tiempo delicioso, la salud admirable, en concierto dulcísimo con la paz y alegría de las almas.

Salvador y don Benigno hablaban de política, cada cual según su criterio, su experiencia y diversos conocimientos; el segundo inclinado, a las generalidades, a las teorías; el primero más aferrado a los hechos, y deduciendo de la incompatibilidad de estos con la idea, desconsoladoras consecuencias; Cordero dejándose llevar del optimismo y confiando mucho en el entusiasmo, en la virtud de los hombres y en la fuerza de ciertas ideas; Salvador inclinándose al pesimismo, revelándose muy aleccionado por la experiencia, creyendo poco en las personas y menos en las ideas verdes y desazonadas. Don Benigno opinaba que todos los españoles debían abrazar la bandera de la libertad, respetando y enalteciendo siempre la Religión y el Trono: admitir todos los progresos del siglo, y aplicarlos a las leyes, a las costumbres, al vivir y al pensar, evitando las guerras y colisiones. Añadía que si todos los españoles no gustaban de entrar por este camino, los rebeldes debían ser convencidos a palos, para lo cual convenía que los libres se armaran formando una milicia organizada, ni más ni menos que como la famosísima de julio del 22, émula de los espartanos en el famoso Arco de Boteros.

Salvador no desaprobaba estas ideas, pero fiaba poco en los buenos propósitos de los que pensaban como su amigo; fiaba también poquísimo en la milicia, en los palos de la milicia y en la soñada concordia entre la libertad y la Iglesia. Declarando todo su pensamiento, aseguró que no esperaba ver en toda su vida más que desaciertos, errores, luchas estériles, ensayos, tentativas, saltos atrás y adelante, corrupciones de los nuevos sistemas, que aumentarían los partidarios del antiguo, nobles ideas bastardeadas por la mala fe, y el progreso casi siempre vencido en su lucha con la ignorancia.

—Los días mejores —dijo señalando con su bastón el horizonte—, están aún tan lejos que seguramente ni usted ni yo los veremos. La reforma es lenta, porque el mal es grave y profundo, y solo se ha de curar trabajándose a sí mismo. Pienso vivir alejado de toda acción política. Estoy abrumado de experiencias; he visto mucho; cumplí mi misión. Hay mil caminos abiertos por donde pueden lanzarse los hombres nuevos. Los que no lo son, deben quedarse a un lado mirando y viviendo. Mi ideal está lejos. El tiempo le tiene tan guardado aún, que no se le vislumbra aquí por ninguna parte. Pero vendrá, y aunque no hemos de ver esa realidad, digna de ser admirada, desde aquí nos consuela el penetrar con el pensamiento en un porvenir oscuro, y contemplar las hermosas novedades de la España de nuestros nietos. En tanto, no puedo tener entusiasmo como usted, porque no creo en el presente. Me parece que asisto a una mala comedia. Ni aplaudo ni silbo. Callo, y quizás me duermo en mi luneta. No tengo que soñar en mi felicidad doméstica, que es ya un hecho positivo; soñaré con ese porvenir lejano de nuestra patria, con ese tiempo, querido amigo mío, en que la mayoría de los españoles se reirá de la angelical inocencia política de usted.

XXXI

Basta ya.

Aquí concluye el narrador su tarea, seguro de haberla desempeñado muy imperfectamente, pero también de haberla terminado en tiempo oportuno (váyase lo uno por lo otro) y cuando el continuarla habría sido causa de que las imperfecciones y faltas de la obra llegaran a ser imperdonables. Los años que siguen al 34 están demasiado cerca, nos tocan, nos codean, se familiarizan con nosotros. Los hombres de ellos casi se confunden con nuestros hombres. Son años a quienes no se puede disecar, porque algo vive en ellos que duele y salta al ser tocado con escalpelo. Quédese, pues, aquí este largo trabajo sobre cuya última página (a la cual suplico que me sirva de Evangelio) hago juramento de no abusar de la bondad del público, añadiendo más cuartillas a las diez mil de que constan los *Episodios nacionales*. Aquí concluyen definitivamente estos. Si algún bien intencionado no lo cree así y quiere continuarlos, hechos históricos y curiosidades políticas y sociales en gran número tiene a su disposición. Pero los personajes novelescos, que han quedado vivos en esta dilatadísima jornada, los guardo, como legítima pertenencia mía, y los conservará para casta de tipos contemporáneos, como verá el lector que no me abandone al abandonar yo para siempre y con entera resolución el llamado *género histórico*.

Fin de la novela y de los Episodios Nacionales
Santander. Noviembre-diciembre de 1879.

Nota

En el breve Prólogo impreso a la cabeza de la presente edición me dejé decir que tenía preparado un largo escrito sobre el origen e intención de esta obra, los elementos históricos de que dispuse, y los datos y anécdotas que recogí, comprendiendo además algunos desahogos *sobre la novela española contemporánea*. Pronto me arrepentí de esta precipitada oferta, y la tuve por grandísima tontería en la parte que se refiere a juicios generales de crítica y a opiniones sobre el género literario que más se cultiva en España. Y al desempolvar los papelotes en que estaba el mal pensado y peor escrito *Ensayo*, me revolví airado contra mí mismo por la pícara maña de ofrecer lo que en manera alguna puedo ahora cumplir.

Me desdigo resueltamente, recojo mi palabra, y como en aquella espontaneidad pueril no hubo nada de juramento, ni se trata de un caso de conducta moral, espero quedar bien con mis lectores y con mi conciencia. Y si me apuran, prefiero pasar por poco formal a meterme en sabidurías y honduras de crítica, investigando las recónditas leyes de la belleza o las mudanzas que el tiempo y la moda les imprimen, y olfateando los caminos que este y el otro autor siguieron para su gloria o descrédito. Para cumplir lo prometido sería preciso que me saliese de las filas de la procesión y me pusiese a repicar. Hay escritores dichosos que desempeñan admirablemente este doble trabajo, y andan en la procesión y repican que se las pelan. Estos tienen el don maravilloso de practicar el arte y de legislar sobre él, y son maestros en todo cuanto cae debajo del fuero de la pluma. Sabe Dios que daría cualquier cosa por que me infundiesen algo de su aptitud, aunque no fuera sino para salir airoso en la ocasión presente; pero como esto no puede ser, me resigno, y queda circunscrito el compromiso a la primera parte tan solo de lo ofrecido, es decir, que no tengo ya más obligación que hablar un poco de cómo y cuándo se escribieron estas páginas. Esto me lo tengo muy sabido, no es cosa de ciencia sino de experiencia; pertenece a la erudición fácil y profunda de las propias acciones, y saldrá como una seda, sin temor de opiniones adversas ni de que los descontentadizos lo tengan por más o menos aproximado a la verdad; como que es la certeza misma.

A principios de 1873, año de grandes trastornos, fue escrita y publicada la primera de estas novelas, hallándome tan indeciso respecto al plan, desarrollo y extensión de mi trabajo, que ni aun había fijado los títulos de las novelas que debían componer la serie anunciada y prometida con más entusiasmo que reflexión. Pero el agrado con que el público recibió *La Corte de Carlos IV* sirvíome como de luz o inspiración, sugiriéndome, con el plan completo de los Episodios nacionales, el enlace de las diez obritas de que se compone y la distribución graduada, de los asuntos, de modo que resultase toda la unidad posible en la extremada variedad que esta clase de narraciones exige. Cuatro novelas aparecieron puntualmente cada año con regularidad de Almanaque, y en la Primavera de 1875 quedó terminada con *La Batalla de los Arapiles* la primera serie. Tantos lectores tuvo (dentro de la cifra reducida de lectores españoles), que creí oportuno emprender una segunda serie. Verdaderamente, la pintura de la guerra quedaba manca, incompleta y como descabalada si no se le ponía pareja en el cuadro de las alteraciones y trapisondas que a la campaña siguieron. El furor de los guerreros de 1808 solo había cambiado de lugar y de forma, porque continuaba en el campo de las Conciencias y de las ideas. Esta segunda guerra, más ardiente tal vez aunque menos brillante que la anterior, parecióme buen asunto para otras diez narraciones, consagradas a la política, a los partidos y a las luchas entre la tradición y la libertad, soldado veterano la primera, soldado bisoño la segunda; pero ambos tan frenéticos y encarnizados, que aun en nuestros días, y cuando los dos van para viejos, no se nota en sus acometidas síntoma alguno de cansancio.

Con *Un Faccioso más y algunos frailes menos* quedaron terminados los Episodios nacionales, y no obstante las excitaciones de algunos aficionados a estas lecturas, me pareció juicioso dejar en aquel punto mi trabajo, porque la excesiva extensión habría mermado su escaso valor, y porque, pasado el año 34, los sucesos son demasiado recientes para tener el hechizo de la historia y no tan cercanos que puedan llevar en sí los elementos de verdad de lo contemporáneo. Abrazan, pues, los Episodios nacionales veintinueve años, los cuales, de fijo, dieron de sí más acontecimientos y produjeron más hombres, y, en una palabra, hicieron más historia que todo el siglo precedente. Si damos valor a una ilusión de tiempo, podremos decir que aquellos veintinueve años fueron nuestro siglo décimo octavo, la paternidad verdadera de la civilización presente, o del conjunto de progresos y resabios, de vicios y cualidades que por tal nombre conocemos.

Por más que la generación actual se precie de vivir casi exclusivamente de sus propias ideas, la verdad es que no hay adelanto en nuestros días que no haya tenido su ensayo más o menos feliz, ni error al cual no se le encuentre fácilmente la veta a poco que se escarbe en la historia para buscarla. Todos los disparates que hacemos hoy los hemos hecho antes en mayor grado. Y si parece que faltan ahora los grandes impulsos que en otro tiempo determinaron hechos inmortales, es porque no se producen las circunstancias que los estimulan; que si se produjeran, aquellos impulsos saldrían. Y si no, que lo prueben de veras.

Es y será siempre un gran placer para toda generación el mirarse en el espejo de la que le ha precedido inmediatamente. De esto, en primer término, y de la circunstancia, feliz para mí, de no existir en la literatura española contemporánea novelas de historia reciente, ha dependido el buen éxito de estos libros y la estimación que por sus condiciones literarias no habrían alcanzado nunca.

Esta obra fue empezada antes de que estuvieran en boga las tendencias en literatura, al menos aquí; pero aunque se hubiera escrito un poco más tarde, seguro que habría nacido limpia de toda intención que no fuera la de presentar en forma agradable los principales hechos militares y políticos del período más dramático del siglo, con objeto de recrear (y enseñar también, aunque no gran cosa) a los aficionados a esta clase de lecturas. Ni remotamente se me ocurrió mortificar poco ni mucho a los naturales de un país enemistado con el nuestro en aquellos trágicos días. La demencia patriótica que nuestros vecinos llaman *chauvinisme* es tan contraria a mi manera de sentir, que me tengo por libre de tal enfermedad ahora y siempre. Consigno aquí esta declaración como respuesta, tardía sí, pero categórica a lo escrito en una célebre revista de circulación universal por un discretísimo y malogrado publicista francés[3], que al mismo tiempo que favorecía mi obra con apreciaciones lisonjeras, indicaba que el autor de ella se proponía concitar los ánimos de sus compatriotas contra Francia. De que en una o varias

---

3 *Revue de Deux Mondes, 1786. Le Roman patriotique en Espagne*, por Mr. Louis-Lande. (N. del A.)

novelas aparezcan pintados los sentimientos de los españoles de 1808 con la vehemencia que exige la propiedad histórica, no se puede deducir que los presentes sintamos antipatía hacia una nación a la cual nos unen hoy vínculos más fuertes que todas las alianzas políticas. La proximidad entre ambos países es tan grande a cansa del mutuo comercio y de las fáciles comunicaciones; es tan incontrastable la influencia que en nosotros ejercen las ideas, las costumbres, la industria y aun la riqueza de nuestros vecinos, que aunque existiera aquí el *chauvinisme*, los hechos lo curarían de golpe. Por lo demás, los franceses mismos, en su literatura patriótica, no han sido nunca tan escrupulosos ni se han parado en barras en lo de molestar con más o menos justicia a naciones que han tenido con ellos algún altercado. Otros dos escritores extranjeros, al ocuparse ligeramente del mismo asunto, han seguido el criterio de Mr. Louis-Lande. A ellos dirijo también estas observaciones.

Lo que comúnmente se llama *Historia*, es decir, los abultados libros en que solo se trata de casamientos de Reyes y Príncipes, de tratados y alianzas, de las campañas de mar y tierra, dejando en olvido todo lo demás que constituye la existencia de los pueblos, no bastaba para fundamento de estas relaciones, que o no son nada, o son el vivir, el sentir y hasta el respirar de la gente. Era forzoso pedir datos a los olvidados anales de las costumbres y aun de los trajes, a todo eso que la tradición no sabe defender de las revoluciones de la moda, y que se pierde en la marejada del tiempo, dejando rastro muy débil en los archivos del Estado. Era indispensable pedir también auxilio a la literatura anecdótica y personal, como Memorias y colecciones epistolares. Pero de estos tesoros están muy pobres nuestras bibliotecas. Son pocos los que han referido los lances verídicos de su vida. Hay en nuestro carácter un fondo de modestia que perjudica a la formación de la verdadera historia, y adolecemos además de falta de sinceridad. Lo que llaman *vida pública* es una fastidiosa comedia representada por confabulación de todos, amigos y enemigos. La vida efectiva no aparece nunca, y nos apresuramos a hacer desaparecer los documentos de ella, arrebatando a la publicidad las cartas de personajes fenecidos, por ese ridículo miedo a la verdad que es propia de los que se habitúan a vivir en una atmósfera de artificios. De aquí la oscuridad que envuelve sucesos casi recientes. Las cartas escritas *para el público* no llenan este vacío, y las verdaderas no salen nunca a luz, o por la razón de falsos respetos, o quizás porque el público mismo no manifiesta inclinación a esta literatura de verdad palpitante, y protege con su demanda las cosas sobadas, compuestas y mentirosas. Poco o ningún fruto obtuve, pues, de la literatura familiar.

La prensa periódica ha podido, en algún caso, prestar servicios al novelista, aunque en las épocas de régimen autoritario es difícil hallar en los papeles públicos un reflejo, ni aun siquiera pálido, de la vida común. En cuanto a la *Gaceta* de aquellos tiempos, justo es reconocer que arroja gran luz sobre los sucesos de Turquía, Moscovia, Transilvania y Galitzia, observando, respecto a lo que en Madrid pasaba, una discreción tal, que no es posible imaginar papel más estúpido. Pero donde menos se piensa hallamos un tesoro. El *Diario de Avisos*, que en estupidez iguala a la *Gaceta* y le supera en garrulería, ha sido para mí de grande utilidad, por los infinitos datos de la vida ordinaria que atesora... ¿dónde creeréis? en sus anuncios. En esta parte del periódico más antiguo de España he hallado una mina inagotable para sacar noticias del vestir, del comer, de las pequeñas industrias, de las grandes tonterías, de los placeres y diversiones, de la supina inocencia de aquella generación. Créanlo o no, digo que todo lo que en esta obra es colorido, acento de época y dejo nacional, procede casi exclusivamente de los anuncios del *Diario de Avisos*. Para la ensambladura histórica tuve siempre a la vista la historia anónima de Fernando VII, que se atribuye a don Estanislao de Koska Bayo, y para *Zaragoza* los *Sitios* de Alcaide Ibieca. Con esto, las *Memorias* de algunos generales del Imperio y otras historias menos conocidas y una buena dosis de buena voluntad, que suple a veces la falta de ciertas facultades, salí del paso como Dios me dio a entender.

Gran ventura habría sido para mí tropezar con testigos presenciales; pero no habiendo hallado ninguno que pudiera contar hechos de la primera época, tuve que fiar la empresa a las fatigas del trabajo inductivo y de probabilidades, auxiliado por datos de tercera mano y referencias incompletas o desvirtuadas. Después, al acometer la segunda serie, pude obtener ventajas de la conversación con personas de tanto ingenio, sagacidad y feliz memoria como el señor Mesonero Romanos y algún otro. En las obras de este insigne fundador de la literatura de costumbres en España, en las de Larra, Miñano,

Gallardo, Quintana, etc., y aun en las comedias, sainetes o articulillos de escritores oscuros, así como en diferentes periódicos no políticos, sin excluir los de modas, he allegado elementos indirectos para sortear las dificultades de empresa tan ruda.

En la primera serie adopté la forma autobiográfica, que tiene por sí mucho atractivo y favorece la unidad; pero impone cierta rigidez de procedimiento y pone mil trabas a las narraciones largas. Difícil es sostenerla en el género novelesco con base histórica, porque la acción y trama se construyen aquí con multitud de sucesos que no debe alterar la fantasía, unidos a otros de existencia ideal, y porque el autor no puede, las más de las veces, escoger a su albedrío ni el lugar de la escena ni los móviles de la acción. Tales dificultades obligáronme a preferir en casi todas las novelas de la segunda serie la narración libre, y como en ellas la acción pasa de los campos de batalla y de las plazas sitiadas a los palenques políticos y al gran teatro de la vida común, resulta más movimiento, más novela, y por tanto, un interés mayor. La novela histórica viene a confundirse así con la de costumbres. En los tipos presentados en las dos series y que pasan de quinientos, traté de buscar la configuración, los rasgos y aun los mohines de la fisonomía nacional, mirando mucho los semblantes de hoy para aprender en ellos la verdad de los pasados. Y la diferencia entre unos y otros, o no existe, o es muy débil. Si en el orden material las trasformaciones de nuestro país han sido tan grandes y rápidas que apenas se conoce ya lo que fue, en el orden espiritual la raza defiende del tiempo sus acentuados caracteres con la tenacidad que pone siempre en sus defensas, ya lo sean de una ciudad, como en Numancia y Zaragoza, ya de una costumbre, como se muestra en la perpetuidad de los Toros y de otras mañas nacionales. No es difícil, pues, encontrar el español de ayer, a poco que se observe el que tenemos delante.

Al pensar en la ilustración de esta obra, quise, como he dicho al principio de la edición, que manos de otros artistas vinieran a dar a las escenas y figuras presentadas por mí la vida, la variedad, el acento y relieve que yo no podía darles. Poco tengo que añadir a lo que dije al principio de la edición. Bien se ha visto que el plan primitivo ha sufrido alguna mudanza. Anuncié que la ilustración total estaba a cargo de dos artistas eminentes; pero las dificultades que en la práctica ofreció lo excesivo del trabajo en

213

obra tan extensa, obligáronme a repartir la ilustración entre mayor número de artistas. Tuve la suerte de que todos cuantos llamé en mi auxilio respondieron con entusiasmo; todos han trabajado con fe, encariñados con la obra más de lo que esta merecía. El resultado ha sido admirable. La habilidad de los insignes pintores y dibujantes que han trabajado en esta edición, su entusiasmo y mi constancia (que no quiero renunciar a la parte de gloria que me toca), han producido una obra editorial de relevante mérito, un verdadero museo de las artes del diseño aplicadas a la tipografía, y marcan un verdadero progreso en el gusto nacional. Creo haber acertado al preferir los facsímiles ejecutados sobre zinc a los antiguos procedimientos del boj, pues si la madera bien trabajada da finezas y matices, que en el clisé directo se obtienen pocas veces, en cambio este reproduce fielmente la creación del artista, y traslada el acento, el trazo, la personalidad. De aquí la seducción que ejerce en el observador entendido un relieve de zinc cuando es de manos bien ejercitadas en el lápiz o la pluma. Muy grande tiene que ser la destreza de un grabador para arrancar de la madera efectos iguales, y sobre todo, para imprimir con el buril ese sello de espontaneidad y frescura que en el clisé directo compensa la tosquedad del trazo.

No he de ocultar que la escasez de medios industriales en nuestro país ha sido parte a mermar los efectos que habrían podido obtenerse en esta ilustración, utilizando todos los progresos que la zincografía ha realizado últimamente en Europa. Pero en la ruda campaña que ha sido preciso sostener con la carencia de elementos materiales se ha llegado hasta donde se ha podido, y solo han cesado los esfuerzos ante el convencimiento de no poder avanzar más en esta senda de asperezas y entorpecimientos de todas clases. Se ha ido hasta el fin del terreno conocido en nuestra limitada vida industrial, no retrocediendo sino cuando era humanamente imposible dar un paso más. La tristeza que produce el no haber llegado a la perfección se atenúa con la idea de haber puesto los cinco sentidos y los recursos todos en la empresa, y con la seguridad de que otros llegarían hasta donde hemos llegado: pero no más allá.

Cuatro años y medio ha durado la publicación, plazo relativamente corto y que aún lo parecerá más si se atiende a que la obra consta de *quinientos veintiocho pliegos*, a que ha sido preciso obtener de nuestros artistas, algunos de ellos avecindados en Barcelona y en el extranjero, mil doscientos dibujos próximamente, enviarlos fuera de Madrid casi siempre, para la elaboración de los clisés, y estampar al fin estos con la prolijidad y el esmero que exige tal trabajo. Los que conozcan de cerca las faenas tipográficas y además hayan visto experimentalmente los horizontes que tiene en España el comercio de libros, se pondrán de mi parte cuando me oigan repetir lo que dijo primero el loco de Cervantes y después Pereda en esta forma: *«no es para todos la tarea de hinchar perros en esta catadura»*.

Los nombres de los colaboradores artísticos de esta edición, pintores eximios los unos, dibujantes habilísimos los otros, van a la cabeza de los diez tomos. Estos nombres, algunos de los cuales gozan ya de universal fama, y los demás la obtendrán seguramente, son demasiado conocidos y no necesitan que se les haga aquí un panegírico. Poco añadirían a su reputación mis encarecimientos, que, por otra parte, parecerían quizás interesados. Es ocioso encomiar lo que está a la vista. Ponerse a describir bellezas fácilmente apreciables por cuantos tienen ojos y gusto es más de *cicerone* que de crítico. Penetrad por la primera página, salid por la última después de haber recorrido esta inmensa galería, y tengo por cierto que haréis justicia, sin necesidad de apuntador, al ingenio, la fuerza de expresión y la gracia con que el arte del dibujo ha hermoseado estas pobres letras.

Otros colaboradores ha tenido, en esfera más modesta, la presente edición, los cuales nadie conoce, y que, no obstante, merecen que sus nombres sean sacados de la oscuridad. Yo lo haré como recompensa a los constantes esfuerzos, a la inteligencia y buena voluntad con que han coadyuvado al éxito de este difícil trabajo. Servicios, tan útiles no son los menos importantes, ni la parte de gloria que les corresponde en el resultado total es la más pequeña. Merece, pues, una mención aquí el encargado de los trabajos tipográficos de la edición, don Guillermo Cano, por cuyas manos han pasado todas mis obras desde *La Fontana de Oro* hasta la última que he compuesto, y todas las ediciones, grandes y chicas, buenas y malas que de ellas se han hecho. La tirada de los Episodios nacionales ilustrados y de sus innumerables grabados ha sido hecha con el mayor esmero, desde el principio hasta el fin, por el maquinista don Antonio López.

Creo haber dicho todo lo que tenía que decir, cumpliendo la oferta de marras, y pagando el acostumbrado tributo de cortesía a un público con el cual se ha estado en comunicación no interrumpida durante muchos años. A este público que me admitió la edición primitiva de estos libros, que recibe bien la ilustrada, y que tal vez, andando el tiempo, no ponga mala cara a otra, presentada en forma y condiciones diferentes, debo gratitud eterna. Mientras su favor me dure, yo no he de pecar de ingrato ni de perezoso. Este es el único poderoso de la tierra, cuya munificencia no tiene límites y cuyos dones se pueden admitir siempre sin ofensa del decoro, porque es el único que sabe y puede ser Mecenas en los tiempos que corren. Cuando el favor desmaye y observe yo en el inmenso semblante asomos de ceño o de cansancio, me dejaré caer poco a poco del lado de la oscuridad, hasta quitarme de en medio completamente, siempre con la debida reverencia.

Madrid. Noviembre de 1885

Libros a la carta

A la carta es un servicio especializado para

empresas,

librerías,

bibliotecas,

editoriales

y centros de enseñanza;

y permite confeccionar libros que, por su formato y concepción, sirven a los propósitos más específicos de estas instituciones.

Las empresas nos encargan ediciones personalizadas para marketing editorial o para regalos institucionales. Y los interesados solicitan, a título personal, ediciones antiguas, o no disponibles en el mercado; y las acompañan con notas y comentarios críticos.

Las ediciones tienen como apoyo un libro de estilo con todo tipo de referencias sobre los criterios de tratamiento tipográfico aplicados a nuestros libros que puede ser consultado en Linkgua-ediciones.com.

Linkgua edita por encargo diferentes versiones de una misma obra con distintos tratamientos ortotipográficos (actualizaciones de carácter divulgativo de un clásico, o versiones estrictamente fieles a la edición original de referencia).

Este servicio de ediciones a la carta le permitirá, si usted se dedica a la enseñanza, tener una forma de hacer pública su interpretación de un texto y, sobre una versión digitalizada «base», usted podrá introducir interpretaciones del texto fuente. Es un tópico que los profesores denuncien en clase los desmanes de una edición, o vayan comentando errores de interpretación de un texto y esta es una solución útil a esa necesidad del mundo académico.

Asimismo publicamos de manera sistemática, en un mismo catálogo, tesis doctorales y actas de congresos académicos, que son distribuidas a través de nuestra Web.

El servicio de «libros a la carta» funciona de dos formas.

1. Tenemos un fondo de libros digitalizados que usted puede personalizar en tiradas de al menos cinco ejemplares. Estas personalizaciones pueden ser de todo tipo: añadir notas de clase para uso de un grupo de estudiantes,

introducir logos corporativos para uso con fines de marketing empresarial, etc. etc.

2. Buscamos libros descatalogados de otras editoriales y los reeditamos en tiradas cortas a petición de un cliente.

www.ingramcontent.com/pod-product-compliance
Lightning Source LLC
Chambersburg PA
CBHW022046240626
47154CB00007B/2593